STEFAN WALZ

Das Geheimnis der Silberkinder

Am Abgrund des Glücks Am Vorabend der Invasion Gustav Adolfs – mitten im Dreißigjährigen Krieg: Die Waisen Niklas und Sophie wachsen im Kloster Wittichen, in einem abgelegenen Seitental der Kinzig, behütet auf. Noch ist der Krieg weit weg. Sie ahnen nicht, dass sie Teil eines alten Komplotts sind, dessen Geheimnis im Kloster bewahrt wird. Doch bald kommen Gerüchte von unkeuschen Nonnen und verschwundenen Kindern in Umlauf, die den Seraphischen Orden in Verruf bringen. Neben der Beseitigung des Übels beschließt die Kurie ein Wunder zu inszenieren, das Pilger anziehen soll. Die seltsamen Machenschaften im Kloster erwecken aber auch die Neugier der Kinder und entfesseln dunkle Mächte aus der Vergangenheit. Auf der Suche nach ihrer wahren Identität geraten sie immer tiefer in den Strudel von politischer Intrige und Irritationen. Schon bald erfasst der Krieg die Täler des Schwarzwaldes erfassen und schickt die Kinder auf einen atemberaubenden Höllenritt zwischen Bigotterie, Wahrheit und Lüge, Hass und Liebe …

Stefan Walz wurde 1970 in Reutlingen geboren. Er war lange Jahre in der Industrie tätig. Heute arbeitet er als Ausbilder in der Jugendberufshilfe und kann mehr Zeit seiner schriftstellerischen Leidenschaft widmen, die 2006 an einem verregneten Sonntagnachmittag begann. Damals nämlich entdeckte er im Familienstammbuch die Geschichte eines Vorfahren, der im Dreißigjährigen Krieg einen Bauernaufstand anführte: Der Elenhans! Fasziniert von dessen dramatischen Leben begann er zu recherchieren und zu schreiben. Sein Debüt im Gmeiner Verlag gab Stefan Walz im März 2015 mit »Das Esslinger Mädchen«.

Bisherige Veröffentlichungen im Gmeiner-Verlag:
Das Esslinger Mädchen (2015)
Elenhans (E-Book-Only, 2016)
Genophea (E-Book-Only, 2016)

STEFAN WALZ

Das Geheimnis der Silberkinder

Historischer Roman

GMEINER SPANNUNG

Gedicht »Ihr Mauern haltet mich gefangen«: Carola Abele

Besuchen Sie uns im Internet:
www.gmeiner-verlag.de

Im Ehnried 5, 88605 Meßkirch
Telefon 07575/2095-0
info@gmeiner-verlag.de

1. Auflage 2017

Lektorat: Claudia Senghaas, Kirchardt
Herstellung: Mirjam Hecht
Umschlaggestaltung: U.O.R.G. Lutz Eberle, Stuttgart
unter Verwendung eines Fotos von: © https://commons.wikimedia.org/wiki/File:Schirmer_Das_Geroldsauer_Tal_bei_Baden-Baden_1855.jpg
Druck: CPI books GmbH, Leck
Printed in Germany
ISBN 978-3-8392-2018-4

»Der Junge Brandstifter wurde um 11 Uhr vor dem Franziskanertor aufs Feuer gelegt. Er war ungefähr 15 Jahre alt und ertrug die allerdings harte Todesstrafen mit eher verstocktem als tapferen Sinn. Als bei bereits gerösteten Beinen die Flammen noch nicht die oberen Körperteile erfasst hatten, gab er nur ganz geringe Zeichen von Unwillen von sich. Nur die Klagelaute ›oh weh, oh weh‹ hörte man, ohne alle Scheltworte. Fast nur diese einzige Äußerung war von ihm zu hören, sonst erlitt er seine Qual wie ein Stummer gut …«

Tagebucheintrag des Abt Georg

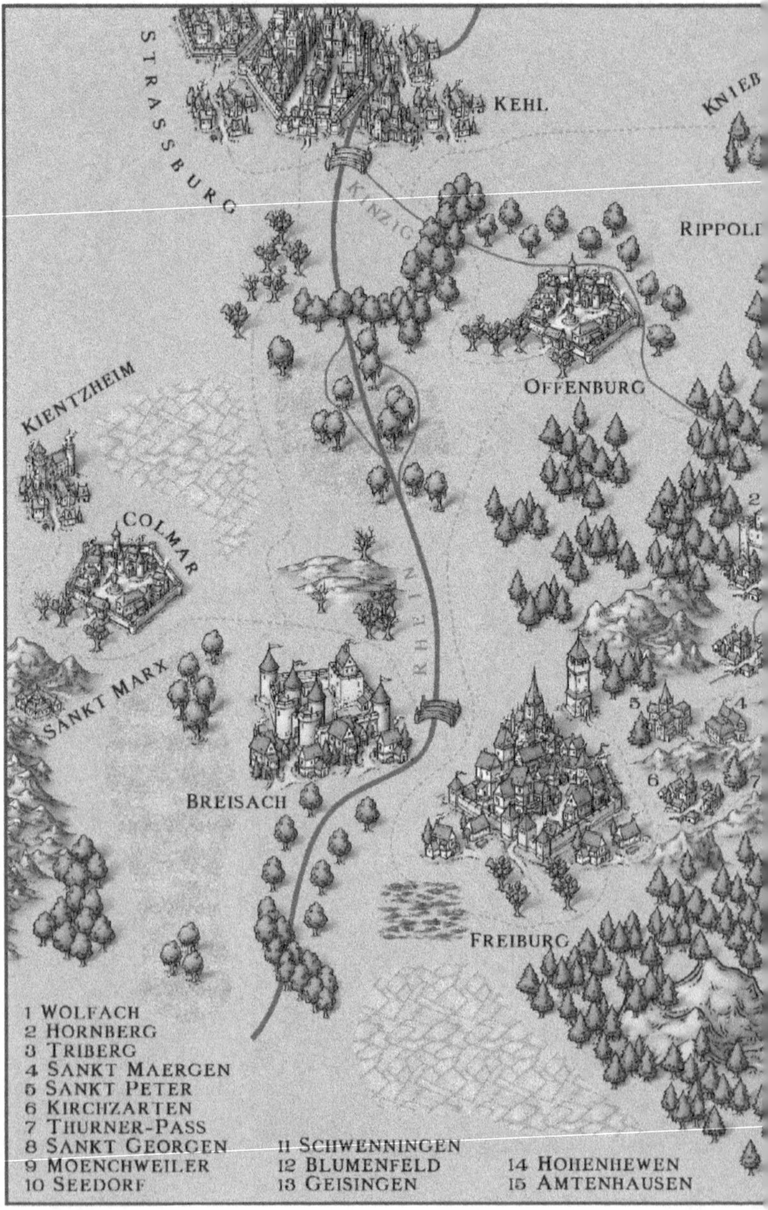

STRASSBURG
KEHL
KNIEB
KINZIG
RIPPOLD
OFFENBURG
KIENTZHEIM
COLMAR
RHEIN
SANKT MARX
BREISACH
FREIBURG
1 WOLFACH
2 HORNBERG
3 TRIBERG
4 SANKT MAERGEN
5 SANKT PETER
6 KIRCHZARTEN
7 THURNER-PASS
8 SANKT GEORGEN
9 MOENCHWEILER
10 SEEDORF
11 SCHWENNINGEN
12 BLUMENFELD
13 GEISINGEN
14 HOHENHEWEN
15 AMTENHAUSEN

ASS
SILBERBERG
ALPIRSBACH
WITTICHEN
SCHILTACH
HORB
ROTTENBURG
SULZ
ROTTWEIL
NECKAR
9
8
10
11
VILLINGEN
DONAUESCHINGEN
14
TUTTLINGEN
13
15
BLUMBERG
DONAU
ENGEN
12
HOHENSTOFFELN
HOHENTWIEL
KONSTANZ

PROLOG

In einer Zeit, in der Aberglaube im Volk noch tief verwurzelt war, fürchtete man den Silberberg und die Geräusche, die aus dem aufgelassenen Stollen drangen. Dort, so hieß es nämlich, würde der Teufel umgehen, der besonders gern reine und unschuldige Seelen verspeiste.

Darum mieden die Menschen diesen Ort. Die alten Hütten zerfielen und überwucherten bald. Inzwischen hatte die Natur, nach langen Jahren des Raubbaus, sich dieses Stück Land zurückgeholt. Keiner kam mehr her. Doch immer dann, wenn der Sturmwind über die Hügel fauchte und an den morschen Bohlen rüttelte, erwachte die Geisterstadt zum Leben. Äste und Sträucher erhoben sich wie Phantome, und aus dem Mundloch sang wie eh und je das Klagelied der Bergleute. Und wer genau hinhörte, der konnte sogar ihre Hammerschläge widerhallen hören …

Tief unter etlichen Ruten dicken Gesteins huschte ein vages Licht. Es drang weit in den Berg hinein. Für einen Moment traten die Abdrücke der Mühsal hervor. Es waren Zigtausend Meißelspuren, die mit purer Muskelkraft, Eisen und Schlägeln in den Fels gerammt worden waren.

Das Menschenkind keuchte.

Unergründliche Nacht schnitt ihm den Rückweg ab. Nein, der Schein seines Kienspans, den es verbissen in seinem Mund festhielt, während es unentwegt vorwärtsstürmte, als wäre eine Armee Erdgeister ihm auf den Fersen, konnte gegen die Finsternis kaum etwas ausrichten. Lediglich ein, zwei Schritte betrug die Sicht. Dafür erschien das rußgeschwärzte Antlitz des Buben umso deutlicher. Seine kindlichen Augen waren geweitet und von Angst schwer gezeichnet.

Eigentlich war es eine menschenfeindliche Welt, in die er sich verirrt hatte. Doch es musste sein. Die Neugier, das Geheimnis zu lüften, trieb ihn an. Das Atmen der feuchtklammen Luft fiel schwer. Kein Wunder, dass er fror, barfüßig, wie er war, und nur mit einem einfachen Zwilchhemd bekleidet. Er hustete. Fast wäre ihm der Kienspan aus dem Mund gefallen. Auf dem feuchten Stollengrund wäre er sofort erloschen. Natürlich hatten sie ihn vor den Gefahren gewarnt. Er kannte die Legende und wusste über die Berggeister, oder was auch immer es war, das mit Vorliebe kleine Kinder auffraß, Bescheid.

Ohne einen wachen Verstand und sehende Augen war man hier unten verloren. Der Abbruch, der manchmal aus den bis zu 100 Fuß hohen Schächten ins Rollen kam, hätte ihn einfach zerquetscht. Auch traten plötzlich Abgründe zutage, mit denen er nicht gerechnet hatte. Eine einzige Unachtsamkeit, ein falscher Tritt – und die lechzende Tiefe hätte ihn verschlungen!

Immer wieder rauschte Wasser beim Durchwaten der Pfützen: »Plitsch, platsch!« Der Bub keuchte. Endlich hatte er die Gabelung erreicht, wo der verschüttete

Südschacht abzweigte, um den sich die Erzählungen rankten. Was sich wohl dahinter verbarg? Sagenhafte Schätze, Edelsteine, Gold und Silber vielleicht? Oder gar der Teufel selbst? Allein war der Junge nicht imstande, den Schutt wegzuräumen. Dazu benötigte es schon eines gestandenen Mannes. Zögernd ging er weiter und zwängte sich in den engen Gang hinein, den sie den »Alten Mann« nannten. Der letzte Abbau von anno dazumal stand heute knietief unter Wasser. Hier glitzerte der Erzgang wieder. Zeitweise war die Lebensader der Mine wie abgeschnitten gewesen. Der Junge kroch über Geröllhaufen hinweg, dem Leuchten entgegen. Denn am Sohlenende bündelte sich das Licht des Kienspans in einem einzigen strahlenden Punkt. Es war wie der Stern inmitten eines düsteren Firmaments. Tausend silberne Wassertropfen glitzerten mit den Bergkristallen um die Wette. Es war schon ein beeindruckender Glanz, so tief unter Tage, von finsterer Nacht umgeben.

Beherzt nahm der Junge das Bergeisen und schlug einen faustgroßen Brocken aus dem Fels. Seine Augen funkelten nicht minder, denn nach dem Gewicht des Steins zu urteilen, hielt er wenigstens zwölf Lot gediegenes Silber in der Hand. Er hatte es geschafft! Die Angst war besiegt! Ohne fremde Hilfe war es ihm gelungen, bis zum Südschacht vorzudringen – und so ganz nebenbei hatte er die alte Erzader wiederentdeckt.

KAPITEL 1

In der Abgeschiedenheit des Schwarzwalds, in einem von schillernden Bächen durchflossenen wildromantischen Tal, legte das alte Kloster noch immer steingewordenes Zeugnis seiner frommen Gründerin ab. Luitgard von Wittichen hatte zu Lebzeiten unzählige Wunder bewirkt, und selbst in der Gegenwart hofften Pilger im Garten ihres längst vergangenen Daseins, Trost und Linderung zu erfahren.

Man schrieb das Jahr 1628.

Luitgards Erbe war längst verblasst, und die Schatten irdischer Fehlbarkeit senkten sich über den Konvent.

Doch trotz der um sich greifenden Dunkelheit gab es auch Lichtblicke. Die beiden Waisen, die in der Obhut der Klarissen heranwuchsen, versprühten Leben. Dass sie ganz besondere Kinder waren, erkannte man daran, mit welcher Hingabe sich die Dienerinnen Gottes um sie kümmerten. Damals, als sie am Silberberg noch schürften, regierte der Puls der Bergleute im Tal der grünen Weiden*. Inzwischen waren die und damit das geschäftige Treiben aber weggezogen. Seit die Spanier riesige Mengen des Edelmetalls aus den Minen Mexikos und Perus bargen, lohnte sich der Abbau im Schwarzwald nicht mehr. Für das Kloster war das ein Segen, denn

* Tal der »gruone Widechen« (etwa: grünes Weidegebüsch). Mittelalterlicher Name von Wittichen.

in der Abgeschiedenheit kamen die Schwestern dem Schöpfer wieder ein Stück näher.

Ganz anders erging es den Kindern. Sie empfanden das tägliche Einerlei erdrückend. So gab sich das Mädchen, Sophie, mit den blonden glatten Haaren, gerne ihren Tagträumen hin. Glaubte man den Nonnen, erblickte sie vor etwa 13 Jahren das Licht der Welt. Ihre schwangere Mutter sei eine Wallfahrerin gewesen, die sich an Luitgards Grab Seelenheil versprach. Ob sie es bekam? Jedenfalls nahm sie der Herr gleich zu sich, nachdem Sophie geboren wurde.

Soweit die Geschichte. Heute begann das Postulat. Sophie sollte sich an ein Leben für Gott in Keuschheit, Armut und Gehorsam gewöhnen. Sie trug eine armselige schafwollene Tunika, die an der Brust geschnürt wurde. An kalten Tagen warf sie ein braunes Skapulier über. Schleier und Brusttuch lehnte sie trotzig, wie sie war, ab. Doch so einsam, ganz ohne eigene Familie, hielt das irdische Sein nur die strenge Klausur für sie bereit. Besonders, wenn die Tage kürzer wurden, brütete das Mädchen in der Klosterbibliothek über den »guten katholischen Büchern, Postillen und Heiligenlegenden«. Ihre Mentorin, Johanna von Hornstein, die Verwalterin der klostereigenen Flößerei, wachte akribisch genau darüber. Sophie ließ die Seiten gelangweilt durch die Finger fliegen. Es half alles nichts. Sie gähnte, und die großen, wachen Augen wurden immer dunkler. Wie ermüdend das Schriftgut doch war. Sie walkte die schön geschwungenen Lippen aufeinander und summte die ewig gleiche Melodie, die wie ein Gespenst durch ihre Gedanken spukte. Gott hatte Sophie eine engelsgleiche Stimme geschenkt. Sie liebte den Gesang und manchmal dichtete sie selbst einen Text hinzu wie diesmal:

»Lies mein Kind, so höre das Wort
was von den Weisen g'schrieben dort.
Mond und Stern, sie halten Wacht
wenn erleuchtet die Aug' du zug'macht«*

Die Konzentration auf das Wesentliche fiel ihr schwer. Denn sie schweifte allzu gerne ab und steckte ihre Nase viel lieber in das verbotene Buch über die englische Prinzessin. Sie hatte es einst in einer verstaubten Ecke entdeckt. Jetzt kramte sie es hervor. Wie herrlich es doch wäre, ein ähnlich sorgenfreies Leben in Luxus zu führen?

Vorsichtig blickte sie über die Schulter zurück. Jeden Augenblick musste sie damit rechnen, dass Schwester Johanna ohne jegliche Vorankündigung hereinstürmte. Doch die Luft war rein, und Sophie versank in der spannenden Lektüre. Das schulterlange Haar schmiegte sich liebevoll an die Wangen und kitzelte das schmale Kinn des Mädchens. Elisabeth Stuart** musste eine außergewöhnliche Schönheit sein, mit der hochtoupierten Frisur, von goldenen Spangen bekrönt, und dem hellen Teint. Charme und Edelmut hatten ihr die Beinamen »Pearl of Britain« und »Queen of Hearts« eingebracht. Doch das Schicksal hatte der Dame übel mitgespielt, nachdem ihr

* Vollständiges Wiegenlied siehe Anhang

** Elisabeth Stuart (* 1596, † 1662): Prinzessin von England und Schottland. Durch Heirat mit Friedrich V. (dem Winterkönig) von 1613 bis 1623 Kurfürstin von der Pfalz. 1619 bis 1620 Königin von Böhmen

Gatte Friedrich von der Pfalz vom Kaiser geächtet worden war. Sie musste ins Exil in die Niederlande fliehen. Die Kurwürde hatten sie an Maximilian von Bayern und die Königskrone an Ferdinand von Österreich verloren. Dass Elisabeth eine Protestantin war, eine Ungläubige also, störte Sophie nicht. Sie faszinierte alleine die Biografie, in der sie eine Parallele zu ihrem eigenen Schicksal erkennen wollte, und da war die Religion einerlei.

Langsam setzte sich die Dämmerung gegen das diesige Tageslicht durch. Müde linste Sophie aus dem Fenster und war mit den Gedanken bei Niklas und seinen Streichen. Ein wohlwollendes Lächeln zuckte über ihr Gesicht. Niklas war so etwas wie ein Bruder für sie. Ein quirliger Junge, der zuweilen mit einer fast unbändigen Wildheit ausgestattet war, die nur durch seine angeschlagene Gesundheit ausgebremst werden konnte. Auch er war elternlos und träumte von besseren Zeiten, die für ihn aus Abenteuern in der großen weiten Welt bestanden. Über seine Herkunft wurde viel spekuliert. Die Klarissen gaben vor, er sei als Säugling eines Nachts unter dem Klosterportal abgelegt worden. Das lag nun elf Jahre zurück.

Mit den Fingerspitzen kämmte Sophie die widerspenstigen Strähnen hinters Ohr zurück, aber das war gar nicht so einfach. Die Haare, so trocken wie Weizenbüschel, hingen kerzengerade herab, egal was sie unternahm. Mit einem lauten Knall klappte sie das Prinzessinnenbuch zu. Wie für die Stuart, so neigte sich auch für sie im Wittichener Tal das unbeschwerte Leben seinem Ende entgegen. Sophie war kein Kind mehr und sah die Welt zunehmend mit den Augen einer Frau. Sie stellte

Fragen, die ihr früher niemals in den Sinn gekommen wären. Auch politisch rumorte es allerorts. Der große Krieg, der auch die Königstochter ins Unglück gerissen hatte, tobte schon seit 14 Jahren. Noch wüteten die Kämpfe fern der Heimat, und doch bekam man die Not langsam zu spüren. Der Befehl Graf Wratislaus I., Herr des Klosters, *alles Vieh den Wolfacher Metzgern zur Verfügung zu stellen*, um das durchziehende Soldatenvolk zu versorgen, hatte jüngst für großen Unmut gesorgt. Zum Glück besaß das begüterte Kloster noch genügend andere Einkünfte, deren Eintreibung jedoch immer schwieriger wurde.

Sophie seufzte, denn sie wusste: Zeiten wie diese waren für Träume nicht gemacht!

Draußen hatte das Nieseln, das sie schon den ganzen Tag über bedrückte, nicht nachgelassen. Der graue Schleier hatte die goldenen Farben des Herbstes völlig aufgesogen. Er ließ keine Sonnenstrahlen durch. Immer mehr verschmolz das Grün des Waldes mit dem alten Gemäuer zu einem tristen Gemälde ohne Hoffnung.

Niklas trat aus dem Stollen.

Stolz verwahrte er den ergatterten Schatz in seiner Umhängetasche und begab sich auf den Heimweg. Der Gedanke an eine reich gedeckte Tafel verdrängte die Sorge, dass noch etwas schief gehen und man von seinem Ausflug Wind bekommen könnte. Dabei ließen die dreckigen Kleider nur die eine Schlussfolgerung zu, und die Wahrheit stand ihm sozusagen am Leib geschrieben. Pfeifend überquerte er den Vorplatz beim Silberberg, der von Abraumhalden und verfallenen Hütten gesäumt war. Vor vielen Jahren hatten die Bergleute alles stehen und liegen gelassen. Gelegentlich fand man noch Schwerspat im Geröll, der jedoch einen so geringen Gehalt aufwies, dass es nicht lohnte, ihn aufzubrechen. Am Wüstenbach wusch er sich sorgfältig Hände und Gesicht. Der Gedanke an den verschütteten Gang und die Frage, was sich wohl dahinter verbarg, kreiste in seinem Kopf und ließ ihn nicht mehr los. Noch genoss er die Freiheit, das geheimnisvolle Rauschen der Tannen und das fröhliche Plätschern des Baches, das sich jedoch allmählich zu einer kummervollen Symphonie wandelte, je weiter er sich Luitgards Haus näherte. Schon kam die moosüberwachsene Ringmauer in Sicht. Zweifellos hatte die uralte Umfriedung, genauso wie das geistige Leben, schon bessere Tage erlebt. Überall bröckelte der Putz, und der nackte Stein lag blank. Die ersten Gebäude, die Umrisse des Waschhauses und die dahintergelegenen Stallungen fügten sich rasch zusammen. Dann brach die wuchtige Abtei durch. Dort, im sogenannten »Langen Bau«, befanden sich die Wohnungen der Wirtschafterinnen, das Gasthaus und auch ihre eigenen Zimmer – enge schmucklose Zellen, nicht viel gemütlicher als der Karzer, die Arrestzelle im dritten Stock, wohin man ihn wegen seines Ungehorsams hoffentlich nicht bringen würde.

Das schmucklose kastenförmige Gebäude fügte sich passend in die hügelige Landschaft ein und schottete das Tal und damit die Menschen, die hier lebten, von der anderen Seite der Welt ab. Am Kräutergarten zur Linken erhob sich der Bergrücken, hinter dem sein alter Freund Rochus in der Waldsiedlung lebte. Von rechts grüßte, auf leichter Anhöhe, die Klosterkirche und schließlich erschien hinter dem »Frau Mutter Bau« der geheiligte Bezirk mit der Klausur und dem Refektorium. Drumherum gab es nichts außer Wald, so weit das Auge reichte. Vor diesem trostlosen Hintergrund bedrückte Niklas besonders die Stille. Ihm war, als flüstere ihm jemand zu, dass dieser Ort Wächter eines finsteren Geheimnisses sei. Denn keiner durfte sich ungestört umsehen, niemand konnte das Areal verlassen, ohne dass man es bemerkte.

Doch Niklas hatte Glück. Unbehelligt schaffte er es in den »Langen Bau«. Dort traf er im Speisesaal Schwester Renate. Die resolute Münchnerin war die Aufseherin des Spitals. Mit Argusaugen überwachte sie die Essensausgabe, musste sie doch genau hinsehen, welcher Pfründner einer besonderen Stärkung bedurfte und wer nicht. Schon von Weitem grinste Niklas wie ein Schelm und zeigte die breiten, leicht vorstehenden Schneidezähne. Wer konnte ihm da noch widerstehen? Die herzensgute Renate jedenfalls nicht! Sie verzieh ihm sogar die schmutzigen Gewänder, schließlich war es kein ungewohntes Bild, sondern Alltag. Nachsichtig verrubbelte sie seinen verwegenen Blondschopf und schickte ihn sogleich auf den freien Platz neben Sophie.

Erleichtert schlug der Bub das Kreuz und dankte dem Himmel.

Während die geweihten Nonnen im Refektorium speisten, war das Gasthaus im »Langen Bau« für die

Laien und Pilger bestimmt. Auch der Klosterschaffner Weber und dessen Sohn Konrad saßen dort zu Tisch. Pater Johannes, ein Schwarzer Franziskaner, der Beichtvater im Kloster, las wie immer aus der Bibel, damit, wie er sagte, »neben dem Leib, auch die Seele gespeist wird«.

Sophie empfing den Herumtreiber mit einem vorwurfsvollen Augenaufschlag und löffelte dann ungestört das Essen. So unschuldig, wie er dreinschaute, so faustdick hatte er es hinter den Ohren. Sie ahnte bereits, wo er gewesen war. Zum Dank dafür bekam er auch noch das Essen serviert, während andere dafür anstehen mussten. Renate wusste genau, dass der Bub zum Mittagessen gefehlt hatte, und legte einen Extraschöpfer nach.

Niklas aber zog eine enttäuschte Miene und guckte naserümpfend vom Teller auf. Nur gebrannte Mehlsuppe mit Brot?

Sophie grinste mit vollem Mund. Sie hatte am Mittag noch Semmelknödel mit Eiern und Speck gehabt. Hm, wie lecker das war! Sie stieß ihn mit dem Ellenbogen an. »Wo warst du?«, raunte sie, nachdem sie geschluckt hatte. »Hoffentlich nicht da, wo ich denke?« Prüfend blickte sie in die Runde. Alle ließen es sich schmecken, und zum Glück war das Essgeräusch noch lauter als ihre Stimme. Denn bei den Mahlzeiten galt absolutes Sprechverbot, und wer sich nicht daran hielt, riskierte eine schwere Bestrafung. »Du weißt, dass dort …«, begann sie, doch Niklas fiel ihr ins Wort und zog genervt die Brauen hoch: »… der Teufel wohnt, der gerne kleine Kinder verspeist? Ich weiß, ich weiß«, wiederholte er gebetsmühlenartig die bekannte Warnung. »Das ist dummes Gewäsch. Und ich habe ihn übrigens nicht getroffen, den Kerl mit dem Bocksfuß!« Er zeigte Sophie den Vogel, und als ihn der mahnende Blick des Vorlesers traf, riss er ein breites Unschuldslächeln.

Die Augen Sophies folgten Niklas' verstohlenem Wink unter den Tisch, wo der Bub etwas aus der Umhängetasche kramte, das in ein Taschentuch eingewickelt war. Umständlich schlug er das Päckchen auf, und ein matter Silberstein kam zum Vorschein.

Sophie blinzelte angstvoll zu Pater Johannes hinüber, der im Sprechgesang fortfuhr.

Niklas' blaue Augen funkelten hell. Auch er vergaß bei aller Aufregung das Schweigegebot: »Der Rochus und ich haben die Schleuse wieder in Gang gesetzt. Würde das Wasserrad nicht so hartnäckig blockieren, würde auch das Pochwerk wie zu besten Silbergräberzeiten hämmern. Dort könnten wir den Schwerspat brechen, den es im Berg immer noch zuhauf gibt!«

»Du bist verrückt!« Sie verpasste ihm eine Kopfnuss, die nicht ganz ernst gemeint war, und sah ihn mitleidig an. »Wenn sie erfahren, dass du in der Grube warst, sperren sie dich ein.« Um ihrer Sorge Nachdruck zu verleihen und ihn zu ermahnen, die Trophäe besser wegzuräumen, stieß sie ihn mit dem Knie an.

»Das ist noch lange nicht alles«, plapperte Niklas unbeirrt weiter und strahlte dabei wie ein Honigkuchenpferd. »Ich habe den verschütteten Gang wiederentdeckt. Bald werden wir reiche Leute sein und das Kloster verlassen.« Er nickte ohne Unterlass und heischte nach Bewunderung.

Doch Sophie war alles andere als begeistert. Dass er sich so leichtfertig in Gefahr begab, machte sie rasend. »Da hast du das Höllentor entdeckt, du Narr! Willst du den Teufel aufwecken und in seinem Ofen braten wie ein Hähnchen? Bei allen Heiligen, Niklas, du gehst zu weit!«

Auf einmal wurde es totenstill. Sophie, die langsam begriff, was geschehen war, verschloss sich angstvoll den vorlauten Mund. Die Speisenden blickten allesamt fassungslos auf sie. Das Mädchengesicht nahm die Farbe einer roten Rübe an. Sophie fürchtete besonders den stechenden Blick des Schwarzen Franziskaners, der Giftpfeile in ihre Richtung schoss. Energisch legte er die Bibel zur Seite und schritt zur Tat. Niklas schaffte es gerade noch, den Silberklumpen einzuwickeln, bevor der große hagere Ordensbruder sich vor dem Tisch aufbaute. Ohne ein Wort packte er Sophie am Arm, die spürte, wie das Blut daraus entwich, da ihre rechte Hand bereits pelzig wurde. Vor Schmerzen und Angst kniff sie die Augen zu und ließ sich vom Stuhl zerren. Der Sprühnebel von Johannes' Speichel kitzelte ihre Haut, während er sie anherrschte: »Du fluchst, während ich aus dem Heiligen Buch vorlese?«

Sophie zitterte wie Espenlaub.

Sie ahnte bereits, welche Strafe ihr blühte.

In der Nacht streckte der Tod seine schwarzen Flügel über dem Kloster aus und rief eine Seele zu sich in die Finsternis. Sophie spürte die bösen Mächte, die da wirkten, und durchlebte Höllenqualen. Der Boden, auf dem sie hockte, war mit Binsen bestreut und dennoch bitterkalt. Fröstelnd zog sie die Beine eng an den Leib. Eingesperrt hinter ellendicken Wänden, hielten die alten Ängste sie fest im Bann. Es war ein Déjà-vu – wie eine Rückkehr an einen unbekannten Ort, in eine nicht gekannte Zeit. Es riss sie aus dem Jetzt, und es fiel ihr schwer, halbwegs rationale Gedanken zu fassen. Nein, eine solche Nacht wie die zurückliegende wünschte sie keinem, nicht einmal Pater Johannes, der sie gestern in den Karzer gesperrt hatte.

Der Dämon überfiel sie vor allem bei Dunkelheit und hatte sie die ganze Zeit gepeinigt. Zum Glück verjagte ihn jetzt das helle Tageslicht, das die Zelle flutete und sie erlöste. Langsam wurden die eingeritzten Buchstaben wieder deutlich, die in den vergangenen Jahrzehnten von den Malefikantinnen in den Putz gezeichnet worden waren.

Errette uns, oh Herr, von der Hure der Montfort.
Erspar uns den Bastard des Getauften im Namen des Glücks – Caritas.
Sühne den Brudermord, oh Grafenkind.

Besonders die Zeilen, die sich der Reihe nach auf den Wänden verteilten, brannten sich in ihren Gehirnwindungen ein. Mit etwas Fantasie musste man die Teile nur zu einem Ganzen zusammenfügen, und man erhielt ein wundervolles Gedicht:

Ihr Mauern haltet mich gefangen,
gleich der Sucht nach deinem Schein,

Herz reist Meilen in Gedanken,
ausweglos ist nun mein kaltes Sein.

Dunkelheit umgibt mich strafend,
Teufel, Gott, wem ist's sein Spiel?
Bin erkaltet und verlassen,
mein Herz, wenn ich dich nur einst behielt.

Dazwischen, kreuz und quer, lateinische Silben, mit denen sie allerdings nur wenig anzufangen wusste. »Omnia vincit amor.« Was das wohl alles bedeutete? Liebe, oh du innig wahre Liebe! Die Verse jedenfalls klangen nach einem Herzensgedicht. Was es doch für ein schönes Gefühl sein musste, geliebt zu sein? Unweigerlich kam Sophie die Kurfürstin von der Pfalz in den Sinn. Auch sie war einst Königin gewesen, die schöne Engländerin, doch keusch war sie nie. Sie hatte ihrem Gatten knapp ein Dutzend Kinder geschenkt.

»Pst«, flüsterte es plötzlich. Für Sophies Ohren klang es wie ein unheimliches Fauchen. Und wieder überfiel sie diese unsägliche Beklemmung wie schon die ganze Nacht über. Auf einmal verschwammen die eingeritzten Worte, und auch das anmutige Bild der englischen Königin und mit ihr die Kinderschar zerplatzte. Sie hätte wohl einen freundlichen Unterton heraushören können, wäre der Schall im langen Schlauch des Flurs nicht derart übersteigert verstärkt worden. Die Stimme hatte kein Erbarmen und ließ sich auch nicht von dem Schluchzen beirren.

»Lass mich in Ruhe«, scheuchte Sophie den Dämon fort.

Dieser antwortete umgehend: »Spinnst du jetzt?«

Das klang nun gar nicht gespenstisch, sondern verletzt und erstaunt.

Langsam kam Sophie zu sich. Sie blinzelte und sah die tanzenden Staubpartikel im Licht schwimmen. Es war außergewöhnlich hell geworden. Jemand hatte das Schiebefenster des Sprechgitters aufgerissen. Der geschwätzige Mund, der sich auf und zu bewegte, war ihr wohlbekannt.

Mit einem Satz sprang sie auf und ging ihm wortlos entgegen.

»Mensch, warum antwortest du denn nicht? Geht es dir nicht gut?«, fragte die Stimme besorgt, von der sie längst wusste, dass sie Niklas gehörte. Ein hölzernes Knirschen lenkte sie ab, und Sophie vergaß, erneut zu antworten. Ihr Blick fiel auf die Klappe neben dem Sprechgitter, die sich nun langsam öffnete. Es war die Durchreiche, über die man Nachrichten austauschen konnte oder das Essen bekam.

Die Kurbel konnte von beiden Seiten betrieben werden.

Sophie wartete gespannt.

»Ich dachte mir, du hast bestimmt einen Bärenhunger«, war Niklas um Gutwetter bemüht, schließlich war er an Sophies Situation nicht ganz unschuldig. Jetzt erkannte er ihren Schatten hinterm Sprechgitter und atmete erleichtert aus. »Na endlich, ich dachte schon …«, er brach ab und verscheuchte die schlimmen Gedanken. »Ach egal. Einen schönen Gruß von Renate soll ich dir bestellen. Sie hat dir Würste und frisches Brot geben lassen. Außerdem habe ich Kerzen besorgt …«

Sophie fiel wie eine hungrige Wölfin über die Leckereien her. Niklas hörte sie schmatzen und strahlte verwegen. »Ich weiß doch, wie sehr du dich fürchtest. Deshalb die Kerzen«, erklärte er und unterdrückte ein Kichern. »Wenn du wüsstest, woher ich die habe!«

»Woher denn?«, fragte Sophie schmatzend und nahm die vertraute Nähe und das Gefühl, dass jemand an sie dachte, in sich auf.

»Mann, der Pfaffe wird schön dumm aus der Wäsche gucken, wenn er den Verlust in seiner Kirche bemerkt. Ich hab sämtliche Leuchter leer geplündert.« Und wieder prustete er vor Schadenfreude in die vorgehaltene Hand, wenn er sich das dämliche Gesicht von Pater Johannes vorstellte, der hoffentlich einem räuberischen Pilger die Schuld geben würde.

»Niklas, du bist ein Schatz. Aber die Hochwürdige Mutter wird dir dafür sicher den Hintern versohlen, ich meine, sie werden es herausfinden, denn sie kennen dich Lumpen!«

Niklas' Heiterkeit kam ins Bröckeln, und er machte aus seinen Gefühlen keine Mördergrube mehr. »Sie wird nie davon erfahren, fürchte ich«, erklärte er traurig. »Es steht alles andere als gut mit ihr. Die gerufenen Ärzte sind ratlos. Sophie, ich fürchte, die Nonnen haben im Moment ganz andere Sorgen, als sich um unsere Dummheiten zu kümmern.«

Die Nachricht verdarb Sophie den Appetit. Sie legte den Wurstzipfel auf den Tellerrand zurück, schürzte die Lippen und tippte mit dem Zeigefinger darauf. Dass die Äbtissin plötzlich sterben würde, war einfach ungerecht! Sie war wie eine liebe Mutter, denn alleine auf ihrem ruhigen Schoß durfte sie ihre Verlorenheit ausweinen. Wieder suchten die salzigen Tropfen ihren Weg und schlängelten sich an Sophies Nasenflügel entlang. Doch wie so oft lehnte sich das Mädchen gegen die aufwallenden Gefühle auf und bündelte sie in Trotz. Sie schniefte und wischte das Gesicht mit dem Hemdsärmel energisch trocken. »Lieber Gott, lass mich für sie büßen!«, schrie sie ihren Schmerz heraus. »Die Meisterin darf nicht sterben!«

Eine neue Nacht senkte sich über das Tal. Man hörte den Klosterbach glucksen und irgendwo im Wald einen Uhu rufen. Zur Mette erfüllte der Ruf, »Herr öffne meine Lippen, damit mein Mund dein Lob verkünde«, das Areal. Doch es war nicht wie sonst, denn es klang wie ein Klagen. Niklas bekam kein Auge zu. Er kauerte auf seiner Pritsche, im zweiten Stock des »Langen Baus«, und fühlte, dass nun die Todesstunde gekommen war. Es riss eine tiefe Wunde in sein Herz. Der Umstand, dass Sophie mithilfe seiner Kerzen einen halbwegs geruhsamen Schlaf verlebte, vermochte den Schmerz etwas zu lindern. Doch die innere Unruhe forderte ihn geradezu heraus, den Machenschaften dieser Nacht auf den Grund zu gehen.

Ja, Niklas kannte die Wunder, die am Grab der Seligen angeblich geschehen waren. Aber warum vermochte Luitgards Kraft, die nach ihrem Tod noch immer allgegenwärtig war, die kranke Meisterin nicht zu heilen, wenn sie angeblich so viele andere genesen ließ? Die Fantasien überforderten bald seinen kindlichen Verstand, denn es verirrten sich so manch dumme Ideen darin. Bald war ein solcher Wirrwarr an Intrigen gesponnen, dass es ihn geradewegs aus dem Bett katapultierte. Er beschloss, einen klaren Gedanken zu fassen. Das gelang ihm am allerbesten in Gegenwart von Pferden. Sie waren für ihn Inbegriff der Freiheit, von Bewegung und Ruhe zugleich, und das bedeutete mehr als sämtliche Reliquien oder Heiligenbilder dieser Welt.

Inzwischen war das Totenoffizium zu Ehren der Äbtissin im Gange, und die Annahme von ihrem Tod wurde nun zur traurigen Gewissheit. Die gesungenen Choräle und die Monotonie der wiederkehrenden Paternoster*, 50 an der Zahl, wie Niklas sie zählte, trieben ihn geradezu hinaus. Er schlüpfte in seine Weste und schwang sich die steinerne Wendeltreppe hinab. Die Schnarchlaute, die aus Pater Johannes' Zelle drangen, begleiteten ihn. Obwohl der Boden bei jedem Schritt knarrte, musste er den Franziskaner wohl nicht fürchten.

Drunten im Hof umgab ihn stockfinstere Nacht. Doch zum Glück war der Weg bis zu den Winterstuben mit Fackeln ausgeleuchtet. Auf einmal hörte Niklas Hufe klappern. Er verließ den Weg und fand unter dem Dachfirst des Refektoriums ein geeignetes Versteck. Sein Herzschlag galoppierte schier davon, als er die Gestalt ausmachte, die ein Pferd zur unteren Klosterpforte führte. So dicht es ging, schob er sich gegen die

* Vaterunser

Hauswand, um nicht vom Schein der Laterne eingefangen zu werden. Bange hielt er Ausschau nach möglichen Erklärungen. Doch da selbst die Schaffnerei gegenüber düster war, konnte es auch nicht Martin Weber sein, der zu später Stunde über den Hof streifte. Aber wer dann? Nur einem ausgewählten Personenkreis stand es nämlich frei, das Kloster zu verlassen. Dazu gehörten der genannte gräfliche Verwalter, der Beichtvater, der augenscheinlich schlief, und schließlich die Äbtissin. Doch diese lag tot in ihrem Bett!

Die Straße von Schenkenzell grub sich tief unter dem Abteigebäude hindurch und mündete vor dem verschlossenen Portal. Da das Bodenniveau dort leicht abgesenkt war, musste der Fahrweg durch eine Böschungsmauer gestützt werden. Der Reiter verschwand in ihrem Schatten. Bald hörte Niklas die Pforte knarren, und es erschien eine weitere Silhouette. Sie trug eine Laterne und hastete die Auffahrt herauf. Niklas konnte ein dunkelbraunes Nonnenhabit ausmachen. Wer die Unbekannte war, konnte er nicht erkennen, denn die Kapuze des Skapuliers war weit ins Gesicht gezogen und verdunkelte ihr Antlitz. Nun hetzte die Nonne zum »Frau Mutter Bau« und tappte unbedacht in eine Pfütze. Niklas hörte Matsch spritzen. Er blieb aber in seinem Versteck und hielt den Atem an. Denn auch die Ordensfrau war hellhörig geworden und sah sich um. Es war eine groß gewachsene, schlanke Person. Glücklicherweise schien sie niemanden bemerkt zu haben und verschwand schließlich nichtsahnend in der Wohnung der verstorbenen Äbtissin.

Kurz darauf erklang das *Gloria Patri*: »Ehre sei dem Vater, dem Sohn und dem Heiligen Geist …«

Für Niklas war die Luft rein. Quer raste er das letzte Stück über den Hof zum Stall hinüber. Komisch! Das Gatter war angelehnt, die Pferde unruhig, was bei dem nächtlichen Radau eigentlich kein Wunder war. Sie scharrten mit den Hufen. Niklas kannte jedes einzelne Tier. Sofort stach ihm der fremde Rappe ins Auge. Mutig ging er auf ihn zu und streichelte den samtigen Hals. Das edle Ross war verschwitzt und musste erst vor Kurzem hier untergestellt worden sein. Niklas sah sich das Brandzeichen genauer an und ertastete mit den Fingerspitzen so etwas wie einen Krummstab.

Er konnte es nicht glauben: Es war das Wappen Alpirsbachs!

Schaudernd zog er die Hand zurück. Das ehemalige Benediktinerkloster gehörte seit der Reformation dem Herzog von Württemberg. Was, um alles in der Welt, wollte ein Lutheraner in der klösterlichen Gemeinschaft von Nonnen? Womöglich hatte dieser Ketzer die Meisterin auf dem Gewissen. Der Tod der Äbtissin war ein schändlicher Mord und das Pferd der Beweis dafür, dessen war er sich sicher. Hals über Kopf stürzte Niklas in die Nacht. Das Gatter ließ er offen stehen. Nicht im Geringsten dachte er mehr daran, ertappt zu werden. Es gab auch keine Anzeichen. Die Eingangstür zur Abtei fand er angelehnt vor, so wie er sie vorhin verlassen hatte. Im sicheren Glauben, sein nächtlicher Streifzug wäre unbemerkt geblieben, schwang er sich am Handlauf der Treppe in den zweiten Stock empor. Dort hatten die knarrenden Dielen Pater Johannes aufgeweckt. Er hatte die ganze Zeit auf ihn gewartet. Mit flackernder Kerze kam er ihm auf dem Flur entgegen. Seine Schritte waren kaum zu hören. Niklas kapitulierte und senkte den Kopf. Ihm schien es, als würde der Schwarze Franziskaner wie ein Geist über dem Boden schweben.

»Dumm, wie du bist«, schnaubte der Mönch, »hast du genau eine Kerze übrig gelassen, die nun genügt hat, dich auf deinem neuerlichen Raubzug zu ertappen!« Er packte das Kind an beiden Schultern, schob es über den Flur und stieß es schließlich durch die geöffnete Kammertür. Dort fand sich der Bub auf dem kahlen Fußboden vor seinem eigenen Bett wieder.

Die Tür krachte ins Schloss.

Der Riegel knarrte und es wurde mucksmäuschenstill.

KAPITEL 2

In derselben Nacht, nur wenige Meilen von Wittichen entfernt …

Reiter streiften durch die Täler des Schwarzwalds. Sie kamen aus der Stadt Villingen und waren das Geleit des Guardians Ludwig Amusis. Wegen der eingebrochenen Dunkelheit und zweier ziemlich angetrunkener Führer, den Benediktinermönchen Rudolf und Jakobus, waren sie mit den Nerven ziemlich am Ende. Die eng gewundenen Wege und die unübersichtlichen territorialen Zugehörigkeiten taten ein Übriges. Sie bekamen es mit der Angst zu tun.

Hier waren sie völlig auf sich allein gestellt. Nichts außer Bäumen und den schmalen Pfad vor Augen, der sich irgendwo in den Tiefen des Waldes verlor. Ihre Reise drohte, zum Spießrutenlauf zu werden. Es passte genau in das Bild, dass jetzt der Himmel seine Schleusen öffnete und Regen niederströmte. Ob sie ihr Ziel noch vor der Sperrstunde erreichen würden?

Ginge es nach Bruder Rudolf, wohl kaum! Keiner verstand, wie er noch die Ruhe bewahren konnte. Das Misstrauen über ihn wuchs, und langsam platzte dem hohen Würdenträger der Kragen. Schließlich gab es Angelegenheiten von äußerster Wichtigkeit zu erledigen, die keinen Aufschub duldeten. Mit dem Hirtenstab schlug er gegen die Kabinenrückwand, um den Kutscher zu einer schnelleren Fahrt anzuhalten. Und siehe da, die Pferde schlugen eine schnellere Gangart an. Bald hatte die Karosse die beiden Benediktiner, die gemütlich vorausritten, eingeholt. Amusis schob den Vorhang zurück und streckte den Kopf durch das schmale Fenster. »So haltet ein!«, rief er hinaus.

Ungerührt führte Rudolf das Zwiegespräch mit Jakobus fort: »Morgen«, schwärmte er und blinzelte in den verregneten Nachthimmel, »sobald der Spuk hier vorbei ist, werde ich meine verdiente Kur antreten. Die Quellen des Sauerbrunnens werden mich genesen lassen und meine Seele befrieden. Während unsereins sich bei diesem Sauwetter ohne Dach herumplagen muss, faulenzt dieser fette Franziskaner in seinem vornehmen Gefährt. Pah!«

Jakobus, ein etwas dicklicher Mönch mit Baritonstimme und Knubbelnase, schluckte. Er spürte den wütenden Blick des Guardians und getraute sich kaum hinüberzuschauen. Störrisch sah er geradeaus. Rudolf träumte unbeirrt dem Urlaub entgegen, den ihm Abt Georg nach langem Betteln endlich gewährt hatte. Dass der Regen dem Guardian ins Gesicht peitschte, schien Rudolf zu gefallen, zeigte es doch, dass sie alle Gottes gleiche Kinder waren.

»Anhalten, sage ich!«, brüllte Amusis und schickte ein paar verbotene Flüche nach. Er japste und spuckte die eingeatmeten Regentropfen angewidert aus. Als wäre es die sofortige Strafe des Himmels, durchfuhr die Kutsche in diesem Moment ein Schlagloch, und das ehrwürdige Haupt des Franziskaners knallte gegen den Türrahmen.

»Was für eine Katastrophe dieser Beinbruch doch war«, sinnierte Rudolf über die missglückte Pilgerfahrt im letzten Jahr nach. »Im Kloster Einsiedeln wollte ich das Gelübde an der Heiligen Jungfrau erfüllen, und wir kamen gerade mal aus Villingen hinaus. In der Herberge ›Zum Fischer‹ ist es dann passiert – und an allem war diese verdammte Treppe schuld!«

Die Erinnerung trieb Jakobus die Zornesröte ins Gesicht. Noch heute könnte er Rudolf für das Malheur erwürgen. Denn wieder einmal hatte dieser es sich nicht nehmen lassen, die Schlafräume der jungen Mägde aufzusuchen, um durchs Fenster zu spicken – in Vorfreude auf wer weiß was nicht alles! In seiner Gier war er wohl gestolpert und das gesamte Trippel von oben nach unten hinab gerumpelt. Eigentlich hätte er dafür den Groll des Abts auf sich ziehen müssen. Doch anstatt der Stockhiebe und dem fälligen Bußarrest bescherte es Rudolf die erwähnte Erholung in Rippoldsau. Eine unglaubliche Ungerechtigkeit, wie Jakobus fand.

Das Getöse des Wagens raubte Rudolf endgültig die Lust, im Morgen zu schwelgen. Hochmütig wandte er sich dem Guardian zu. »Eure Exzellenz, Ihr werdet Euch einen Schnupfen holen. Ihr solltet Euren Kopf besser einziehen. Das Dach schützt vor Niederschlag, über den wir zwar nicht hadern wollen, aber der Herr hätte doch warten dürfen, bis wir einfache Leute das gewünschte Ziel erreicht haben. Amen.«

So viel Unverschämtheit auf einen Haufen war dem Guardian selten untergekommen und es verschlug ihm die Sprache. Rudolf grinste selbstzufrieden in sich hinein. Er wusste, dass Amusis, der erst zu Monatsbeginn das Amt des hiesigen Provinzials angetreten hatte, auf seine Hilfe angewiesen war. Beinahe hätte das Schweigen respektlose Auswüchse angenommen, wäre nicht Pater Jakobus gewesen, der seinem Bruder uneigennützig aus der Klemme half. »Seht hin, Euer Gnaden!«, rief er und deutete auf die Baumwipfel, hinter denen sich helle Lichter zeigten. »Die Nachtfeuer der Burg ›Hohen Landesehr‹, die über die Stadt Schiltach thront, weist uns den Weg. Dort findet ihr, Hochwürdigster Herr, gewiss ein gemütliches Bett. Morgen Früh werden wir dann das Kloster Wittichen erreichen, sodass Euch noch genügend Zeit für die wichtige Arbeit bleibt.«

Amusis nickte verschnupft. Doch die nahende Stadt ließ in sein strapaziertes Gemüt allmählich die ersehnte Behaglichkeit einkehren. Beruhigt sackte er auf die Polsterbank zurück und zog den Vorhang zu.

Sofort nach ihrer Ankunft im Gasthaus »Zur Sonne« zog sich der Guardian auf seine Stube zurück. Sie hörten ihn noch lange niesen und husten. Die beiden Benediktiner indes dachten noch lange nicht ans Schlafengehen. Wieso denn auch? Schließlich flossen in der Trinkstube im Untergeschoss Bier und Wein in reichen Strömen.

Inzwischen war die Sperrstunde längst überschritten.

Es war keine Überraschung, dass die Mönche in der württembergischen Stadt schnell zur Attraktion avancierten. Früher war der Besuch bei den Nachbarn durchaus gängige Praxis gewesen, nicht aber in diesen Zeiten wachsender Spannungen. Der Tonfall zwischen Fürstenbergern und Württembergern war rauer geworden. Kein Wunder, schlugen sich doch die katholischen und reformierten Fürsten auf den Schlachtfeldern des Nordens gegenseitig die Köpfe ein.

An und für sich war Jakobus ein ruhiger Zeitgenosse. Doch sobald ihm der Weingeist einmal zu Kopf gestiegen war, gediehen die Geselligkeit und mit Fortschreiten des Abends auch die Rauflust. Schnell waren sie von Neugierigen umringt, und man feierte besonders Jakobus für sein loses Mundwerk und die unchristlichen Trinksprüche, die er zum Besten gab. Dennoch knisterte die Stimmung merklich. Es gab Männer, die nur darauf warteten, dass den Mönchen ein Fehler unterlief. Rudolf schien ein gutes Gespür dafür zu haben und entsagte still und heimlich dem Gelage. Er hielt Ausschau nach einem schummrigen Plätzchen, das er an einem der hinteren Bänke auch fand. Sein lauernder Augenaufschlag machte kein Geheimnis daraus, wonach ihm der Sinn stand. Besonders in der Fremde konnte er seinen Leidenschaften, die neben dem Trunk auch der holden Weiblichkeit galten, ungestört frönen.

Der Reiz des Verbotenen war beileibe nicht einseitig geprägt. So wusste der hagere Mönch den Frauenzimmern durchaus zu gefallen. Spielend gingen ihm die Komplimente von den Lippen. Er neckte mit anzüglichen Gesten, kitzelte an Körperstellen, wohin alleine schon einen Gedanken zu verschwenden, ein Tabubruch gewesen wäre. Der fülligen Schankmagd schien der Ordensmann mit dem Charisma eines Schwerenöters durchaus eine Sünde wert zu sein. Schon bald rekelte sie sich kichernd auf seinem Schoß.

»Nun, Herr Mönch, erzähl Er uns, wie es sich neuerdings mit den Sakramenten in Eurer Kirche verhält. Wie ich sehe, seid Ihr Reformen nicht abgeneigt«, meldet sich der Vogt von Schiltach zu Wort und deutete zu den Turteltäubchen hinüber. Für den treffenden Einwurf heimste er das hämische Gelächter seiner Leute ein.

Jakobus begann der Angstschweiß auf die Stirn zu treten.

»Jetzt tu doch nicht so, Mönchlein, als ob du es nicht auch schon getan hättest!«, brummte Jakobus' Tischnachbar und schlug ihm brüderlich auf die Schulter. Der beleibte Mönch mochte es aber gar nicht, wenn man ihn so rüde anpackte und noch viel weniger, wenn man ihm Untugenden unterstellte. Wie der Blitz wallte der Zorn in ihm auf, und der gutmütige Jakobus schnaubte plötzlich wie ein wütiges Wildschwein. Natürlich war das zölibatäre Leben eine Bürde und er hatte des Öfteren einen inneren Kampf auszufechten, um den Versuchungen, die ihnen der Satan bot, zu widerstehen. Im Grunde war er ja auch bloß ein schwacher Mann.

Auf der Ofenbank neben ihm saß ein bärtiger Fremder. Scheinbar ungerührt blickte er auf das silberne Amulett in seiner Hand und versank dabei in innige Gedankenwelten. Nach einer Weile der Einkehr küsste er den Anhänger und band die Kette wieder um. Da er offensichtlich sehr hungrig war, schnallte er das Messer vom Gürtel und schnitt vom Brotlaib auf dem Tisch eine

Scheibe ab. Er brach einen Bissen heraus und schob ihn in den Mund.

Jakobus sollte inzwischen Rede und Antwort stehen, dazu forderte ihn der Vogt von Schiltach unmissverständlich auf: »Du fettes Pelztier, so sprich endlich! Wie verhält es sich neuerdings mit den Sakramenten bei euch Papisten? Was ist euch heilig? Oder seid ihr euch einfach zu fein, mit einem guten Württemberger zu reden?«

Jakobus hätte dem vorlauten Kerl am liebsten die Visage zerbeult, doch er besann sich, schlug das Kreuz über dem Herzen und sprach ein stilles Gebet. Der Mann neben ihm wuchtete derweil, dem Wink des Vogts folgend, einen Schießkolben auf den Tisch. Der Benediktiner wurde kreidebleich und verlor jeglichen Glauben an die Wirkung des göttlichen Anrufs. Er griff nach seinem Bierkrug und nahm hastige Schlucke.

Indes ließ der Fremde Obacht walten. Doch da er nichts überstürzen wollte, steckte er das Brotmesser in aller Gemütsruhe weg. Schließlich erhob er sich seufzend und trat breitbeinig mit abgespreizten Armen hinter den Vogt. Die ausdrucksstarken blauen Augen nahmen jeden Einzelnen der Gesellschaft ins Visier. Erst nachdem er den Bissen verschlungen hatte, erhob er das Wort: »Alles!«, schleuderte er in die Runde und gewann die Aufmerksamkeit im Nu. Aufmunternd nickte er dem zitternden Mönch zu, doch da dem die Antwort nicht einfallen wollte, redete er einfach weiter: »Alles, was den protestantischen Christen auch heilig ist!« Er spürte die Feindseligkeit in den Blicken und rückte sein Rapier zurecht. Keinen ließ er aus den Augen, während er an den Fingern aufzählte: »Taufe, Firmung, Buße, Krankensalbung und die Ehe.« Dabei zwinkerte er zu Rudolf hinüber. »Oder habe ich etwas vergessen, verehrter Pater?«

Der Angesprochene verstand den Wink sofort, löste sich aus der Umarmung, auch wenn es ihm schwerfiel, und trottete herbei. Doch angesichts der geladenen Waffe wollte auch ihm das fehlende Sakrament nicht über die Lippen kommen. Verstockt blieb er stehen.

»Die Heilige Messe, nicht wahr, Rudolf?«, kam ihm die forsche Stimme der Magd zu Hilfe. Demonstrativ stellte sie sich an seine Seite und stemmte die Hände in die Hüften.

Rudolf nickte erleichtert.

»Da habt Ihr die Antwort«, erwiderte der Fremde. »Damit lasst die Diener Gottes gefälligst in Frieden.«

Stutzig geworden überkreuzte der Vogt die Arme vor der Brust. Offensichtlich erkannte er den bärtigen Mann und bleckte die Zähne. »Aha, seid gegrüßt, Schwabenhans! Wie ich annehme, gab es mit den frommen Schwestern mal wieder Geschäftliches zu bereden – bis in die Nachtstunden hinein. Dabei wundert es mich schon, was die Nonnen mit einem *Ungläubigen* zu bereden haben, noch dazu zu solch unchristlichen Zeiten. Oder sollten die Gerüchte etwa stimmen?« Er lachte spöttisch.

Das hatte gesessen. Der Fremde spannte jeden einzelnen Muskel an. »Was weißt du schon, Vogt?« Blitzschnell tat er einen Ausfallschritt, zückte die Stichwaffe, und die Klinge sauste in einem atemberaubenden Tempo über den Tisch, wo sie zielsicher in den Karabinerring einfädelte und die Pistole durch die Luft wirbelte.

Die Leute staunten nicht schlecht und sprangen gleichzeitig von den Bänken auf. Schließlich landete das Schießeisen in Rudolfs Händen. Er schien durchaus kundig im Umgang mit der Waffe zu sein, entspannte den Hahn, umfasste den Lauf und hielt damit einen wirksamen Knüppel in der Hand. Das war die Gelegenheit für Jakobus. Er stemmte beide Beine gegen die Tischplatte und stieß die Tafel mit einem lauten Knall um. Krüge gingen zu Bruch und Stühle flogen umher. Mittendrin die beiden Ordensleute, eifrig um sich schlagend. Sie wurden tatkräftig von der Schankmagd und dem Bärtigen unterstützt. Doch lange währte der Schlaghändel nicht, und die alarmierten Büttel setzten der Konfusion ein jähes Ende.

Dem Schwabenhans gelang rechtzeitig die Flucht.

Nicht so den beiden Benediktinern …

Eine gewisse um sich greifende Unruhe war bis in den dritten Stock hinauf spürbar. Draußen im Flur war es bedenklich still geworden. Sophie horchte am Sprechgitter. Anfangs hatte das Plappermaul ihres Gegenübers einfach nicht stillstehen wollen. Ob er nun schlief? Sie dachte an die letzten Stunden zurück. Niklas teilte mit ihr jetzt dasselbe Schicksal. Es war ja auch nur eine Frage der Zeit gewesen, bis das passieren würde. Heute Morgen, in aller Herrgottsfrühe, war der Pater plötzlich erschienen und hatte den Knaben in die gegenüberliegende Arrestzelle geworfen. Da Niklas des Öfteren gehustet hatte, machte sich Sophie langsam Sorgen. »Alles gut bei dir, Niki?«, wisperte sie.

»Ja«, murrte er beleidigt.

Ob es ihn nervte, weil sie seinen Kosenamen verwendete? Er mochte das nicht besonders, das wusste sie. Doch wegen des Mitleids, das sie empfand, hatte sie das außer Acht gelassen. Abermals ließ sie Niklas' Erzählungen Revue passieren, die so unglaublich klangen, dass sie wahr sein mussten. »Bist du dir wirklich sicher, dass es eine Klosterfrau war, die den geheimnisvollen Reiter hinausließ?« Da keine Antwort kam, half sie sich selbst auf die Sprünge und murmelte gedankenverloren vor sich hin. »Das würde dann bedeuten, dass es ein Mordkomplott war …«

Sie hörte Schritte. »Still jetzt«, mahnte sie im Flüsterton. Was der Pfarrer bloß wieder wollte? Vorsichtshalber blies Sophie ihre Kerze aus und verwedelte den Rauch. Irgendwer klimperte mit Schlüsseln. Sie vernahm hastige Atemgeräusche. Dem Anschein nach suchte jemand nach dem passenden Türöffner. Es dauerte eine gefühlte Ewigkeit, bis endlich die Verriegelung aufsprang und das Gitter aufgestoßen wurde.

In der Tür erschien Renate. Ihr Brustkorb pumpte wie ein Blasebalg. Sie warf Sophie ein Paar Hosen zu und meinte knurrig: »Hier, zieh das an.«

Daraufhin ließ sie auch Niklas frei.

Das rundliche Gesicht der Nonne zeigte tiefe Sorgenfalten. Die Kinder wussten, immer wenn sie so dreinschaute, dann war ihr Geduldsfaden am Reißen. Da sie sich nicht regten, sondern nur Löcher in die Luft starrten, machte Renate ihnen Beine. »Na los, ihr Faulpelze. Nichts wie zum Waschhaus. Johanna hat das Badewasser eingelassen und frische Kleider bereitgelegt.«

»Was ist denn nur los, Renate?«, wollte Sophie wissen.

»Nicht so viel fragen – folgen!«

Natürlich nahm Sophie das Angebot, freizukommen, gerne an und spazierte ohne weitere Widerworte aus ihrem Gefängnis. Niklas zögerte noch. Er beäugte die Nonne skeptisch. Ihm fielen die schmutzigen Schuhe und die Spritzer am Skapulier als Erstem auf. Mit dem Kinn gab er Sophie ein Zeichen, doch sie begriff nicht.

»So trödelt nicht!« Resolut schnappte Renate die Hand des Langweilers und roch an seinem Hemd. »Um Himmels willen, du stinkst ja wie ein Bauer. Da hilft nur eins: raus aus den vergammelten Klamotten und ab in den Zuber mit dir. Und diese langen Zotteln, Sophie …«, knurrte Renate weiter und verrubbelte dem Mädchen die glatten Haarsträhnen, »viel zu lang sind die geworden.«

Sophie stakste voraus. Die gewachsene Haarmähne hatte sie mit Stolz erfüllt. So wurde sie von den Leuten nicht mehr für einen Jungen gehalten. Im Treppenhaus blies Renate die aufgestaute Last mit einem einzigen Stoßseufzer aus und erklärte aufgebracht: »Heilige Muttergottes! Der Provinzial Ludwig Amusis hat sich angekündigt.« Sie schluckte heftig und japste nach Luft. »Und als ob das nicht genügt hätte, wünscht er, euch zu sehen!«

Sophie blieb bockig auf dem Zwischenpodest stehen und unterbrach den Redeschwall. »Warum?« Sie neigte den Kopf zur Seite und sah die Nonne fragend an. Die

Vorstellung, den Aufseher der Oberdeutschen Minoritenprovinz zu treffen, bereitete ihr tiefes Unbehagen. Sophies Stimme klang brüchig. »Ich meine, wie kann es sein, dass der gnädige Herr ausgerechnet *uns* sehen will?«

»Das halbe Kloster ist in Aufruhr, ich habe jetzt keine Zeit, um Antworten zu geben! Kommt jetzt.« Sie schnappte auch die Hand des Mädchens und lief weiter, obwohl sich beide sträubten. »Es wird schon alles gut gehen. Gott sei Dank ist noch a bissel Zeit. Ein Bote hat die erlauchte Gesellschaft angekündigt. Nicht auszudenken, was geschehen wäre, wenn sie einfach so aufgekreuzt wären.« Allein schon die Vorstellung daran ließ sie mitten im Satz straucheln. Darum sandte sie kurzerhand einen Lobeshymnus gen Himmel: »Danke für das Wunder, oh Herr, durch das Du seine Exzellenz zögern ließest, bei all den unglücklichen Umständen, die ihm dadurch beschienen sind … gelobt sei Jesus Christus!«

Der Besuch des Hochwürdigsten Vaters hatte ursprünglich nichts mit dem Tod der Meisterin zu tun gehabt. Die neuerliche Hiobsbotschaft brachte den Prälaten völlig aus der Fassung. Dabei wollte Ludwig Amusis in Wittichen nur eine Visitation durchführen. Das Kloster der Seligen Luitgard war in letzter Zeit ziemlich in Verruf geraten, und als frischgebackenem Provinzial oblag es alleine seiner Verantwortung, für Besserung zu sorgen. Ursprünglich war seine Ankunft zum Morgenkapitel geplant. Doch leider hatten ihm die Benediktiner mit der nächtlichen Zechtour einen Strich durch die Rechnung gemacht. Bevor die Reise ins Wittichener Tal also losgehen konnte, musste er die beiden mit klingender Münze aus dem Zuchthaus auslösen.

Dementsprechend griesgrämig war er, als er im Kloster endlich eintraf. Das aufwendige Bankett, das sie ihm im Refektorium vorbereitet hatten, interessierte ihn wenig. Schließlich hatte er in Schiltach ausgiebig frühstücken können und so die Wartezeit überbrückt.

Unterdessen versammelten sich die Nonnen fast vollzählig im Kapitelsaal. Noch einmal schwor Priorin Klara sie auf den bevorstehenden Besuch ein. Alles, was in ihrer Macht stand, hatte sie unternommen, um den Aufenthalt dem Provinzial so angenehm wie möglich zu gestalten. Mit gemischten Gefühlen nahm sie nun auf dem Äbtissinnenstuhl der Verstorbenen Platz und harrte Ludwig Amusis' Erscheinen.

In ihren braunen Skapulieren wirkten die Nonnen auf den Bänken, die entlang der Wände in U-Form aufgestellt waren, wie Hühner auf der Stange. In der Aufregung vergaßen sie sogar das Chorgebet zur *Sexta Hora* anzustimmen, denn sie hatten plötzlich Stimmen durch den Kreuzgang hallen gehört.

Bald darauf platzte der Provinzial zur Tür herein. Pater Johannes versuchte, mit ihm Schritt zu halten. Er war bemüht, den sichtlich aufgebrachten Guardian zu beruhigen. Doch seine Erklärungen blieben allesamt im Ansatz stecken. »Hochwürdiger Vater, so lasst Euch darlegen, es war in der Kürze der Zeit einfach nicht möglich, Euch über die schwere Krankheit der Äbtissin zu informieren …«

Der Guardian durchlief den Saal, ohne die Nonnen zu beachten, die nun alle gleichzeitig von ihren Sitzen aufsprangen und sich verbeugten. Er blieb vor dem Äbtissinnenstuhl stehen und wandte sich mit fuchtelnden Armbewegungen um. Die knapp 70 Frauen begriffen sofort und setzten sich auf ihre Sitze zurück. Mit der rechten Hand fasste sich Amusis an die Stirn und stöhnte, während er mit der linken gleichzeitig versuchte, ein Taschentuch zu entfalten.

Das Stühlerücken bereitete ihm offensichtlich Kopfschmerzen.

Er schnäuzte die Nase und trompetete in das Stofftuch hinein, dass es nur so schallte. Johannes machte sich unterdessen rückwärtsgehend aus dem Staub und verschwand im Schatten eines Pfeilers.

Die Klarissen sahen einander verwundert an.

»Seid herzlich gegrüßt, Gnädiger Herr«, brach die Mutter Oberin die Stille und küsste Amusis' goldenen Ring, den er ihr brüsk vors Gesicht hielt.

Ihre Hand zitterte.

Ludwig Amusis, Provinzial der hiesigen Franziskanergemeinde, legte ein übertriebenes Benehmen an den Tag. Er dankte der Priorin für die Ehrerweisung und lächelte angestrengt. Doch für Förmlichkeiten schien keine Zeit. Er zog die Brauen hoch und blickte ungeduldig zur Tür. Da kamen sie angelatscht, die beiden Benediktiner. Mal wieder hatten sie sich verspätet und von der Tafel nicht losreißen können.

Angesichts ihrer lädierten Kutten und der Schwellungen im Gesicht, brauste ein bestürztes Raunen auf.

Die Priorin räusperte in die Faust und ermahnte so die Schwestern zur Stille. Indessen schloss Rudolf die schwere Eichenpforte, und Bruder Jakobus versuchte, seine zerknitterte Kutte etwas zu glätten. Jetzt schweifte der Blick des Provinzials zufrieden über die Schwestern.

Nacheinander zogen sie die Köpfe ein. In der Gestik des hohen Prälaten spiegelte sich auf einmal all die Autorität wieder, die ein solches Amt eben erforderte.

Die Anhörung konnte beginnen.

Im Verweilbezirk der Klausur war es ungemütlich geworden. Durch die Arkaden fauchte der Wind und übertönte das erquickende Geplätscher des Brunnens im Zentrum. Sophie trug eine knielange Schlumperhose und darüber ein ärmelloses Wams. Besonders ansehnlich war das hochgeschlossene blütenweiße Hemd mit gebauschten Ärmeln und Rüschenkragen ihrer Meinung nach aber nicht. Sie hatten mit ihr kein Erbarmen gezeigt und die Haare, trotz heftigem Protest, abgeschert. Jetzt sah sie wie ein Junge aus!

Johanna von Hornstein führte Niklas an der Hand. Das gefiel dem Buben überhaupt nicht, der wie ein Hund an der Leine zerrte und Johanna schier den Arm auskugelte. Äußerlich stand er Sophies Aufmachung in nichts nach. Sie hatten den widerspenstigen Haarwirbel in einen anständigen Seitenscheitel gebändigt. Das eigentlich stets dreckige Gesicht, das zu Niklas' Wildheit passte wie der Schnee zum Winter, war heute befremdend glatt poliert und glänzte wie mit einer Speckschwarte eingerieben.

Jetzt, da sie die Tür erreichten, kommandierte die Mentorin Sophie nach vorne. Noch einmal hob sie mahnend den Zeigefinger, um das Gesagte noch einmal in Erinnerung zu rufen. Wie so oft wirkte die Klosterfrau traurig und in sich gekehrt. Die blassen, aber schön geschwungenen Lippen waren zu einem harten Strich verbissen, was angesichts des hohen Besuchs eigentlich nicht verwunderte. An den Falten ihres Mundwinkels ließ sich das ungefähre Alter von Mitte 30 abschätzen. Irgendetwas schien sie zu verbergen. Wer sich wohl wirklich unter dem Nonnenhabit verbarg? Die anmutigen aristokratischen Züge jedenfalls deuteten eine außergewöhnliche Schönheit an, die zusammen mit den bedachten, fast schwebenden Bewegungen eine edle Herkunft verrieten.

Sophie fasste sich ein Herz, atmete tief ein und schob mit einem Ruck die Pforte auf.

Amusis stoppte mitten im Satz. Gerade wollte er sich über das rüpelhafte Benehmen wegen der unangekündigten Unterbrechung echauffieren, da entspannte sich seine Miene, und ein von Neugier verzücktes Lächeln umspielte seine fleischigen Lippen. Sophie betrat den Kapitelsaal. Niklas und Johanna folgten mit einigem Abstand. Die Hornstein nahm den Buben zwischen den Schultern und schob ihn neben das Mädchen. Da standen sie nun, die beiden Kinder, mitten im Raum und schauten den Prälaten bange an.

Den wohlgenährten Bauch des Guardians umschlang ein breites Zingulum-Band, das ganz anders aussah als die einfachen Kordeln mit den Franziskanerknoten der seraphischen Frauen. Auch an der schwarzen Soutane, dem taillierten Obergewand, war offensichtlich nicht gespart worden. Sie wirkte nagelneu und sündhaft teuer.

»Sind sie das?«, fragte Amusis die Priorin erwartungsvoll, und seine buschigen Brauen begannen, vor Verzückung zu hüpfen.

Die Angesprochene nickte. »Aber sicher, Euer Gnaden!« Sie gab Johanna mit einem hastigen Wink zu verstehen, dass sie sich bitte auf ihren Platz zurückziehen möge und die Kinder mit Amusis allein lassen solle. Der legte den rechten Arm hinter den Rücken und bückte sich weit hinunter, um die schönen Jünglinge zu mustern. Mit dem Finger deutete er abwechselnd auf Sophie und Niklas. Wer war nur wer? Die Frage lag ihm auf der Zunge, doch er vergaß sie sogleich, weil er sich nun dem entzückenden jüngeren zuwandte. Niklas starrte scheu zu Boden. »Ein wahrhaft schönes Knäblein«, bemerkte der Prälat schmierig. Dann hob er dessen schlotterndes Kinn an, um das Kind noch besser in Augenschein zu nehmen.

Protestierend riss Niklas die Augen auf und trotzte dem erkundenden Blick. Die wachen Gucker hatten die Form von Kastanien, und das Gesicht war wohl proportioniert. Der Provinzial ergötzte sich besonders an der niedlichen Stupsnase und dem Naschmund. Er schien zufrieden und nahm sich daraufhin das Mädchen vor, das er etwas gröber traktierte. Mit Daumen und Zeigefinger, was wie ein Schraubstock wirkte, kniff er Sophie in die Mundbeuge, sodass die Lippen wie bei einem Maultier auseinanderklafften und er die geraden Zahnreihen begutachten konnte.

»So sind sie also gesund und munter!« Das Interesse an den Kindern war zwar intensiv, doch nur von kurzlebiger Natur. Abschließend tätschelte er Sophies Wangen und wandte sich wieder an die Priorin. Er dachte nach und kratzte sich am Kinn. »Hegt das Geheimnis so gut wie ihre gesunden Körper. Bewahrt die Wahrheit hinter diesen Mauern. Denn es gibt Menschen, böse Menschen, die nie davon erfahren sollten.« Er ließ das Gesagte wirken und lief umher.

Johanna fiel ein Stein vom Herzen. Sie reagierte umgehend und brachte die Kinder nach draußen. Am hinteren Ende des Raums wartete der Guardian, bis die Tür geschlossen war, erst danach setzte er seine Rede fort. »Wenn ich richtig nachrechne, müsste Barbaras Kind das ältere der beiden sein. Dabei ist mir eine Ähnlichkeit gar nicht aufgefallen …«

»Nun …«, erklärte Schwester Klara schnell, »ich finde … ähm … schon. Vor allem das Lächeln ähnelt dem der Mutter …«

Amusis runzelte die Stirn und guckte die Priorin kritisch an. »Nun denn! Ich werde Euch, Mutter Oberin, bei der Wahl zur neuen Äbtissin natürlich unterstützen …«, er legte eine Sprechpause ein, ging ein Stück und fügte flapsig hinzu: »nachdem ich mir über die Halunken hier klar geworden bin.« Ohne ein weiteres Wort beschloss er das Gespräch und stolzierte mit verschränkten Armen Richtung Ausgang. Jakobus, der im Stehen fast eingenickt war, und Rudolf, der die eine oder andere Nonne mit den Augen schier auszog, stoben auseinander.

Noch einmal wandte er sich um: »Sorgt dafür, geschätzte Klara, dass die Gerüchte endlich aufhören. Die Verfehlungen der Vergangenheit dürfen sich niemals mehr wiederholen. Das gilt auch für die anwesenden Benediktiner. Die Heiligen im Himmel sollen mein Zeuge sein: Ich werde jedweden Fehltritt, der mir zu Ohren kommt, mit größter Härte bestrafen. Und ich meine jeden, nicht wahr, liebe Freunde?«

Jakobus und Rudolf schluckten hart.

Dann verabschiedete sich der Prälat mit einem selbstgefälligen Grinsen und winkte Pater Johannes, ihm zu folgen.

Ungläubiges Staunen erfüllte den Kapitelsaal. Das Scheppern der Tür wirkte noch lange nach. Erschöpft sackte die Priorin auf dem Stuhl der verstorbenen Meisterin zusammen und stützte den schweren Kopf mit der Hand über der Armlehne ab. »Puh«, stöhnte sie und rollte angestrengt mit den Augen. Die Inszenierung hatte ihnen allen unermessliche Kräfte abverlangt!

Dem pflichtete Renate im Stillen bei und dachte: was für ein jämmerliches Schauspiel!

KAPITEL 3

Die klaren Augen Johanna von Hornsteins zeugten von einem wachen Verstand. Wer in sie hineinsah, konnte eine unerfüllte Sehnsucht wogen sehen. Nach der Aufregung des Tages hatte sich die Nonne an den spirituellsten Ort des Klosters zurückgezogen, der so etwas wie ihr Lieblingsplatz geworden war: die Kirche! Dort kniete sie am Epitaphium der Gräfin Montfort. Der holden Dame schien es vor ihrem Tod im Jahre 1592 ein ganz besonderes Anliegen gewesen zu sein, unweit der Gebeine der Seligen Luitgard zur Ruhe gebettet zu werden. Die Schwarzwaldheilige nämlich, die sie sehr verehrt hatte, schlief seit nunmehr 281 Jahren in dem Nischengrab zu ihrer Rechten der Ewigkeit entgegen.

Plötzlich störte ein knarrendes Geräusch Johannas Kontemplation.

Die Kirchenpforte wurde aufgeschoben, und Renate polterte herein. »Heilige Maria, was für eine Sauerei!«, schimpfte sie und schmiss die Tür hinter sich zu, sodass es nur so rumste. Sie kam näher und überschlug sich schier in ihrer Hast. Trotzdem vergaß sie nicht, vor dem Gekreuzigten und den Heiligen Sebastian und Wendelin einen schlampigen Knicks anzudeuten. All ihre Hoffnungen ruhten nun auf Johanna. Erwartungsvoll starrte sie auf die Betende und versuchte sich zu sammeln. »Was machen wir jetzt?«

Kaum hatte Renate den Mund zugemacht, gab die Adlige Antwort. Sie erhob sich und klopfte ihren schmutzigen Habit aus. »Es wird jetzt nicht leichter werden«, sagte sie gefasst mit einer Spur Ratlosigkeit im Ton und richtete den Blick zu der Grabplatte der Gräfin Montfort. »Ihr verlängerter Arm kann uns nicht mehr beschützen. Schon seit geraumer Zeit bedrückt mich diese finstere Vorahnung. Seit heute weiß ich, dass Gott darin zu mir sprach. Er verriet mir, dass der gewohnte Lauf der Dinge bald eine schmerzhafte Wendung nehmen wird …«

»Er hat den Beichtiger zu sich gerufen!«, fuhr Renate dazwischen. Doch Johanna ließ sich nicht unterbrechen und erklärte in stoischer Ruhe weiter. »Der Tag ist jetzt gekommen. Wir können das Beben, das das Kloster zum Einsturz bringt, nicht mehr aufhalten. Ich werde der Welt nun mein Geheimnis offenbaren.« Sie faltete die Hände und verschloss sich mit ihnen den Mund.

Renate nickte. Sie dachte an die Anfänge und den Ursprung des Übels zurück. Die verstorbene Meisterin war damals noch eine einfache Nonne gewesen. Mit Johanna teilte sie dasselbe Schicksal. Die damalige Äbtissin Maria, eine kluge und weitblickende Frau, deren besondere Taten Renate ewig in Erinnerung behalten würde, hatte die Geschehnisse bis heute hinter den Mauern bewahren können. Einer ihrer Schachzüge war sicherlich die Entlassung des Beichtvaters gewesen. Beatus Bishalm, der damalige Provinzial, drohte mit Exkommunikation, sollte die vakante Stelle nicht umgehend besetzt werden. Es dauerte aber dann noch zehn lange Jahre, bis Pater Johannes eingestellt wurde. Und der erwies sich als Segen für das Kloster.

»Das Mädchen wird erwachsen«, überlegte Johanna weiter. Sie lächelte verbittert und konnte ihr aufwallendes Selbstmitleid nicht unterdrücken, jetzt, da alle Anstrengungen umsonst gewesen schienen. Es wurde unverkennbar, dass sie sich persönlich am allermeisten beschuldigte. Auch Renate sprach sie nicht gänzlich frei, das verriet der vorwurfsvolle Gesichtsausdruck. »Merkst du denn nicht, wie sich Sophie verändert? In Zukunft werden wir die Wahrheit nicht mehr unter …« – sie machte eine Pause, um die folgenden Worte in die passende, weil ironische Hülle zu pressen: »Sagen wir es mal so: *Knabenhosen* verbergen können. Ich fürchte, liebe Freundin, wir stehen heute am Scheideweg. Wir haben die Wahl, ob wir die Kinder weiterhin der Gefahr aussetzen, oder ob ich mich stellvertretend für Barbara vor dem Rat der Kurie in Konstanz für unsere Taten verantworten lasse.«

»Aber …« Renate schüttelte den Kopf.

»Sieh doch, wohin uns der Pfad der Lüge geführt hat!«, schrie Johanna die ganze Ausweglosigkeit heraus und breitete hilflos die Arme aus. »Hätten wir uns schon früher der Wahrheit gestellt, wären *wir* zwar Opfer geworden, nicht aber die Kinder. Himmel, inzwischen ist ein solches Lügengebilde geflochten, dass ich mich selbst kaum mehr auskenne …«

Er wurde still, und man vernahm nur noch Johannas

innere Qual, der sie durch gequältes Schluchzen Ausdruck verlieh.

Renate konnte ihr nicht helfen.

Erneut wurde die Kirchenpforte aufgeschoben, und Pater Johannes erschien gebückt wie ein Greis in der Kirche. Behutsam schloss er die Tür und räusperte sich dezent, um auf sich aufmerksam zu machen. Die Frauen wandten sich um.

»Du wirst dich der Wahl stellen, Johanna«, teilte er mit der Autorität eines Vaters mit. »Kloster Wittichen hat in den Jahren viele Provinziale gesehen. Wir werden uns jetzt doch nicht von diesem aus der Ruhe bringen lassen. Das Geheimnis muss allezeit bewahrt werden, hörst du! Deshalb gib acht vor dem Schaffner. Wratislaus hatte die Netze ausgeworfen und seinen Amtmann ausgeschickt, um den Gerüchten auf den Grund zu gehen. Wir sollten uns also hüten und den Verzagten nicht noch mehr Nahrung geben.« Dabei sah er Johanna eindringlich und finster an.

Dass die Hornstein seit Barbaras Tod wankte, war dem Franziskaner bewusst. Deshalb strebte er danach, sie zu bestärken. »Johanna«, wiederholte er drohend und bleckte die Zähne. In seinen Augen loderte der Zorn, und ebenso dröhnte jetzt seine Stimme: »Es ist ein Befehl!«

Um der Konversation die Schärfe zu nehmen, räusperte sich Renate. Und siehe da, für eine Weile kehrte Stille ein.

»Der Herr Prälat wünscht sich ein Wunder!«, erklärte Johannes weiter.

»Ein Wunder?«, erwiderte Renate und konnte ihren Zynismus nicht bei sich behalten. »Ein solches wünsche ich mir schon lange! Aber dafür sind wir einfachen Nonnen die falschen Adressaten. Der Herr Prälat sollte sich besser an den Heiligen Stuhl selbst wenden – oder an Gott. Uns sind die Hände leider gebunden!«

Der Pater Beichtiger belächelte die Naivität und legte die ausgestreckte Hand auf Renates Schulter. Am festen Griff erkannte die seine Entschlossenheit. »Wir werden Amusis den Gefallen tun, hörst du, und das Kloster zur Blüte führen.« Sein Blick schweifte zu Luitgards Hochgrab hinüber. Er nickte, seinen finsteren Gedanken bestätigend. »Ja, Wittichen braucht ein Wunder, neue Pilgerströme und ein Ende der Schwätzereien!«

Johanna wurde das alles zu viel. Sie konnte das Intrigenspiel nicht länger aushalten und rannte hinaus.

»Renate, bring du mir eine Knochensäge – nach Sonnenuntergang – in den ›Frau Mutter Bau‹. Klopfe dreimal …«

Daraufhin ließ er die sprachlose Nonne einfach stehen und verschwand in der Sakristei.

Sophie ließ ihren Gefühlen freien Lauf. Sie war innerlich zerrissen. Nein, so konnte es nicht weitergehen. Die ganze Ausweglosigkeit bekamen jetzt die Bücher zu spüren, obwohl die nichts dafür konnten. »Predigtbuch hinfort«, kreischte sie und pfefferte das ungeliebte Schriftgut gegen die Wand. »Alles sinnloses Gewäsch –

hat keinen Wert!« Auch die Fibel der Heiligen fiel zu Boden und zerfetzte. »Sebastian, was für eine Seuche! Sankt Wendelin, schirm unseren Stall, schütz unser Vieh …, aaaaaah, hau endlich ab!« Den nächsten Band zögerte sie zu werfen. Darunter verbarg sich nämlich ihre Lieblingslektüre. Sie legte das Schmähwerk zur Seite und kramte stattdessen das Prinzessinnenbuch hervor. Die Gedanken an die Heldin aus Kindertagen wirkten beruhigend. Sophie streichelte den ledernen Einband wie einen Schatz. »Elisabeth, ich kann deine Verzweiflung fühlen«, sagte sie zärtlich. »So bist du nun einsam, ohne dein schönes Königreich, so wie ich ohne eine vertraute Menschenseele.« Sie sank im Schneidersitz auf den Boden und bettete das geliebte Buch in den Schoß. »Ich kann mich ja selbst nicht mal leiden! Lieber Gott, so sag mir doch, wer ich bin und wo ich hingehöre.« Sie legte die Stirn auf den Umschlag und weinte bitterlich.

Leise trat Johanna hinzu. Sie hob die zerflederte Heiligenfibel auf und legte sie wortlos auf den Schreibtisch zurück. Dann setzte sie sich zu Sophie auf den Boden. »Du willst nicht mehr, stimmt's?« Sie sah das Mädchen liebevoll an, tat wie eine Gefährtin und wollte nach der kraftlosen Hand greifen. Doch Sophie entzog sie ihr.

»Ich will meine Tunika wieder haben und will sie nie wieder gegen diese blöden Hosen eintauschen.« Sophie schüttelte trotzig den Kopf. »Warum, Johanna, lässt man mich nie hinausgehen, so wie Niklas es darf! Was habt Ihr zu verbergen? Und weswegen inszeniert Ihr dieses Theater vor diesem abstoßenden Pfaffen?«

Johanna reichte dem Mädchen ein Taschentuch und versuchte, durch ihre Freundlichkeit dem Mädchen ein Lächeln abzuringen. Aber es klappte nicht. Stattdessen schnäuzte Sophie wie ein unerzogener Bengel in das Linnen und tupfte die Tränen ab.

»Bald wirst du die Wahrheit erfahren. Noch ist die Zeit dafür aber nicht reif.«

»Wieso denn nicht?«, entgegnete das Mädchen bockig. »Ich will es wissen, und zwar sofort!«

Johanna erhob sich aus ihrer knienden Position. Sophie erkannte die Matschspritzer am Rocksaum und konnte die skeptischen Blicke nicht mehr abwenden. Schließlich ließ sie sich von Johanna hochziehen. »Äbtissin Barbara ist ermordet worden.«

»Kind, was redest du?«, wiegelte Johanna ab.

»Ich weiß es einfach – Punkt! Es passt alles so schön zusammen. Das plötzliche Dahinscheiden der Meisterin, der Fremde in der Nacht und das verschwitzte Pferd aus Alpirsbach.«

Johanna erschrak und riss die Augen auf. »Das ist doch alles blanker Unsinn«, erklärte sie im Mitleidston, und man merkte ihr an, dass sie das Mädchen partout nicht ernst nehmen wollte.

»Und da war noch die Nonne, die tollpatschigerweise in eine Drecklache getappt ist. Ihre Kutte muss davon ziemlich schmutzig geworden sein so wie Eure …«

»Ach, bei diesem Wetter kann man das kaum vermeiden. Mädchen, was redest du? Sieh doch deine Hosen an, kaum einen halben Tag getragen …« Doch da war kein Schmutz zu sehen. »Und wer soll bitteschön diese geheimnisvolle Nonne gewesen sein?« Johannas Augen flimmerten nervös, und ihre Hand begann zu zittern.

»Niklas konnte das Gesicht nicht sehen, was ein Glück für sie! Johanna, sagt mir, wo seid Ihr vorletzte Nacht gewesen?«

Die Hornstein schnaubte vor Unglauben und stieß einen empörten Schrei aus: »Also, das ist doch die Höhe. Ich werd' noch verrückt … Das denkst du nicht im Ernst, oder?«

Das Mädchen zuckte mit den Schultern. »Ich glaube gar nichts, nur noch daran, dass *ich* langsam verrückt werde. Die Geschichte über meine Geburt ist doch auch bloß ein Konstrukt, das Ihr Euch ausgedacht habt.« Sie neigte ihren Kopf zur Seite und erwartete eine Antwort.

Doch damit hatte das Mädchen eine Grenze überschritten. Die Nonne verlor vollends die Fassung: »Aus mit der Märchenstunde!«, schimpfte sie. »Zur Strafe bringst du das wieder in Ordnung, auch die Blätter sortierst du und bindest sie zusammen. Die Legende vom heiligen Wendelin lernst du bis heute Abend auswendig, ist das klar?«

Das hatte gesessen. Widerwillig sammelte Sophie die herumliegenden Seiten ein. Und es waren ziemlich viele, die vom Leben des Heiligen handelten und quer verteilt in der Stube lagen.

»Merk dir eines, Kind: Manchmal können wir unser Schicksal nicht ändern, auch wenn wir es gerne tun würden.« Johanna kämpfte gegen die Tränen an, ihre Mundwinkel zuckten. Doch sie besann sich und legte die wohlbekannte Strenge auf. »Wie gesagt, du wirst Antworten erhalten, zu gegebener Zeit.« Damit wandte sie sich zur Tür. »Wenn ich wiederkomme, möchte ich diese Unordnung nicht mehr sehen – verstanden?« Sie funkelte unnachgiebig mit den Augen und stolzierte hinaus.

Johanna verwunderte der unbändige Fleiß des Mädchens. Hatte der Denkzettel ein Umdenken bewirkt? Jedenfalls verließ Sophie nur zu den Mahlzeiten, am Mittag und am Abend, die Bibliothek. Deshalb hatte die Nonne ein Einsehen und ließ Sophie in Frieden. Sie bekam sogar ihre geliebte Tunika wieder. Die Geschichte des Wendelin blieb unabgefragt. Die ersparte Zeit wendete Johanna viel lieber dazu auf, um dem Buben die Leviten zu lesen. Denn schließlich waren es seine Hirngespinste, die Sophie vom rechten Weg abbrachten. Viel erfuhr sie von Niklas jedoch nicht, und deshalb bat sie Johannes, ihm die Beichte abzunehmen.

Die Tür zur Bibliothek flog auf.

Sophie fuhr hoch und griff sich vor Schreck an die Brust. »Sag mal, kannst du nicht anklopfen? Da bleibt einem fast das Herz stehen!«

Niklas grüßte geknickt und teilte Sophie sogleich die neueste Hiobsbotschaft mit: »Sie haben mich zur Beichte verdonnert!«, jammerte er und staunte über den riesigen Bücherstapel, der sich auf Sophies Schreibtisch auftürmte. »Hast du da drin was gefunden?«

»Verrat mir lieber, ob du den Schlüssel hast!«

Niklas stampfte auf den Boden. »Sag mal, ist dir mein

Schicksal völlig gleichgültig? Dreht sich die Welt nur noch um dich – wirst du jetzt selbstsüchtig und egoistisch werden?«

»Oh, es bricht mir fast das Herz. Möchte der arme Niki vielleicht eine Runde Mitleid ergattern?«, entgegnete Sophie und mimte die Besorgte. Natürlich wusste sie, dass Niklas der Sinn nach Anteilnahme stand. »Ich bin mir sicher, dass du das überleben wirst. Dir fallen bestimmt ein paar tolle Geschichten ein, die du dem Franziskaner auftischen wirst.« Sie hielt ihm die Hand hin und winkte auffordernd mit dem Finger. »Also her damit!«

Niklas verdrehte die Augen und reichte Sophie schweren Herzens den klirrenden Schlüsselring. Er hatte eigentlich eine Gegenleistung erwartet und dachte an den letzten Husarenstreich zurück. Dabei bekam seine Miene einen pfiffigen Zug. »Es war ein reines Kinderspiel, Pater Johannes den Schlüssel abzuluchsen. Die Truhe in der Sakristei, wo er seine Kostbarkeiten aufbewahrt, war gänzlich unbewacht. Dem Herrn Provinzial, der das ganze Kloster noch immer auf den Kopf stellt, sei Dank!«

Sophie wog den Schlüssel in den Händen. Er würde ihr die Tür zum Archiv öffnen, wo sie hoffentlich mehr über ihre Herkunft erfahren würde. Überglücklich umarmte sie den Buben und drückte ihm einen dicken Schmatz auf die Wange. »Niki, du bist ein Schatz.«

Damit hatte Niklas doch bekommen, was er wollte?

Na ja. Das war dann doch zu viel des Guten. Unwirsch wischte er sich das Gesicht trocken und blies unleidig die Backen auf. Sophie sah ihn an. »Sag mal, Niklas, was weißt du eigentlich über die Gräfin Montfort?«

Er kratzte sich am Kopf, und dass jetzt nichts Gescheites kam, konnte sie an seinem spitzbübischen Grinsen erkennen. »Sie liegt tot in ihrer Gruft.«

»Hanswurst, hör zu: Sie war die Großmutter unseres Standesherrn Graf Wratislaus. Nach dem Tod ihres Gatten teilte sich die Grafschaft in die heutigen Linien Kinzigtal und Heiligenberg. Und ja, sie ließ sich in unserer Kirche beerdigen und bedachte das Kloster mit einer Stiftung. Doch das alles ist uninteressant, denn jetzt kommt's: Sie hatte eine Tochter!«

Niklas gähnte. »Schön für sie …«

»Ja Bub, begreifst du es denn nicht?« Sophie klatschte in die Hände, um Niklas wachzurütteln. Doch dieser schüttelte nur müde den Kopf und ließ das Gesagte über sich ergehen. »In ihrem Testament verfügte sie, dass das Mädchen im Kloster erzogen werden solle. Dafür erhielt Wittichen 200 Gulden, die Hälfte sollte das Mädchen zurückerhalten, im Falle es in die Welt zurückginge.«

»Und hat es das Geld genommen? Ich meine, ich hätte nicht gezögert und mir den Geldsack einfach geschnappt …«

»Huhu, Niklas, nicht abschweifen.« Sie winkte ihn zur Räson. »Ich sag dir mal was, Bub: Barbaras Tochter blieb – sie wurde sogar Äbtissin.«

»Sooo?« Niklas zog eine verdutzte Grimasse.

»Man hat sie ermordet. Der Reiter war's, der, den du kürzlich gesehen hast!«

Eine Stunde später fand sich Niklas auf dem harten Schemel des Beichtstuhls wieder. Es roch nach modrigem Holz. Der Pater ließ sich Zeit, und Niklas spielte schon mit dem Gedanken, sich einfach davonzustehlen. Vor lauter Langeweile bohrte er in der Nase und wippte mit den Beinen.

Als die Tür quietschend aufging und jemand sich auf der anderen Seite des Beichtgitters niederließ, fühlte Niklas die Nervosität hochsteigen. Am Schatten seiner langen Nase, der Tonsur und der Kapuze, erkannte Niklas den Beichtvater. Mut machend füllte er sich die Lungen und blies die Luft aus. »Im Namen des Vaters und des Sohnes und des Heiligen Geistes. Amen«, leierte er den einleitenden Vers herunter.

Johannes erwiderte umgehend, aber auf eine einschläfernde und monotone Weise: »Gott, der unser Herz erleuchtet, schenkt dir wahre Erkenntnis.« Anscheinend stellte er sich auf eine erneute Märchenstunde ein. Um Kraft zu tanken, zeichnete er das Kreuz über die Stirn. »Diesmal bist du wenigstens gekommen«, fügte er hinzu, und man hörte die Erleichterung in seiner Stimme. »Das ist wenigstens etwas und zeigt einmal mehr deine erleuchtete Seite. Nun, mein Sohn, was hast du diesmal ausgefressen?«

»Ähm, eigentlich nichts …«, sagte Niklas kleinlaut.

»*Eigentlich*? Das klingt nicht unbedingt überzeugend.« Bruder Johannes räusperte sich und fügte spöttisch hinzu: »Schwer zu glauben. Doch wenn das so ist, ich meine, wenn du wirklich nichts angestellt hast, dann kannst du mir wenigstens von jener Nacht berichten?«

»Welche Nacht?«

»Du weißt, welche Nacht!«, sagte der Franziskaner genervt. »Halte mich nicht zum Narren, Bürschlein! Mir scheint, die Karzerstrafe hat dich nicht geläutert! Ich sollte beim nächsten Mal meinen Rohrstock gebrauchen.« Er hielt inne, damit die Drohung wirkte. »Wo hast du dich denn herumgetrieben, als ich dich neulich im Flur ertappte? Was hast du gesehen, Niklas? Sprich, du darfst es mir ruhig verraten.«

Es dauerte, bis das Kind sich ein Herz fasste und redselig wurde. »Ich … ich konnte nicht einschlafen«, begann es und rutschte unruhig auf den Knien hin und her. »Die Angst, dass die Meisterin so einfach sterben könnte, hat mich aufgewühlt.«

»Du hast ihn gesehen, nicht wahr?«, versuchte der Beichtiger, Niklas die Worte in den Mund zu legen.

»Wen soll ich denn gesehen haben?«

»Den Reiter. Das Pferd im Stall – es trug das Wappen Alpirsbachs, nicht wahr?«

»Wo … woher wisst Ihr?«

»Oh, Niklas, du kannst dir die Fülle meines Wissens gar nicht vorstellen: Ich ahnte bereits, dass der Ökonom noch im Kloster umgeht. Danke Niklas, für deine Aufrichtigkeit.«

»Hat er die Meisterin …«

»Nein«, unterbrach ihn Johannes barsch. »Es gibt keinen Mord, Niklas. Und rede es dir ja nicht ein, hörst du!« Traurig fügte er an: »Der Herrgott hat die Meisterin heimgerufen, weil ihre Stunde gekommen war. So ist das nun mal im Leben, so weh es auch manchmal tut.«

Der Pater hatte genug gehört und beschloss das Sakrament der Beichte mit der Absolution. »Barmherziger Vater, möge die Seele der Hochwürdigen Mutter in Deinem Hause Vergebung und ewige Ruhe finden. Dich, Niklas, spreche ich von deinen Sünden los. Gehe also hin in Frieden …«

Das musste man ihm nicht zweimal sagen. Noch während der Franziskaner die Entlassungsformel hersagte, sprang Niklas auf. Schon schallte seine Stimme durch das Kirchenschiff: »Ich bereue, dass ich Böses getan und Gutes unterlassen habe. Herr, erbarme Dich meiner – juhu!«

»100 Paternoster, Niklas, vergiss nicht, die Absolution erlangst du nicht umsonst – dazu 34 Ave Maria!«, rief ihm Johannes vergeblich nach, da die Tür schon ins Schloss gefallen war. Geplagt kämpfte er sich aus dem engen Kirchenstuhl. Nein, das hatte nicht nach Reue geklungen. Es schien aussichtslos. Doch Niklas war nicht der Einzige, der keine Tugend zeigte. Viel mehr als das Kind sorgten nämlich andere Unverbesserliche dafür, dass sich ihm die Nackenhaare sträubten.

Sophie konnte es kaum erwarten, dass die Luft rein war. Endlich schien im zweiten Stock des »Langen Baus« alles zu schlafen. Sie warf sich einen Umhang über und schlich auf den Flur. Die Fackeln, die dort brannten, warfen unheimliche Schatten, die sie an dieselben Phantome erinnerten, die ihr oft den Schlaf raubten. Zum Glück besaß sie noch einige Kerzen. Sachte entzündete sie den Docht am Feuer. Noch einmal sprach sie sich Mut zu. Dann erstieg sie die steinerne Wendeltreppe, ganz leise und bedacht einen Fuß vor den anderen setzend.

Der Schlüsselring klimperte bei jedem Schritt. Wie verräterisch das war! Wieder beschlich sie die Angst, ertappt und hinter dicken Mauern weggesperrt zu werden, dort, wo niemand ihre Schreie hörte. Ob sie wohl besser umkehren sollte? Noch war es möglich.

Seltsam, die schwere Eichentür am Ende ließ sich einfach aufschieben, ohne dass man einen Schlüssel dafür brauchte. Ehrfürchtig betrat sie das Archiv, das hell erleuchtet war. Regale mit akkurat geordneten Buchrücken und Schriftrollen reihten sich aneinander. Der Moder dreier Jahrhunderte biss in der Nase. Dann blieb Sophie das Herz fast stehen.

Auf dem Stuhl in der Raummitte hockte eine zusammengesunkene Gestalt. Ein Toter? Nein, denn die Arme, die auf der Lehne ruhten, bewegten sich plötzlich. »Ich wusste, dass du kommst«, begrüßte sie eine finstere Stimme. Doch es blieb keine Zeit, um wegzulaufen. Pater Johannes löste sich aus der Starre und erhob sich wie ein alter kranker Mann. Seine düstere Aura erfüllte das Zimmer. Er schloss die Tür und schob den Riegel vor.

Sophie bibberte.

»Du brauchst dich nicht fürchten, es wird dir nichts geschehen«, sagte er verärgert und empfand ihre Angst geradezu beleidigend. »Wie ich annehme, willst du etwas über deine Vergangenheit wissen, stimmt's?«

Sie nickte noch immer misstrauisch.

»Niklas ist ein Schelm«, begann er, erheitert aus dem Nähkästchen zu plaudern, während er am Regal entlang tappte und einen bestimmten Band suchte. »Er ist eben ein Kind, und seine treuen Augen sind verräterisch. Ich habe selbstverständlich bemerkt, dass er Renate das Versteck des Schlüssels abgeschwatzt hat. Gib ihn mir besser wieder, bevor er noch in die falschen Hände gerät!«, befahl er und hielt die Hand offen hin.

Das Mädchen gehorchte und warf den Eisenring auf den Tisch.

»Wie du dir sicher denken kannst, ist auch mir sehr daran gelegen, dass Licht ins Dunkel kommt. Wie steht's um dich? Willst du mir dabei behilflich sein, Sophie?«

Das Mädchen wusste nicht, was es antworten sollte, und zuckte unschlüssig die Achseln.

»Setz dich!«, sagte er einladend mit beruhigender Stimme. »Und hör bitte auf, mit den Zähnen zu klappern. Ich bin kein böser Geist, sondern ein Diener Gottes. Ich würde dir nie ein Haar krümmen, ganz im Gegensatz zu manch anderen Leuten, die dir ans Leder wollen. Sieh dich also vor und sei nicht zu vertrauensselig! Wer weiß, was der Schaffner im Schilde führt?«

Da Sophie zögerte, rückte ihr der Beichtiger den wuchtigen thronartigen Sessel hin. Endlich ließ sie sich darauf nieder, ohne den Franziskaner aus den Augen zu lassen. »Ich werde dir nun etwas über dein Leben erzählen. Bist du bereit, eine Reise in die Vergangenheit anzutreten?«

Sie antwortete gefasst und lehnte ihren Kopf bequem zurück. Der Pater musste sich schon vorbeugen, um ihr leise gehauchtes »ja« zu verstehen. Er lächelte und zog einen dicken Wälzer aus dem Fach und legte ihn auf den Tisch. »Na dann kann es losgehen.«

KAPITEL 4

Eine unheimliche Finsternis breitete sich über die Klause im Wittichener Tal aus. Die Einsiedler – Holzmacher, Köhler und Harzstecher – die im Verborgenen des Waldes lebten, befürchteten schon, Unholde hätten die Gestirne aufgefressen.

Neun Tage vergingen.

Keiner durfte in dieser Zeit den »Frau Mutter Bau« betreten, wo der Leichnam der Verstorbenen aufgebahrt lag. Doch sobald die Sonne hinter den Bergen verschwand, konnte man beobachten, wie dort des Öfteren seltsame Gestalten ein und aus gingen.

Schließlich kam der November mit Macht. Die Kälte kroch ins Tal. Aber auch das Licht kam zurück! Zuletzt war es der Leichenzug der Gräfin Montfort gewesen, dem eine ähnlich große Volksmenge das letzte Geleit gab. Damals, vor fast genau 36 Jahren, an einem ebenso bitterkalten Wintertag. Nun war es ihre Tochter, die in feierlichem Zeremoniell ihrer letzten Ruhestätte übergeben wurde. Hiermit schloss sich der Kreis. Mit der Meisterin wurde auch das alte Geheimnis zu Grabe getragen.

Natürlich beobachtete man auch Fürstenbergische Beamte und Wolfacher Bürger unter der Trauergemeinde, wie den Amtmann Elias Finckh, der sich nachmittags im Haus des Schaffners aufhielt. Seinen Herrn, den Grafen von Fürstenberg, sah man hingegen nicht. Am Abend fiel dann der erste Schnee. Die hohen Gäste waren da längst abgereist, mit ihnen der Guardian. Berg wie Tal waren weiß, und selbstverständlich bekam auch der Wald sein Winterkleid übergestreift. Mitten in diese Märchenlandschaft, umrahmt von säuselnden Flocken, klapperten Pferdehufe. Da es schon dunkel wurde, trug der Reiter eine Laterne. Er hatte die Landstraße entlang der Kinzig längst verlassen. Nun bewegte er sich auf den unwegsamen Pfaden Richtung Wittichener Tal. Sein Mantel war durchnässt und über seine Schultern breitete sich schon der Himmelsstaub. Er war diesen Weg schon Dutzende Male geritten und kannte ihn im Schlaf. Genauso das Pferd. Es wich jedweder Unwegsamkeit selbstständig aus.

Woher der Reiter bloß den Mut nahm? Schließlich setzte er jedes Mal seinen Ruf und sein Leben aufs Spiel. Besonders fiel dem äußeren Betrachter der entschlossene Blick auf, der ungepflegte Bart, aber auch die traurigen blauen Augen und das silberne Medaillon mit dem Doppelbildnis, das er stets bei sich trug. Es war klar, dass er seine Kraft daraus schöpfte.

Endlich war er am Ziel.

Die mächtige Abtei erhob sich aus dem winterlichen Panorama wie ein Bollwerk des Glaubens. Das Rauschen des Klosterbachs hatte ihn den ganzen Weg begleitet. Unterhalb des »Langen Baus«, toste er durch einen eigens dafür geschaffenen Tunnel. Heute blieb das Portal daneben verschlossen. Schon wollten ihn

Zweifel bedrücken, da lichtete sich die Sorge, und die Pforte öffnete sich wie von Geisterhand.

Oben im zweiten Stock trat Pater Johannes neugierig ans Fenster und beobachtete das Treiben auf dem Hof.

»Was willst du denn mit all den Büchern?« Niklas blickte verdutzt auf das Mädchen, das schwer bepackt mit alten stinkenden Wälzern in die Bibliothek schwankte und die schwere Last einfach auf den Schreibtisch plumpsen ließ. Der Bub verschwand hinter der Bücherwand, und man vernahm nur noch sein Geplapper. »Mir reicht schon die Lateingrammatik!« Niklas wedelte das Heftchen durch die Luft. »Oh, wie ich diese Sprache verachte. Ich frage mich, warum die Gelehrten nicht einfach so reden können wie wir.«

»Wieso, wie reden wir denn?«, fragte Sophie und ordnete die Bücher in zwei getrennte Stapel.

»Wie Schwarzwälder eben. Die kann man wenigstens verstehen!«

Sophie schob die Schätze des Wissens mit beiden Händen zur Seite, und Niklas' Blondschopf kam wieder zum Vorschein. Sie setzte sich ihm gegenüber und lächelte vergnügt. »Nun, Latein ist eine Sprache, die einst im antiken Rom existierte. Und unter den Gelehrten spricht man es eben bis heute.«

»Also ich will kein Gelehrter sein.« Niklas walkte die breiten Vorderzähne über die Unterlippe und sah das

Mädchen aufmerksam an. »Hei, was ist eigentlich in dich gefahren? Du bist plötzlich so gut gelaunt.«

»Willst du es wissen?« Sie strahlte bis hinter die Ohren.

Er nickte begierig.

»Na, dann lausch mal. Du erinnerst dich an die Tochter der Montfort, die kleine Comtesse, die an Weihnachten 1592 nach Wittichen kam und unsere Äbtissin wurde? Und jetzt halt dich fest: Es gab noch eine weitere Hoheit, die hier den Schleier nahm. Man mag es kaum glauben – aber es war eine echte Prinzessin!« Ihre Augen leuchteten voll kindlicher Begeisterung.

»Ehrlich? Und welchem Fürstenhaus entstammte sie?«

»Man sagt ihr nach, sie sei eine begnadete Orgelspielerin gewesen, die Prinzessin von Baden. Doch ihr Leumund war nicht der allerbeste, so erzählt man.«

»Und das steht alles in den Büchern? Ich verstehe nicht ganz, was das alles mit uns zu tun hat und gleich zweimal nicht, was Leumund bedeutet. Das ist wohl auch so ein komisches lateinisches Wort, oder?«

»Ich denke, das heißt ganz einfach, dass die Prinzessin ein leichtlebiges Fräulein war, das den Luxus liebte. Jedenfalls steht geschrieben, der Abt von Gengenbach habe den Frauen von Wittichen ein Töchterlein des Markgrafen angeboten, das in den Orden eintreten wollte. Zu ihrer Aussteuer gehörte sogar eine Orgel!«

Angestrengt versuchte Niklas, das Gehörte zu erfassen und zu ordnen. Sophie erzählte unterdessen weiter: »Dieser besagte Markgraf, Eduard Fortunat mit Namen, besaß einen wahrhaft zweifelhaften Ruf. Aber – und jetzt kommt's – Königin Elisabeth von England hatte diese Durchlaucht einst aus der Taufe gehoben.«

Auch wenn er sich diesmal wirklich bemühte, der Bub konnte Sophies Verzückung nicht teilen. Er kratzte sich am Hinterkopf und ließ die Augen rollen. »Na ja, wenigstens kann ich die Prinzessin verstehen«, entgegnete er schläfrig und spannte den Bogen zu sich selbst. »Ich mag schwere Kost nämlich auch nicht besonders, ich meine, was täten wir denn ohne die Freude im Leben …«

Weihnachten stand vor der Tür. Der Wald war zu einer Eiswüste geworden. Durch die Sonneneinstrahlung glitzerten die Schneekristalle wie Silbererz. Es setzte die Fantasie des Jungen in Gang. Nichts und niemand konnte ihn jetzt noch aufhalten. Dick eingepackt mit Wintermantel und Pelzmütze verließ er die Abtei. Heute rückten die Laienschwestern den Schneemassen endlich zu Leibe. Niklas wusste, dass er seinen guten Freund Rochus für lange Zeit nicht mehr sehen würde, wenn sich die Wetterlage nicht auf unvorhergesehene Weise besserte. Der Neuschnee würde Rochus davon abhalten, wie er zum Silberberg zu wandern.

Wider Erwarten zeigte der Pfad dorthin frische Spuren im Schnee. Sie wiesen Niklas den Weg. Das Stöhnen der Tannen, die unter der Schneelast ächzten, klang in seinen Ohren wie eine finstere Verheißung. Je weiter er sich vom Kloster entfernte, umso höher wuchs der Wald und erschien wie eine unüberwindliche Mauer. Irgendwie wurde er das Gefühl nicht los, verfolgt zu werden. Deshalb blieb er immer wieder stehen und wandte sich um. Doch da war niemand. Trotz der Fußspuren im Schnee blieb das Vorankommen beschwerlich. Plötzlich vernahm er ein Keuchen im Rücken. Diesmal tat er so, als würde er nichts bemerken. Er ging einfach weiter. Doch das Unbehagen wuchs. Abrupt drehte er sich um.

Konrad, der Sohn des Schaffners, kippte vor Schreck schier aus den Stiefeln. »Huch!« Das Kind wich zurück. Es war ein oder zwei Jahre jünger und im Vergleich zu Niklas ein Hänfling.

Niklas atmete durch und bäumte sich sogleich auf. »Hat dein Vater dich geschickt?«

Konrad erstarrte zur Salzsäule. Das Kind versuchte, den Kopf zu schütteln, doch das war gar nicht so leicht, da sein Schal ihm schier die Luft abschnürte.

»Du gehst jetzt schön nach Hause und verrätst keinem, wohin ich gegangen bin, hast du verstanden!« Das klang wie eine Warnung. Konrad blinzelte mit den Lidern und schluckte ängstlich.

»Und wehe, du verfolgst mich noch mal!« Er drohte mit erhobener Faust und machte dem Knaben Beine, der sogleich Fersengeld gab.

»Wenn ich rauskriege, dass du mich verpetzt, dann gnade dir Gott!« Doch Konrad konnte ihn längst nicht mehr hören. Er hatte mit sich und dem Schnee genug zu tun. Er stolperte, rannte weiter, überschlug sich. Und dann alles von vorn.

Wie ein jagender Luchs fauchte der Wind um die Hütten. Er rüttelte an Fensterläden und warf Türen auf. Menschen verirrten sich nur ungern an diesen Ort, wo die Natur die Symphonie der Melancholie spielte, die einst von den Bergknappen besungen durchlebt wurde. Das Heulen war bis heute nicht verstummt. Es drang noch immer aus dem Berg …

Sofort fiel Niklas auf, dass die Schutthalden ringsum mit neuem Abraum aufgefüllt worden waren. Das wunderte ihn. Niklas erkannte es daran, weil dort kein Schnee lag. Ob vielleicht doch Kobolde in der aufgelassenen Mine ihr Unwesen trieben und Bleiglanz und Schwerspat schürften? Niklas jedenfalls glaubte, das Quietschen schwer beladener Loren auszumachen, die von buckligen Wesen zur Halde hinaus gewuchtet wurden. Sogar das Hämmern von Eisen und Schlegel vermeinte er zu hören. Doch da sich auf dem Vorplatz niemand zeigte, beschloss er nachzusehen. In seinem Geiste erwachten die alten Geschichten zum Leben. Wirkliche Angst empfand er nicht. Der Berg war so etwas wie ein Freund geworden. Am Eingang küsste Niklas die Statue der Heiligen Barbara, die Schutzpatronin der Bergleute, die in der Nische wachte und immer noch so aussah, als wäre sie erst gestern aufgestellt worden.

Die Dunkelheit schlug Niklas wie Schwingen eines riesigen Rabenvogels entgegen. Er hatte Mühe, den Zunder mit Schlageisen und Feuerstein zu entfachen, um den Kienspan anzuzünden. Hier unten herrschten das ganze Jahr über dieselben Temperaturen, ob sommers oder im Winter. Relativ leicht drang er zur Haspel vor.

Seltsam, dass dort ein Licht brannte. Gegen die Allmacht der Finsternis wehrte sich ihr Schein aber vergebens. Es war ein leises, aufrichtiges Aufbegehren. Rochus, der Junge aus der Waldsiedlung, hatte sie wohl zur Orientierung aufgehängt! Er war also trotz der Gefahren ins Tal gekommen. Durch den Schacht kletterte Niklas in die darunterliegende Ebene. Früher hatten die Bergleute mittels der Seilwinde den Abraum heraufbefördert. Da es nirgendwo mehr eine Leiter gab, diente der Strick dem Jungen zum Abseilen. Er war kräftig und ausdauernd genug, dies etliche Male hintereinander zu tun.

Auch unten rußte eine Froschlampe mit Unschlitt. Nur die Bauern der Waldsiedlungen hielten Kühe und konnten den benötigten Rindertalg herstellen. Überraschenderweise war der Korb am unteren Seilende mit Schutt befüllt. Rochus musste also da sein! Niklas eilte voran und kam zur Gabelung, wo der Südschacht abzweigte. Er konnte es nicht glauben! Das ganze Geröll war weggeräumt und der Gang begehbar. Neugierig bog Niklas ein. Bald darauf stolperte er über etwas Rundes, das ein hölzern klapperndes Geräusch auslöste. Erst bei näherem Hinsehen wurde ihm klar, auf was er da getreten war.

Im Schlick lagen zwei menschliche Schädel und darum herum die zugehörigen Knochen. Ihm graute! In der Ferne konnte er ein Licht sehen, das sich rasch näherte.

»Rochus, bist du das?«, rief er ängstlich und blickte unsicher in den hellen Lichtkegel. Doch es war nicht der gute Freund. Entsetzt blickte Niklas in das Gesicht einer Kreatur mit langem Bart. Hitze und Kälte gleichzeitig wallten in ihm auf. Der Kerl war nur unwesentlich größer als er, besaß aber die Kraft zweier Erwachsener. Das konnte Niklas an dessen festem Händedruck deutlich spüren. Der Zwerg packte Niklas an den Oberarmen und schüttelte ihn durch, sodass ihm der Kienspan aus dem Mund glitt. »Was, um alles in der Welt, treibst du hier, Junge?«, schrie der Bergmann, der nicht weniger geschockt wirkte. Nein, seine Stimme klang gar nicht geisterhaft, sondern überraschend menschlich. Das war Niklas zu viel. Er kippte ohnmächtig in die Arme des Fremden.

Im dritten Stock des »Langen Baus« flackerten spätabends noch Kerzen. Mit einem Leuchter leuchtete Bruder Johannes in die Regale und suchte nach dem geheimen Buch. »Die Wahrheit, Sophie, ist nicht immer schön, und manchmal kann sie sogar schmerzen«, erklärte er mit väterlicher Stimme. »Noch bin ich mir nicht über alle Einzelheiten im Klaren. Ich weiß jedoch, dass du eines dieser Kinder bist, die von adligen Frauen im Kloster geboren worden sind.«

Sophie blieb gefasst auf dem thronartigen Stuhl in der Raummitte sitzen. Gebannt beobachtete sie den Franziskaner, der soeben einen verstaubten Wälzer aus dem Fach zog. Sophie fühlte sich, als würde sie sterben und gleichzeitig wiedergeboren werden. Sie schickte ihre Blicke auf Reisen. Überall an den Ecken der blanken Steinwände spannten Spinnen ihre Netze. Ob es der Gedanke an den fleischigen Weberknecht war oder der Umstand, dass sie, Sophie, eine adlige Tochter war, vielleicht sogar eine Prinzessin, der sie erschaudern ließ, konnte sie nicht sagen.

Sie war wie betäubt.

Die große Kerze in der Tischmitte flackerte, als Bruder Johannes das Buch behutsam aufblätterte, als befürchte er, die Seiten könnten zu Staub zerbröseln. »Es ist die Chronik des Sankt-Klara-Ordens von Wittichen«, erklärte er ehrfürchtig. »Sie wurde einst von Luitgard begonnen und über die Jahrhunderte an sämtliche Äbtissinnen weitergegeben. Der letzte Eintrag stammt von Maria. Er wurde im Jahre 1617 gemacht.«

»Bitte Pater, nun spannt mich nicht weiter auf die Folter. Erzählt mir alles und nehmt keine Rücksicht.«

»Geduld, Sophie«, bremste er den Eifer des Mädchens und ließ sich nicht aus der Ruhe bringen. »Einst war von vier adligen Frauen die Rede, die hier im Kloster ihre Spuren hinterließen. Du erinnerst dich an die Comtesse?«

Sophie bejahte. Natürlich, sie kannte doch jede Einzelheit.

»Wir haben sie kürzlich Gott überantwortet«, erklärte er bekümmert. »Barbara hat kein einziges Wort hinterlassen, aus Rücksicht auf Luitgards Erbe. Die Begebenheiten der letzten Jahre hätten das Kloster in den Grundfesten erschüttert, wären sie nach außen getragen worden. Einen gewichtigen Anteil daran, warum Wittichen in Verruf geriet, hatte aber Helene Eleonore. Sie war schön und von edlem Geblüt. Kein Wunder, dass die Grafen um ihre Gunst stritten!«

»Sie ist das zweite adlige Fräulein?«, kommentierte Sophie und horchte gespannt.

Der Franziskaner nickte eilig, um nicht von Thema abzuschweifen. »Damals, mit dem Tod des alten Grafen Christoph I., wurde die Teilung des Landes vollzogen. Zwischen seinem Sohn Albrecht I.* und den Gebrüdern Heinrich und Joachim entbrannte ein heftiger Streit um die Hinterlassenschaft. Die einen fühlten sich betrogen, Albrecht seiner Rechte beraubt. Die Kontroversen wurden nie wirklich beigelegt und geben bis heute Anlass zu Streitigkeiten. Zum weiteren Zankapfel erwuchs nämlich die eingangs erwähnte Helene Eleonore, gleichsam vergöttert von den Grafen Friedrich Rudolf und Jakob Ludwig. Obwohl Letzterem versprochen, erwiderte sie einzig Friedrich Rudolfs Liebe, was letztlich zur Katastrophe führte. Es kam zu einem Duell, in dessen Verlauf Friedrich Rudolfs Vater durch einen Schwertstreich, den Jakob Ludwigs Bruder Wilhelm führte, getötet wurde.« Der Pater atmete schwer. Dann fuhr er fort: »Helene Eleonore heiratete Jakob Ludwig, doch gebar sie zwei uneheliche Söhne. Sie stammten angeblich von Friedrich Rudolf. Ihren Erstgeborenen gab sie ins Kloster Amtenhausen, weil man um sein Leben fürchten musste. Besorgte Benediktiner brachten das Kind eines Nachts nach Wittichen. Hier, auf dem Territorium der Kinzigtaler, schien er vor Jakob Ludwig, der inzwischen berechtigterweise um sein Erbe bangte, sicher. Sein neu

* Einziger Sohn von Christoph von Fürstenberg und Barbara Montfort

geschaffenes Land drohte, ohne legitimen Erben nämlich auseinanderzubrechen. Der zweite Knabe, Franz Karl, wurde von Jakob Ludwig als rechtmäßig anerkannt.«

»Aha – und wo sind sie verblieben?«

»Ruhig, Sophie! Lass mich ausreden!«, wies der Pater sie zurecht, und als das Mädchen seinen Wissensdurst zügelte, erzählte er freundlich weiter: »Die dritte Adlige hieß Caritas. Sie war des Markgrafen Töchterlein, das so vorzüglich Orgel spielte. Ob das Mädchen je nach Wittichen kam, vermag ich nicht zu sagen. Jedenfalls wurde es bald darauf dem Kloster Lichtenthal anvertraut. Viele Gerüchte ranken sich um die Gestalt jenes Mädchens. Es heißt, es habe noch eine Schwester gehabt, die genauso gut Orgel spielen konnte und auch in Wittichen eintreten wollte.«

Ausgerechnet auf dem Höhepunkt der Anspannung hörte er auf zu sprechen und klappte das Buch zu!

»Und die hieß wie?«, bohrte Sophie nach.

»Mehr steht da nicht«, brummte er und zog finster die Brauen zusammen. Er überlegte und meinte darauf. »Eine dieser Frauen muss deine Mutter sein. Die arme Pilgerin, die nach deiner Geburt angeblich gestorben sein soll, gibt es nicht.«

»Was bleibt mir da schon übrig?«, antwortete Sophie traurig. »Von Barbara erwähntet ihr keine Nachkommen, und Helene Eleonore gebar ausnahmslos Söhne. Da bleiben doch nur die Töchter des Markgrafen!«

Die väterliche Wärme im Wesen des Paters war auf einmal tiefgründiger Verachtung gewichen. »Das ändert nichts daran, dass du als ein Bastard geboren bist. Doch du kannst das Laster sühnen, indem du bald das Novizinnenkleid überstreifst. Nur in Gestalt einer Braut Christi kannst du dich der ewigen Verdammnis entziehen!«

Sie starrte Johannes fassungslos an und behielt auf dem wuchtigen Sitzmöbel in der Raummitte Platz. Ein wenig fühlte sich die hohe Stuhllehne im Rücken wie ein Königsthron an. Aber das hatte gar nichts Erhabenes. Die Hände, die links und rechts auf der Armstütze ruhten, verkrampften sich, und die Fingernägel gruben sich in das Holz ein. Wut und Ausweglosigkeit verursachten bei Sophie ein Schwindelgefühl. Sie wurde bleich im Gesicht und ihr trostloser Blick spießte den Franziskanermönch förmlich auf.

»Und wie denkst du, dass ich dich in Zukunft anrede? Königliche Hoheit, oder wie?« Niklas machte sich über die Neuigkeiten, die ihm Sophie in der Bibliothek überbrachte, lustig und rümpfte die Nase. Der Bub hatte sich von der anderen Seite über den Schreibtisch gebeugt und spickte in das aufgeschlagene Buch, das Sophie vor sich liegen hatte. »Das kannst du vergessen!«

Nun musste er sich in Acht nehmen und schrak zurück. »Lass die dummen Sprüche«, sagte Sophie geknickt. »Das habe ich nie verlangt, und außerdem bist du doch nur neidisch, weil sie dich als Säugling unter dem Klosterportal abgelegt haben. Mich wundert ja, dass dich nicht gleich die Wölfe aufgefressen haben.«

Niklas zog eine Schnute. »Oh, jetzt bist du aber ungerecht! Aber ehrlich gesagt kann ich nicht ganz verstehen, was an alledem so geheimnisvoll sein soll? Ich fürchte, der Franziskaner hat dir einen Bären aufgebunden, weil er will, dass du eine Nonne wirst und endlich die lästige Fragerei sein lässt.«

»Du bist lustig, Niklas! Die Gemahlin von Jakob Ludwig bringt uneheliche Kinder zur Welt, und eines davon verfrachten Benediktiner bei Nacht und Nebel nach Wittichen, weil sie einen Mord befürchten? Erinnere dich mal an das Theater, das sie dem Provinzial letztens vorgegaukelt haben und dessen Hauptdarsteller du wurdest. Da stinkt doch etwas gewaltig zum Himmel! Denk mal nach, Holzkopf. Für wen haben sie uns da wohl ausgegeben?«

Niklas kratzte sich am Kopf. Da kam ihm eine Idee, und er riss strahlend die Augen auf. »Sie wollten verheimlichen, dass es die Prinzessin gibt, und deshalb haben sie dich in Knabenhosen gesteckt?«

»Hm, das klingt schlüssig. Mann, Niklas, du bist ja schlauer, als ich dachte.«

Der Bub grinste schelmisch und lugte sogleich wieder in das Buch, dessen Buchstaben für ihn auf dem Kopf standen. »Oder sind die Kinder längst alle tot? Hier in dem Sterbebuch steht doch, dass in Kaltbrunn zwei namenlose Kinder begraben sind. Es sind wohl dieselben, deren Skelette ich gestern im Stollen entdeckt habe. Sie lagen jahrelang hinter dem Geröll, das in der Zwischenzeit weggeschafft wurde. Vielleicht war da auch ein Mädchen darunter?«

»Igitt, Niklas. Du weißt, dass der Teufel dort haust und dass er mit Vorliebe so naseweise Kinder wie dich frisst. Sei froh, dass er dich nicht geschnappt hat. Ich fürchte, du hast gestern einen wirklich grässlichen Fund gemacht, was dir übrigens ganz recht geschieht. Du kennst das Verbot!«

Niklas zeigte Einsicht. Er konnte wirklich von Glück sagen, dass er überhaupt noch lebte. Kurz darauf räumte Sophie aber ein: »Hm, oder wolltest du vielleicht sagen, dass die Kinder im Kirchenbuch die Kinder der adligen Frauen sind?«

Niklas grübelte.

»Aber das macht keinen Sinn! Es stehen keine Sterbedaten dabei, und der Eintrag wurde nachträglich hinzugefügt. Sieh doch die Handschrift. Sie sieht ganz anders aus. Weißt du, Niki, früher haben die Menschen oft ihre Toten in Höhlen oder Erdlöcher geworfen, weil sie Angst vor ansteckenden Krankheiten hatten. Und vergiss den Teufel nicht, dessen Speisekammer du womöglich entdeckt hast!«

Niklas blies die Backen auf und stöhnte: »Was für ein Durcheinander. Pater Johannes' Wahrheit hat uns kein Stück weiter gebracht.«

»Nur, dass ich eine Prinzessin geworden bin. Also wenn das nichts ist?« Sie stolperte über den eigenen Satz, denn plötzlich kam ihr eine Idee. »Ich glaube langsam auch, dass der Beichtiger mehr weiß, als er zugibt. Er fürchtet irgendetwas, aber was? Niki, ich denke, dass es da noch ganz viel zu erkunden gibt. Da ist zum Beispiel auch die Frage, warum Johannes von der Meisterin erzählte? Er hätte sie eigentlich gar nicht in die Liste der Adligen einreihen müssen, wenn sie kein Kind geboren hätte. Vielleicht wollte er ihr Kind aus irgendeinem Grund verheimlichen, ich meine, schließlich haben wir beide bei der Inszenierung im Kapitelsaal mitgewirkt – und wir sind zu zweit – also zwei Kinder!«

»Wenn alle Frauen Kinder geboren haben, dann wären das insgesamt vier Kinder«, überlegte Niklas. »Wo sollen die denn alle geblieben sein?«

Sophie sah den Buben unschlüssig an und meinte zögernd. »Na, ich kenne dich und den Konrad! Da wären wir ja schon zu dritt!« Nach einer Weile hakte sie nach: »Sag mal, weshalb bist du gestern eigentlich im Stollen gewesen?« Es kam ein lang gezogenes, halb gesungenes »Nichts … ähm … weil« als Antwort. »Nun, du Unschuldslamm!«, mutmaßte Sophie. »Gestern hat man das Söhnchen des Schaffners ganz verstört beim Waschhaus aufgefunden. Du hast ihm doch nichts getan?«

Niklas schüttelte vehement den Kopf und dachte beschämt an die Begegnung in der Mine nach. Sophie hatte ja recht, wenn sie vor der Gefahr warnte. Denn hätte der Fremde, der einem Berggeist zum Verwechseln ähnlich sah, ihn nicht gerettet, hätte man seinen Namen gewiss der Liste mit den vier spurlos verschwundenen Kindern hinzufügen können.

KAPITEL 5

ÜBER DEM WITTICHENER TAL zog ein Bussard einsame Kreise. Er war der Vorbote des Frühlings. Nicht nur für Niklas war das monotone Einerlei der Farben und die unsägliche Stille zur Last geworden. Landauf und landab sehnten die Menschen den Wechsel herbei. Man lauerte auf jedes verdächtige Zeichen, das das Wiedererwachen der Natur ankündigte, und dieser Raubvogel war ein solches.

Niklas beobachtete mit allen Sinnen. Anfangs blinzelte die Sonne noch schüchtern von den Bergrücken herab, doch mit Fortschreiten des Jahres setzten sich ihre Strahlen immer häufiger durch, und die Temperaturen erreichten Wärmegrade. Anfangs waren es bloß vereinzelte grüne Tupfer gewesen, die zwischen dem Schnee heraus schimmerten. Aber der Weg war bereitet. Die Quellen barsten schier und schickten glucksend ihre Wassermassen zu Tal. Untermalt wurde das Geräusch vom Konzert der heimkehrenden Vögel, und das klang in Niklas' Ohren wie die wunderschöne Symphonie der Freiheit. Und diesmal sollte sie nicht nur in seiner Fantasie erblühen, oh nein! Es begann eine Zeit von Veränderungen.

Pater Johannes wurde dieser Tage häufig am Silberberg gesichtet. Ob das ihre Theorie der gefundenen

Skelette zu den verlorenen Kindern im Kloster untermauerte? Niklas wusste nicht einmal, ob die Leichen überhaupt Kinder waren und ob es vier oder mehr Kinder gegeben hatte.

Heute war das ihm völlig gleich. Mitte März wechselten sich noch kurze Lichtperioden mit langen Schattenphasen ab. Niklas bestieg ebenso frohgemut wie die Natur, mit einer Wegzehrung im Gepäck, den Heuweg. Dieser Pfad führte von Wittichen auf den Kniebis und damit in die weite Welt. Ein Wanderer, der eben den Anstieg begonnen hatte, stach ihm ins Auge. Dass man hier auf Fremde traf, war an sich nichts Ungewöhnliches, denn bei schönem Wetter kamen oft Pilger ans Grab der Seligen Luitgard, aber das waren meist Frauen in guter Hoffnung, da die Klostergründerin der Zeit im Mutterleib eine besondere Bedeutung zugemessen hatte. Doch der Strom der Wallfahrer ebbte ab, je näher die Kriegsgefahr rückte und je mehr Gerüchte in Umlauf kamen. Auffällig war, mit welcher Geschwindigkeit der Mann ihm folgte. So würde dieser Narr bald eine Rast einlegen müssen. Niklas begriff schnell, dass er ihm wohl folgte und verdoppelte seine Schrittfolge. Er lief schneller und schneller. Der Verfolger tat es ihm gleich. Doch war dieser lange nicht so leichtfüßig und stolperte einige Male über den viel zu langen Mantel. Bald erreichte Niklas den Gallenbrunnen. Von dem Fremden war unterdessen keine mehr Spur zu sehen. So vergaß Niklas die seltsame Begegnung. Das kühle Nass des Brunnens war verlockend und brachte ihn im Nu auf andere Gedanken.

Er genoss die Aussicht. Andächtig ließ er seinen Blick über das Tal schweifen und erkannte den Bussard, der friedlich über ihn hinweg glitt, ganz so, als wolle er ihm den Weg weisen.

Die Vorfreude auf Rochus, den er den ganzen Winter nicht zu Gesicht bekommen hatte, ermunterte ihn zum Weitergehen. Was der alte Freund wohl über die Fortschritte sagen würde, die sich in der Grube durch den Bergmann getan hatten? Und siehe da! Schon grüßte die Georgskapelle vom Gipfel. Dort, ganz in der Nähe, erkannte er den Bauernsohn, der ihm schon winkte. Die Wäldler, wie man die Bewohner auf der Höhe nannte, waren raue, gottesfürchtige Leute, die dem Wald eine karge Lebensgrundlage abtrotzten. Rochus setzte den hölzernen Milchtrichter als Verstärker an den Mund und rief im Sprechgesang hinein, dass es über Berg und Tal nur so hallte:

»Ave, Ave Maria. Es walte Gott und Maria.
Der Name des Herrn sei gebenedeit, von nun an bis in Ewigkeit.
Vieh und Berg, Leut' und Land, schütze und segne seine Hand.
Ave Maria, sei gegrüßt, die Du voll der Gnade bist!«

Niklas strahlte über das ganze Gesicht und rannte Rochus entgegen.

Was für ein Wiedersehen!

Derart fest im Glauben wie Rochus fühlte sich dieser Tag beileibe nicht jeder Untertan. Die Menschen hatten auch allen Grund zu zweifeln, denn allerorts rumorte es. Der kaiserliche Restitutionskommissar* zog durch die Lande und forderte die säkularisierten Klöster zurück. Dem fürstenbergischen Ermittler Finckh kam dies nicht ganz ungelegen. Er begab sich im Gefolge von Karl Ludwig Ernst von Sulz auf Reisen, wo er in der Menge der Menschen nicht auffiel.

In der Tat kam der Besuch des Grafen in Alpirsbach einem feindlichen Einmarsch gleich. Etwa zur gleichen Zeit wie Rochus' Ruf als Echo widerhallte, standen auf dem Marktplatz die Stadtschützen mit brennenden Lunten kaiserlichen Musketieren gegenüber. Die Atmosphäre brodelte, besonders als der Herold verkündete, dass die Bürger von nun an katholisch seien, drohte sie überzukochen.

Hinter den Arkaden des Rathauses beobachtete der bärtige Mann mit dem Schlapphut das Treiben voller Sorge. Aufmerksam klappte er die Krempe hoch und horchte gebannt der Rede des herzoglichen Vogts. Der wünschte das »katholische Räuberpack«, wie er es nannte, zum Teufel und schrie seinen Unwillen hinaus: »Keiner Obrigkeit werde ich Treue schwören außer dem rechtmäßigen Herzog von Württemberg selbst. Niemals füge ich mich, auch nicht, wenn ihr mir sämtliche Knochen brecht.«

---

* Karl Ludwig Ernst von Sulz (1595–1648), regierender Landgraf im Klettgau. 1629–30 Restitutionskommissar für das Herzogtum Württemberg. Er setzte das Edikt von Kaiser Ferdinand durch, der die Rückführung protestantisch gewordener Klöster befahl. Nach der Schlacht von Nördlingen wurde er Statthalter in Württemberg.

Die Lage drohte zu eskalieren.

Wohl hatten sich einige Landwehrmänner an das Mandat ihres Herzogs erinnert, der seinen Untertanen geraten hatte, »die katholischen Nachbarn nicht zu beleidigen, zu denen er, trotz der zerstrittenen Parteien im Reich, feste Freundschaft pflegen wolle«. Und so senkten die Württemberger als Erste die Waffen.

Erleichtert umschloss Hans Schwab das silberne Amulett mit der Faust und atmete durch. Der Wirklichkeit entrückt, in alten Erinnerungen versunken, bemerkte er den Mann, der sich hinter seinem Rücken anschlich, nicht. Erst als dieser sich räusperte, wandte Schwab sich um.

»Verzeiht, verehrter Herr Ökonom!«, grüßte Elias Finckh und verneigte sich mit gezogenem Hut. Er war ein gutes Stück kleiner als Schwab, aber etwa gleich alt.

»Nur Feiglinge schleichen sich an«, entgegnete der Alpirsbacher verächtlich und schloss mit einer Handbewegung die kaiserliche Delegation des Grafen von Sulz gleich mit ein.

Doch der Fürstenberger Amtmann besaß treffliche Manieren und ignorierte die unterschwellige Beleidigung, indem er zuvorkommend nickte. Höflich, wie er war, behielt er den Hut in der Hand. Er trug einen pelzverbrämten Lodenmantel, dazu passende Kniehosen mit Strumpfbändern und teure Schnallenschuhe. »Es sind die Umstände, lieber Kellerverwalter«, erklärte der Amtmann mit einem Augenzwinkern, »die mich herführen. Allerdings muss ich zugeben, dass mich die heldenhaften Allüren eures Vogts beeindrucken. Doch selbst ein Heißsporn wie er wird einlenken müssen, sobald der Friedländer* mit geballter Kriegsmacht heranzieht. Im Norden eilt er von Sieg zu Sieg. Die Niederwerfung des Dänenkönigs ist nur noch eine Frage von Tagen.«

Desinteressiert überkreuzte der Schwabenhans die Arme und antwortete nüchtern: »Danke für den lehrreichen Vortrag. Doch ich kenne Euch gut genug, um zu wissen, dass Ihr den weiten Weg nicht auf Euch genommen habt, um mit mir über Politik zu debattieren.«

Der Beamte grinste über das ganze Gesicht. »Ihr seid ein Fuchs, und langsam beginne ich, Euren Scharfsinn zu mögen.« Er legte eine Sprechpause ein, wechselte gekonnt die Rolle, legte den ironischen Schalk ab und wurde ernster. »Es spricht sich herum«, raunte er, »dass Ihr den Wittichener Nonnen gerne Besuche abstattet. Meinem Herrn, Graf Wratislaus, ist dies jedoch ein Dorn im Auge. Er mag es nicht leiden, wenn Gerüchte über sein Kloster in Umlauf kommen.«

»Sind es nicht gerade seine Gesetze«, rechtfertigte sich der Ökonom, »die dafür verantwortlich sind? Wolfach fordert für das Flößen von Holz hohe Zölle …«

»Ein netter Versuch, Schwabenhans«, parierte Finckh dessen Ausflüchte. »Das heißt also, die Nonnen wenden sich vertrauensvoll an Euch, den herzoglichen Verwalter, damit das Holz unbesteuert an den Rhein befördert werden kann?« Er schüttelte amüsiert den Kopf, kippte sein Körpergewicht über die Fußballen, um an Größe zu gewinnen. Dann nahm er das Amulett seines Gegenübers in Augenschein. »Mir scheint, der Glanz des Sil-

* Albrecht von Wallenstein, kaiserlicher Generalissimus. Unter anderem Herzog von Friedland.

bers hat es Euch angetan. Spannend wäre zu erfahren, welche Dame Eures Herzens das Bildnis ziert?«

»Ich wüsste nicht, was Euch das angeht«, knurrte der Alpirsbacher.

»Schwabenhans, Ihr liegt mir am Herzen. Seht her, die Truppen, die Egon in Italien wirbt, sind kostspielig, und da Ihr gute Kontakte mit dem Kloster pflegt, wäre es mir eine Ehre, wenn Ihr mir zu Diensten wärt. In den alten Stollen des Tals lagern reiche Silbervorräte, die auch dafür ausreichen könnten, Euch angemessen zu entlohnen.«

»Ihr wollt mich für die katholische Sache anwerben?«

»Gewissermaßen.« Finckh nickte aufmunternd und bot dem Schwabenhans den Handschlag. Mit einem tückischen Lächeln drängte er darauf, einzuwilligen. Doch der Ökonom zögerte. »Auf was wartet Ihr? Alpirsbach wird katholisch werden, und selbst Euer großspuriger Vogt wird sich fügen, genauso wie Ihr – über kurz oder lang!«

Nachdenklich kaute der Verwalter an der Unterlippe. Dann klappte er die Hutkrempe herunter, und sein Gesicht verschwand in deren Schatten. Enttäuscht zog Elias Finckh die Hand zurück, als der Alpirsbacher sich dem Geschehen zuwandte und die Arme im Rücken verschränkte.

»Ich werde mir Euren Vorschlag durch den Kopf gehen lassen«, antwortete der Protestant. »Aber schert Euch endlich hinter mir fort und nehmt den Grafen mit seiner Bagage gleich mit.« Er stampfte nachdrücklich mit dem Stiefel auf den Boden.

Damit war Elias Finckh restlos bedient. Weder er noch der Graf von Sulz hatten etwas erreichen können. Noch beließen sie es bei leeren Worthülsen und Drohgebärden. Und so kam es, dass die kaiserlichen Musketiere unverrichteter Dinge wieder aufbrachen.

Seltsame Dinge gingen dieser Tage im Kloster vor. Der Provinzial war in Begleitung dreier Doktoren und eines Baumeisters eines Morgens zurückgekehrt. Keiner wusste so genau, was die hohen Herren in der Einöde suchten. Sicher, die Wahl zur neuen Äbtissin stand unmittelbar bevor. Doch dass sie sich dafür tagelang in der Klosterkirche einschließen mussten, verwunderte schon, besonders Niklas. Die Nonnenempore, die man über die Abtei bequem erreichen konnte, bot, mit Blick auf den Altar, eine perfekte Sicht auf die Geschehnisse. Normalerweise erklang von hier der glockenhelle Chor der Frauen beim Stundengebet oder bei der Heiligen Messe, während Pater Johannes von der Kanzel zur Linken predigte. Für Niklas war dieser Platz wie geschaffen, um seine Neugier zu stillen. Bäuchlings legte er sich auf den Bretterboden, um zwischen den Sprossen des Geländers die Herrschaften auszuspionieren. Leider verhinderte der Baulärm, das Hämmern, Hacken und Verrücken von Steinen, dass er auch mithören konnte.

Unterdessen in den unterirdischen Katakomben des Klosters …

Schritte klackerten durch die düsteren Gewölbe. Renate eilte mit der Fackel in der Hand vorneweg. Sie entzündete alle Talglichter, die in regelmäßigen Abständen an den Wänden angebracht waren. Johanna folgte zögernd. Man sah ihr an, welche Überwindung es sie kostete, nach all den Jahren an diesen Ort zurückzukehren.

Hier hatte das Unheil einst seinen Lauf genommen. Johanna hörte noch die Schreie der Kinder, spürte die Angst und auch die entsetzlichen Qualen, die sie am eigenen Leib durchlebt hatte, als wäre es erst gestern gewesen. Es sträubten sich ihr noch heute die Nackenhaare bei der Erinnerung daran, und ihr wurde schwindlig. Sogar das Bett und das Schaukelpferd standen noch in der Nische dort. Hatte sich das Spielzeug etwa bewegt? Johanna war felsenfest davon überzeugt. Sie beschleunigte ihren Gang und schlug beim Vorbeigehen das Kreuzzeichen. »Bitte Renate, lass uns endlich umkehren. Ich glaube dir jedes Wort.«

Die Gerufene blieb überrascht stehen und ließ die Gefährtin aufschließen. »Wage es nicht. Du wolltest es nicht glauben, was sie mir befohlen haben zu tun«, knurrte sie. »Jetzt sollst du es mit eigenen Augen sehen.«

»Aber dieser verfluchte Ort, er bereitet mir nach wie vor Albträume. Dabei glaubte ich, das alles läge längst hinter mir. Und ausgerechnet jetzt, da ich beginne zu vergessen, konfrontierst du mich mit den Schatten der Vergangenheit.«

Renate bekam Johannas Zingulum zu fassen und zog sie mit. »Nix da! Du bleibst schön hier«, entgegnete sie bestimmt. »Allein sterbe ich vor Angst. Und vergiss nicht, die Vergangenheit ist ein Teil der Gegenwart. Du kannst sie nicht einfach ausblenden.«

Am Ende des Tunnels betraten sie die Grabkammer. Hier befanden sich die Sarkophage der Herzöge von Schiltach und Urslingen, aber auch die verdienter Äbtissinnen. Ehrfurcht beschlich sie und jede spürte die Gegenwart der Verstorbenen. Renate machte sich an einem Fass zu schaffen, das neben Barbaras Sarg stand.

»Komm her und hilf mir!«, befahl die Vorsteherin des Hospitals. In ihrer Miene stand das Grauen. Sie lüftete den Holzdeckel.

Johanna spähte vorsichtig hinein. »Es ist randvoll mit Eis. Uh, wie das stinkt!« Sie hielt sich die Nase zu und wandte sich angewidert ab.

»Ohne das Eis würde es faulen und noch schlimmer stinken.«

Johanna wagte einen weiteren Blick: »Da stecken ja Tonkrüge drin!«

»Eben, wie ich schon sagte. Es sind Kanopenvasen! Pater Johannes wollte, dass ich ihm eine Knochensäge bringe. Im ›Frau Mutter Bau‹ haben sie mich dann gezwungen, den Körper der Äbtissin zu öffnen.«

»Dann sind da Barbaras Eingeweide drin?«, fragte Johanna halb verwundert, halb entsetzt. »Es ist also wahr …« Sie würgte und kämpfte gegen die aufsteigende Übelkeit an.

»Natürlich. Hirn, Herz, Lunge, Nieren …«, zählte Renate auf, was sich so anhörte, als redete sie lediglich von den Resten des letzten Schlachttages.

Johanna hielt sich den Schleier vor die Nase.

»Wenn du jetzt meinst, es wäre von einem Tier, dann täuschst du dich«, redete Renate unbeirrt weiter, befreite eines der Gefäße vom Eis und hob es schließlich heraus. »Ich habe das alles selbst aus der Meisterin herausgeholt.«

Die Hornstein wurde kreidebleich und musste sich an Ort und Stelle übergeben. »Sag mal, Renate, bist du eigentlich noch bei Sinnen? Wie du redest, man könnte meinen …«

Renate ließ Johanna einfach stehen. Sie trug die Kanopenvase mit den Innereien der Meisterin zum Ausgang und ermahnte Johanna zur Eile. »Na los, der gnädige Herr wartet nicht gerne«, hallte ihre Stimme durch das Gewölbe. »Oder willst du hierbleiben?«

Niemals! Johanna folgte Renate mit zitternden Knien. Das Schaukelpferd schien sie aus leeren Augen noch immer anzustarren, und die entsetzlichen Szenen von einst zogen in ihrem Geiste nochmals vorüber. Obwohl sie sich dagegen stemmte, schaffte sie es nicht, die Gedanken zu verscheuchen.

Johannes verschränkte die Hände im Schoß. Er hatte im Kreuzgang gewartet. Jetzt, da die beiden Nonnen die Treppen heraufstürmten, nickte er zufrieden. Renate ließ er mit der Kanope die Tür der Sakristei passieren. Johanna hielt er am Ärmel fest. »Nach den langen Abschnitten der Finsternis«, raunte er mit gebleckten Zähnen, »wird nun die Herrlichkeit Gottes mit all seiner Kraft wieder hell erleuchten. Auch du würdest gut dran tun, dich endlich reinzuwaschen.« Er sah sie voller Verachtung an, und in seinen Augen brannte der religiöse Wahn. »Ich habe ihn gesehen, Johanna, und du solltest dich nicht noch mehr versündigen. Dein Körper, das Haus deiner Seele, gehört alleine Jesus Christus, vergiss das nicht.«

Johanna riss sich los und stolperte davon.

Was es da unten wohl plötzlich zu flüstern gab? Niklas lauschte gebannt. Doch dann knarrten die Bretter der Empore. Der Bub zuckte zusammen und lugte verängstigt über die Schultern. Er erblickte zwei schmutzige Stiefelspitzen und darüber ein braunes Nonnenhabit. Er begriff, dass er ertappt worden war. Kapitulierend ließ er den Kopf sinken und ergab sich in sein Schicksal. Doch entgegen allen Befürchtungen ließ Johanna Milde walten. Mit stoischer Ruhe winkte sie den Buben wortlos zu sich und schloss ihn zärtlich in die Arme.

Die Grabungen in der Klosterkirche kamen zum Erliegen, und der Konvent trat zur Wahl der neuen Äbtissin zusammen. Ungewöhnlich lange fünf Monate hatten dafür ins Land ziehen müssen. Wie erwartet setzte sich Johanna von Hornstein im ersten Wahlgang und knapper Majorität sogar vor der Priorin Klara Klausmann durch.

Doch dann war mit einem Mal alles anders.

Während man die Adlige schon Buch und Siegel aus den Händen des Provinzials entgegennehmen sah, legte der anwesende Elias Finckh im Namen des Grafen Wratislaus I. sein Veto ein. Daraufhin musste nochmals gewählt werden, und siehe da, ohne jede Gegenstimme wurde eine gänzlich Unbekannte auf den Äbtissinnenstuhl berufen, nämlich Maria Cleophea Tucherin, Schwester des Sankt-Klara-Ordens im Bickenkloster von Villingen.

Schließlich öffnete Ludwig Amusis am 12. April 1629 den Sarkophag der Volksheiligen Luitgard. In seinem Protokoll notierte er, was er dort entdeckte:

Der Leib der Seligen lag in einer aus Tannenholz gefertigten Truhe in ganz feuchter und sumpfiger Erde, woraus man erst, um zum Leibe selbst zu gelangen, einen großen Teil des Wassers ausschöpfen und das Erdreich beseitigen musste. In der Hirnschale fand sich das frische Gehirn mit allen Äderlein und Fugen vollständig und unverwest beisammen, grade als wäre es zur selben Stunde hineingelegt worden und nicht vor 282 Jahren. Dieses heilige, noch frische Hirn, habe ich in einer gläsernen Ampel wohl verwahrt und neben dem noch übrigen Gebein in einem zinnernen Särglein niedergelegt. Dem Särglein habe ich eine der zwei Pergamenturkunden zum immerwährenden Andenken beigefügt, und die andere Schrift zum Klosterarchiv gebracht.

Damit war das erwartete Wunder eingetreten. Die Kunde davon verbreitete sich wie ein Lauffeuer im ganzen Schwarzwald. Schnell waren die Gerüchte über ungehorsame Nonnen und unehelich geborene Kinder vergessen. Stattdessen strömten Wallfahrer ans Grab Luitgards, um an dem Wunder teilzuhaben und selbst die göttliche Gnade zu erlangen.

KAPITEL 6

Johanna fühlte, dass die Zeit reif war. Lange war sie der Stimme ihres Herzens gefolgt – vielleicht zu lange? Heute stand sie einmal mehr am Scheideweg. Sie wusste, diesmal musste es sein! Bruder Johannes würde niemals ruhen, solange sie diesen Makel mit sich herumschleppte. Damit war sie ihm zeitlebens ausgeliefert.

Das Versteckspiel musste aufhören!

Und Renate? Sie war auf geheimnisvolle Weise dem Pater hörig geworden, als wenn er sie verhext hätte. So war niemand mehr da, der Johanna beistehen konnte, außer dem Herrgott! Sie lag vor dem Gekreuzigten in der Klosterkirche auf dem Boden. Nochmals haderte sie über das erlittene Schicksal und vergoss bittere Tränen. Sie summte die Melodie, die sie schon lange nicht mehr gesungen hatte. Heute war es die Symphonie der Trauer, des Verlusts – nicht der Sehnsucht, und so klang es auch.

»Warum, Herr, lässt Du mich diese Bürde tragen? So hilf mir armen Sünderin!«

Jemand hatte sich der Weinenden genähert. Johanna spürte seine Gegenwart und hielt inne.

»Du bist schwach, Johanna! Was ist nur aus der ehemals so starken Frau geworden? Und weil du so verweichlicht bist, machte ich mir große Sorgen und musste handeln, damit das Mädchen keine weiteren Fragen stellt!«

Die Nonne erhob sich vom Boden und wischte mit einem Taschentuch die Tränen weg. Sie schnäuzte sich und versuchte, die aufwallenden Gefühle im Zaum zu halten. »Du hast ihr doch nichts getan?«

»Aber nein«, erwiderte der Pater beruhigend. »Das Kind ist mir ans Herz gewachsen. Ich habe es in einen Teil der Geheimnisse eingeweiht, aber keine Sorge, Sophie weiß nichts von deiner dunklen Seite!« Er näherte sich langsam und legte bedächtig seine Hand auf die Schulter der Nonne. »Das Mädchen soll nun das Sakrament der Firmung empfangen und das Novizinnenkleid überstreifen. Sei unbesorgt, Johanna, das Kind wird begreifen, dass nur ein Leben, das es alleine Gott widmet, es vom Makel seiner Geburt und allen damit verbundenen Irregularitäten befreien kann. Nur so könnt ihr beide Frieden finden!«

Sie nickte beruhigt, und wieder ließ sie sich von seiner sanften Art gefangen nehmen. »Was ist mit dem Jungen?«, fragte sie leise.

»Dem wird der Sinn bald nach anderem stehen, da sei dir gewiss. Und wir werden ihm keine Steine in den Weg legen, hörst du. Es liegt nicht in seinem Charakter, immerzu bohrende Fragen zu stellen. Er liebt das Leben und will es in all seiner Fülle ergründen!«

Johanna sah ihm in die Augen, und er erwiderte den tiefgründigen, forschenden Blick. Dann ging sie davon, und der Franziskaner ließ die Klarisse passieren. Dennoch blieb Johanna bei ihrem anfangs gefassten Entschluss. Irgendwie nahm der Wahnsinn überhand, und es war nicht abzusehen, wie weit das noch führen würde.

Johannes' Miene erstarrte. Der Verlust der geliebten Frau hatte ihn noch mehr verhärtet. Doch die gebückte Körperhaltung verriet auch, dass er verwundbar war. Müde schlurfte er an das Nischengrab, wo sie den neuen Steinsarkophag der Seligen Luitgard eingelassen hatten. Das Gemälde im Spitzbogen roch noch nach frischer Ölfarbe. Es zeigte die Szene, in der der Gekreuzigte der Seligen den Auftrag zum Bau des Klosters auftrug. Johannes murmelte die eingearbeitete Inschrift nach: »Hier sollst du mir ein Haus bauen.« Mit den Fingerkuppen berührte er die gläserne Ampel, die neben dem Grab hing. Darin befand sich ein Stück des Schädels, den Amusis mit dem Gehirn aus dem Grab geborgen hatte.

Seine Mundwinkel zitterten. »Ich werde alles tun, damit dein Kloster nicht einstürzt.« Er atmete tief ein, ließ die spirituelle Kraft wirken und nahm damit auch den Geist Barbaras in sich auf. Tränen rannen über sein Gesicht, aber er kämpfte gegen die aufwallende Trauer. Er ballte die Fäuste, während seine Seele Folterqualen litt.

Was das auf einmal für ein fürchterlicher Tumult war, der an diesem Morgen vom Vortal heraufbrannte? Man meinte schon, die Württemberger Bauern wären im Anmarsch und würden für die Besitznahme ihrer Klöster grausame Rache üben!

Die Klarissen gerieten in großen Aufruhr. Erst nachdem Schaffner Weber die territoriale Zughörigkeit sicherstellte, beruhigten sich die Gemüter, und man ließ die Leute einreiten. Zwei Pferdegespanne schleppten voll beladene Wägen mit Baumaterialien den Hang hinauf. Dahinter folgten Arbeiter, die Keilhauen, Kratzen und Schaufeln schulterten. Nein, es waren keine Feinde, die da kamen, sondern Freunde, die das Fürstenbergische Banner, einen roten Adler, stolz in den Wind reckten.

Da konnten Niklas und Konrad nur noch staunen.

Doch weder die Priorin noch die Äbtissin ließen sich auf dem Hof blicken. Sie schienen über die Besucher, die umgehend zum Silberberg weiterzogen, wenig überrascht und blieben in der Klausur. Für sie gab es dieser Tage Wichtigeres zu erledigen, als sich um weltliche Belange zu kümmern. Die 56-jährige Maria Cleophea war trotz ihres Alters voller Tatendrang und bestrebt, die Auswüchse des Teufels, die im Kloster seit Jahrzehnten Ausbreitung fanden, wie sie sagte, »an den Wurzeln zu packen und auszurotten«.

Johannes und Klara hatten Mühe, mit der gedrungen wirkenden, aber energischen Dame durch den Kreuzgang Schritt zu halten. Die neue Äbtissin war eine Person mit klarem Plan und eigenen Vorstellungen, die keine faulen Kompromisse duldete. Ohne Unterlass diktierte sie ihre Sichtweise über die Regeln und das Leben der Armen Schwestern vom Orden der Heiligen Klara.

»Wie Ihr wollt, ehrwürdige Mutter«, entgegnete der Franziskaner unterwürfig, nachdem er den endlosen Monolog tapfer ertragen hatte. Er blieb einen halben Schritt zurück und beugte sich zu ihr herab. Die Priorin nickte eifrig, während der Pater seine Bedenken formulierte. »Sicher empfangen wir die Kapuziner und werden auch ihre Reformpläne anhören. Aber ich weise nochmals darauf hin, dass es schlecht wäre, das Kloster aus der zuständigen Franziskanerprovinz zu lösen. Ich meine, was würde der Pater Provinzial dazu sagen? Ganz zu schweigen von meiner Wenigkeit, ich meine, auch ich müsste mein Amt für einen Kapuziner räumen …«

Die Äbtissin blieb irritiert stehen und sah den Pater, der mit offenen Handflächen gestikulierte, verwirrt an. »Bruder Johannes, wir alle müssen Opfer bringen. Die Klosterordnung muss unbedingt reformiert werden, und da darf man auf Eitelkeiten doch keine Rücksicht nehmen, nicht wahr, Mutter Oberin?«

Schwester Klara, die bislang unschlüssig gewirkt hatte, musste dem mit einem deutlichen Nicken zustimmen. Schließlich hatte auch sie zurückgestanden, indem sie die Wahl akzeptierte und als Priorin weiterhin die zweite Geige spielte.

Alarmiert straffte der Franziskaner den Rücken und legte die Stirn in Falten. Lange war er um Loyalität bemüht gewesen. Jetzt musste er eindeutig andere Saiten aufziehen. Nein, Maria Cleophea durfte Barbaras Andenken nicht beschmutzen. Er musste tätig werden. Johannes verneigte sich und bedachte die Priorin mit einer verächtlichen Grimasse. Was für eine verräterische Gans sie doch ist, die schnattert, wie die Körner gerade fallen, dachte Johannes, während er sich langsam entfernte.

Binnen Kurzem herrschte reges Treiben am Silberberg. Der Moder der Vergangenheit war wie weggewischt und sogar einige der verfallenen Blockhütten wieder benutzbar gemacht. Ächzend setzte sich das eingerostete Mühlrad, das jahrzehntelang stillgestanden hatte, in Bewegung und schaufelte das Wasser des Wüstenbachs in die Höhe, dass es nur so schäumte.

Endlich war es soweit: Die Lethargie war aus dem Tal verbannt! Noch wurden die verfaulten Schienen des Gangsystems ausgetauscht und Stützbalken in den brüchigen Fels gerammt. Bald verdunkelte der Schornstein der entstaubten Schmiede den klaren Maihimmel. Niklas' Abenteuer konnte beginnen. Noch war der Bub guter Dinge, denn er ahnte von der Mühsal, die auf ihn wartete, nichts.

Der kleine Mann mit dem Spitzbart, der wie ein Zwerg aussah, hieß Tobias Schneider. Er war ein Bergmeister aus dem Erzgebirge und von den Fürstenbergern angeheuert worden, um die Ergiebigkeit der alten Mine zu untersuchen. Wegen seines merkwürdigen Dialekts nannten ihn die Einheimischen »Sachsenschneider«. Er nahm den Knaben auf seinen Wanderungen, bei denen er die örtliche Geologie erkundete, mit. Niklas schleppte das Gezähe*. Neben diversen Bergeisen, Schlegeln, Baumäxten und Pickel gehörten auch ein seltsamer zweiarmiger Ast aus Haselholz und Reagenzgläser dazu. Zu jeder Quelle wollte Schneider geführt werden. Dort kostete er das vorgefundene Wasser, füllte es in Reagenzgläser und ließ die Sonne durchscheinen. Mittels des Farben-

* Arbeitsgeräte. Das Geschirr der Bergleute.

spektrums konnte er dann die Bestandteile des Wassers bestimmen. Das Terrain untersuchte er auf Wuchsanomalien, dazu gehörte festzustellen, ob Kräuter oder Pilze in auffälligen Formen gediehen. Er fragte Niklas Löcher in den Bauch, hakte nach, ob dieser Stellen kannte, wo niemals Bodenreif vorkam. Unscheinbar wirkende Wald- und Grasflächen schritt er mit dem Haselstecken ab, und es war erstaunlich, wie oft die Wünschelrute, wie er den seltsamen Stock nannte, ausschlug.

Sie hatten das Geröll im »Alten Mann« schnell weggeräumt. Bald wurde klar, weshalb die Bergleute den Schacht einst aufgegeben hatten. Tagelang verluden Rochus und Konrad nur taubes Gestein auf die Lore. Das bisschen Silbererz, das sie fanden, ließen sie liegen. »Hier ist der Kobold am Werk«, erklärte der Sachsenschneider, der einen Brocken genauer untersuchte, und dabei Niklas mit aufscheuchenden Handbewegungen immer wieder zur Arbeit anspornte. »Er frisst sich durch das Silberfeld und verwandelt das Erz in wertlosen Stein.« Als erfahrener Bergmann war er mit der Methode des Sprengens* vertraut, und so betrug der Vortrieb gut ein Fuß pro Tag. Trotz der kühlen Luft stand den Kindern der Schweiß auf der Stirn, der sich mit dem Staub vermischte, sodass sie bald eher Kaminkehrern glichen.

»Aber wieso soll es Kobolde geben, die sich von Silber ernähren?«, wollte Niklas wissen.

* Das Schießen (Sprengen) ist um 1620 im Kinzigtal bezeugt (Grube Wenzel, Oberwolfach).

»Das werde ich dir erzählen, sobald wir das scheiß Erz aufgespürt haben«, herrschte er ihn an. Er schien inzwischen selbst an seinem Vorhaben zu zweifeln. »Und jetzt tu lieber, was man dir sagt.«

Niklas steckte den brennenden Kienspan in den Mund und schlug die Lederkapuze zurück, die er zum Schutz vor Kopfverletzungen trug. Er war mit den Kräften nahezu am Ende und hustete immer öfter grünen Schleim aus. Den rechten Arm, mit dem er das Fäustel hielt, konnte er kaum mehr hochheben. Mit großer Mühe setzte er zum nächsten Hieb an und quälte die Bohrstange ein weiteres Drittel in das Gestein. Nach Hunderten von Schlägen war die erforderliche Tiefe endlich geschafft und die Bohrpfeife fertig.

Niklas schleppte sich in den Südschacht in Deckung, wo auch Konrad und Rochus bereits kauerten. Die Skelette hatte man längst beseitigt, von wem, wussten sie nicht. Schon rollte der Bergmann das Pulverfass heran, verfüllte die Ladungen und legte die Lunten.

»Schön die Köpfe unten lassen!«, mahnte er und nahm Niklas, der kaum noch aufrecht sitzen konnte, den Kienspan aus dem Mund. Die Jungen hielten sich die Ohren zu, und wenige Sekunden später jagte die Explosion durch den Stollen. Die Erde bebte, und mit der Druckwelle fegte eine Fontäne aus Staub und Geröll durch den Gang. Es dauerte eine Weile, bis die Sicht wieder klar wurde und das Atmen leichter fiel.

Niklas hustete den Dreck aus den Lungen. Er spürte Schwindel aufsteigen und es wurde ihm schwarz vor Augen. Dass der Bergmann triumphierend einen lila schimmernden Klumpen aufhob, nahm er nur noch verschwommen wahr. Wie vermutet war Tobias auf den »Silberräuber« Kobalt gestoßen. »Kobalterz«, raunte er gierig, und seine Augen bekamen einen fiebrigen Glanz. »Daraus wird die Blaufarbe gemacht, Jungchen, die man das ›Blaue Wunder‹ nennt. Das Zeug wiegen sie dir glatt in Gold auf!« Er schüttelte den Kopf. Noch konnte er sein Glück kaum fassen.

Am Sonntag darauf …

Eben war die Heilige Messe zu Ende gegangen, und die Gemeinde trat den Heimweg an. Sophie beschlich eine gewisse Vorahnung, welches Schicksal Barbaras Kind wohl ereilt hatte. Sie war sich mittlerweile sicher, dass diese einen Sohn geboren hatte, denn warum sonst hätte Niklas, ebenso wie sie, dem Provinzial vorgeführt werden sollen? Auch das Sterbebuch mit den darin erwähnten Kindern gab darüber Aufschluss.

Auf dem Friedhof hinter der Kirche erhoffte sie nun, Antworten zu finden. Von hier aus konnte man gut auf die klostereigene Mühle hinabblicken, die außerhalb der Mauern vom Bach gespeist wurde. Das Wasser schimmerte in der hochstehenden Sonne glasklar. Heute war es das erste Mal richtig heiß geworden. Der Wonnemonat Mai machte seinem Namen alle Ehre. Alles grünte und blühte.

Welchen Namen man dem verstorbenen Buben wohl gegeben hatte? Von Fürstenberg? Oh nein! Die Tochter der Montfort war nicht das Kind von Christoph I., so viel hatte Sophie herausgefunden. Es entstammte, wenn überhaupt, der zweiten Ehe der Gräfin, die sie mit einem gewissen Georg von Frundsberg eingegangen war. Die Äbtissin Barbara musste also eine Geborene von Frundsberg sein.

Leider fand Sophie auf den Grabsteinen weder diesen Namen noch einen anderen, der auf ihre These hindeutete.

Das wäre auch zu einfach gewesen!

Dafür traf sie Konrad.

»Huch!« Sophie erschrak, doch auch der Junge war ziemlich verwirrt, denn er wich hastig zurück. Anstatt es ihm gleichzutun, schritt ihm das Mädchen mutig entgegen. Mit der heutigen Firmung hatte sie das Noviziat angetreten. Ihr Haupt war weiß verschleiert, und über der weißen Tunika trug das Mädchen zum ersten Mal öffentlich das braune Skapulier und das Zingulum um die Hüften. Die Erleichterung darüber, dass sie sich als Mädchen den Leuten zeigen durfte, merkte man ihr deutlich an, obwohl es gleichzeitig auch ein eigenartiges Gefühl war. Konrad schien es mit der Angst zu tun zu bekommen, denn Sophie blickte ihn zornig an. Der Sohn des Schaffners stand putzmunter da, während Niklas fiebrig im Bett lag. »Oh, sie haben dich also geschont? Oder wie kommt es, dass du gesund bist, während andere Kinder nur noch kriechen und Schleim aushusten können?«

Skeptisch beäugte er die frischgebackene Klarissin und gewann allmählich die Selbstsicherheit zurück. Er neigte den Kopf zur Seite und entgegnete keck: »Wo hast du deine Hosen gelassen?«

»Ah, die Maskerade mit den Bubenkleidern hatte also doch ihren Nutzen? Blöd nur, dass du mich trotzdem erkennst. Aber mal im Ernst, du hast diesen Unfug doch nie geglaubt, oder etwa doch?«

Konrad zog unschlüssig die Achseln hoch.

»Falls ja, dann muss ich dich leider enttäuschen. Da sie mich neuerdings *Schwester* nennen, gibt es nun keinen Grund mehr, mich einzusperren. Ich kann also auf dich achtgeben.« Sie zwinkerte verschwörerisch und hielt den Zeigefinger vor die Lippen. »Pst«, wisperte sie, »du solltest deinem Vater natürlich nichts davon erzählen, ich meine, dass sie mich jahrelang für den Jungen ausgaben, der hier oder weiß Gott wo begraben liegt!« Sie deutete auf die Gräber.

Konrad sah Sophie finster an.

Zur Vergeltung zog sie eine grimmige Miene, die wirklich zum Fürchten war. Dann drohte sie mit erhobenem Kinn: »Ich könnte mir durchaus vorstellen, dass man im Stollen bald noch weitere menschliche Skelette findet. Sieh dich also vor, Konrad, dass deines nie dabei ist! Deshalb immer schön verschwiegen blieben.« Sie verrubbelte dem verdutzten Jungen lächelnd die Haare und ließ ihn dann verwirrt stehen.

Als kurz nach der Vesper das Tagwerk ruhte, verließ Renate das Hospital und hastete durch den Kreuzgang.

Sie musste unbedingt mit Johanna reden. Doch auch die Sekretärin der Flößerei war aufgewühlt wie selten. Auch sie suchte die Nähe der Vertrauten und rannte durch den Arkadengang. Beinahe hätten die beiden Nonnen drei Mitschwestern, die leise plaudernd dahin schlenderten, umgerempelt. Angesichts des ungestümen Zweiergespanns schüttelten sie verständnislos die Köpfe.

»Sag mir …«, raunte Johanna und ignorierte die tadelnden Blicke. Dabei kam sie Renate so nahe, dass sich ihre Nasenspitzen beinahe berührten. Sie hatte Mühe, ein Wort herauszubringen, so außer Atem war sie. Stattdessen rüttelte sie an Renates Habit. »Wie geht's Niklas. Wird er wieder gesund werden?«

»Was weiß denn ich? Sein Leben liegt in Gottes Händen genauso wie deines. Keiner weiß, wann ein Lebenslicht erlischt!« Fassungslos starrte die Bayerin auf die verkrampften Hände der Freundin, die sich langsam entspannten. »Sag mir lieber, warum du den Reiter heute Nacht abgewiesen hast?«

Traurig senkte Johanna das Haupt. »Es ist besser so, glaube mir! Der Heiland wird mir über den Schmerz hinweghelfen. Weit wichtiger ist im Moment die Gesundheit des Jungen. Wenn das so weiter geht, bringen sie ihn noch um! Er hat einen schlimmen Husten und röchelt, als würde er im nächsten Moment ersticken.«

Renate schwieg. Sie bemerkte Johannes, der freundlich grüßend vorüberspazierte, um sich beim »Fleischbrunnen« zu erfrischen. Erst nachdem sie sich wieder unbelauscht fühlte, redete sie weiter. »Du kannst doch jetzt nicht einfach aufgeben, ich meine, du wirst die Hilfe des Ökonomen noch gebrauchen, ich meine, schau dir den Franziskaner doch an, er verfolgt uns auf Schritt und Tritt.« Just in diesem Moment blickte der Pater herüber. Doch die Bräute Christi lächelten zurück, als ob sie Gottes bravste Lämmlein wären. Darauf ging der Beichtiger seiner Wege und begann mit einer anderen Schwester ganz in der Nähe ein Gespräch.

»Es sieht mir ganz danach aus«, meinte Johanna und beobachtete den Beichtiger aus dem Augenwinkel, »als wäre er nicht zufrieden mit der Meisterin, ich meine, wenn sie das mit den Kapuzinern ernst meint, bedeutet das sein Ende. Für uns wäre das allerdings ein Segen ...«

»Täusch dich mal nicht. Du unterschätzt die Arglist der Priorin und den Einfluss des Franziskaners im Konvent. Schwester Klara könnte Dinge ausplaudern, die uns ganz schön in Schwierigkeiten bringen würden. Allein seine Anwesenheit hält die Mutter Oberin in Schach! Ach, man sollte die dumme Gans einfach zum Schweigen bringen«, knurrte Renate und ballte angriffslustig die Fäuste.

Erschrocken schlug Johanna die Hände vors Gesicht. »Das meinst du doch nicht im Ernst, Renate, allein der schlimme Gedanke macht dich zur Sünderin«, raunte sie und senkte die Hände wieder. Sie machte Anstalten zu gehen und verabschiedete sich. »Bis dann zur Komplet. Ich werde solange nach dem Jungen schauen!«

Damit verschwand sie durch die Tür.

Darauf hatte der Franziskaner nur gewartet und näherte sich nun auf leisen Sohlen. Renate war völlig in Gedanken versunken und fuhr zusammen, als er sie ansprach. »Verehrte Schwester«, brummte er und zeigte ein bemühtes Grinsen. »Ein guter Einfall, fürwahr. Es wäre, wie gesagt, zwar eine Sünde, aber immer noch besser als der Tod eines weiteren unschuldigen Kindes.« Versteckt unter dem Ärmel seines Habits ließ er ein Fläschchen aufblitzen, das er Renate nach kurzem Zögern zusteckte. Der große Mann beugte sich tief zu ihr herab und zischte: »Tu es, Renate! Denk an die Kurie. Doktor Amusis wäre sehr daran interessiert, den Namen der Nonne zu erfahren, die dem Alpirsbacher Ökonomen weit mehr als nur die offene Klosterpforte darbietet. Und selbst, wenn ein Narr behaupten würde, Johanna und der Alpirsbacher studieren nur Rechnungsbücher – ich könnte ihn eines Besseren belehren.«

Erst Tage später kam Niklas in einem fremden Bett zu sich. Dass er sich im Siechenhaus befand, erkannte er an den fleckigen Wänden. Nur vage erinnerte er sich an jene Gegebenheit, die ihm plötzlich den Atem geraubt hatte, wie wenn man ein imaginäres Seil um seinen Hals gebunden und die Schlaufe langsam zugezogen hätte.

Das letzte Bild, das er mit vollem Bewusstsein aufgenommen hatte, hatte sich eingebrannt. Wieder und wieder sah er die graue Felsenwand vor sich, wo der Bohrmeißel noch feststeckte. Er vernahm die Kommandos des Bergmeisters, der ihn unbarmherzig antrieb: »Weiter arbeiten Jungchen, nicht nachlassen …«

Im Fieberwahn wälzte sich Niklas in seinem Bett von einer Seite zur anderen. Unbedingt wollte er den Meißel weitertreiben. Doch endlich übertönte eine wohlklingende Stimme den Befehl trotz ihrer geringeren Lautstärke. Kräftige Hände packten zu und hielten ihn an den Schultern fest. Niklas' Puls beruhigte sich, und schon bald schlug er wieder im gleichmäßigen Takt. Langsam verflogen die Trugbilder, welche vom Fieber herrührten. Jemand legte einen nassen Lappen auf seine Stirn, und eine Hand umschloss schützend die Seine.

Ein Gefühl der Geborgenheit durchfloss ihn.

Jetzt erst erkannte er die Frau am Bettrand. Es war Johanna. Und als ein Hustenanfall ihn schüttelte, war sie es, die ihm fürsorglich den schleimigen Auswurf vom Mund abtupfte, während Renate einen neuen Wickel auflegte.

Niklas' Brustkorb schmerzte entsetzlich bei jedem Luftholen, und es war ihm, als würden seine Lungen bersten und er daran ersticken müssen. Die Augen der Nonne strahlten wie zwei Sterne und gaben ihm den Lebensmut zurück. Dann trat eine weitere Person ans Bett. Der Junge begriff, dass es wohl schlimm um ihn stand. Ein Abschied? Das Mädchen wirkte ein wenig hilflos und blinzelte mit feuchten Augen auf ihn herab. Es faltete die Hände in den Schoß und sprach ein kurzes Gebet. Tapfer biss es die blutroten Lippen zusammen, um die Tränen zu unterdrücken.

»Nun sage Lebewohl«, trieb Johanna Sophie zur Eile. Es war ein schwacher und unsicherer Händedruck, mit dem die Gefährtin seiner Kindheit sich von ihm verabschiedete. Auf keinen Fall wollte sie ihm wehtun.

Ohne ein weiteres Wort verließen die Frauen den Raum. Niklas war alleine.

Würde er sterben müssen?

KAPITEL 7

IN DER ABENDDÄMMERUNG hastete eine Nonne über den Hof. Sie war auf dem Weg zum Refektorium und trat dabei tollpatschig in eine der Pfützen, die tagsüber von den freilaufenden Hühnern gescharrt worden waren. Eilig rieb sie die Schuhe an einem Grasbüschel trocken. Doch so sehr sie sich mühte, eventuelle Spuren zu beseitigen, die Spritzer an ihrem Skapulier blieben haften. Schließlich schloss sie die Seitentür auf und betrat den Speisesaal …

Pater Johannes hörte die Tür gehen. Er hatte am Lavabo, das in der Nische neben dem Haupteingang eingelassen war, die rituelle Handwaschung vollzogen. Nun verschwand er im Schatten des steinernen Baldachins, wo der Kachelofen stand. Von hier konnte er den Eindringling gut beobachten, ohne selbst gesehen zu werden.

Auch heute flutete die Abendsonne durch das große Fenster am Westende. Eine architektonische Meisterleistung in Ausrichtung und Realisierung, denn von Frühjahr bis Herbst benötigte man am Tage kaum eine zusätzliche Lichtquelle. Ansonsten wirkte der Raum eher spartanisch. Nur die braune Holzvertäfelung der Decke und die wenigen Möbel bildeten einen Kontrast zu den weißen Wänden. Die Esstische, mit weißen Tüchern, Zinntellern und -krügen gedeckt, waren u-förmig angeordnet, sodass sich die Anwesenden in die Augen blicken konnten. Zielsicher schritt die Nonne zur Tafel an der Stirnseite, wo unter dem Wandkruzifix der Platz der Äbtissin war. Sorgfältig träufelte sie aus dem mitgebrachten Fläschchen einige Tropfen in den Kelch der Äbtissin und der neben ihr sitzenden Nonnen. Dann verließ sie das Refektorium durch dieselbe Tür, durch die sie gekommen war. Jetzt trat Johannes hinter dem Baldachin hervor und ging langsam an den Tischen entlang. Bei der Anrichte, wo Barbaras Kelch noch immer einsam stand, blieb er stehen. Andächtig hob er das Gefäß ins Licht und betrachtete das eingravierte Motiv zweier kindlicher Engel. Seit ihrem Tod war der Kelch nicht angerührt worden, und das musste bis in alle Ewigkeit so bleiben!

Wie ein Herrscher baute sich der Franziskaner vor der versammelten Schwesternschaft im Kapitelsaal auf. Niemand war mehr da, der ihm widersprechen konnte. 19 Nonnen lagen im Spital, und neben der Äbtissin war auch die Priorin von dieser geheimnisvollen Krankheit heimgesucht worden, die seit einer Woche im Kloster wütete. »Ein böser Erzzauber ist über unser armes Kloster gekommen«, begann Johannes seine Rede und lenkte sodann die Aufmerksamkeit auf den Besucher, der in aller Herrgottsfrühe eingetroffen war. »Sprecht es aus, verehrter Doktor Häußler, welches Unglück über den

Seraphischen Orden hereingebrochen ist.« Dann übergab er dem Arzt, der bereits bei der Graböffnung Luitgards zugegen gewesen war, das Wort, und die Frauen starrten ihn gespannt an.

»Nun«, der Physikus blickte mitleidig auf die Klarisse, die tief gebückt auf der Exkulpationsplatte in der Raummitte kauerte. »Ich bin völlig ratlos und es fällt mir äußerst schwer, diese ungewöhnliche Diagnose auszusprechen. Doch angesichts der Sachlage muss man wirklich davon ausgehen, dass im Konvent eine Hexe ihr Unwesen treibt. Es gibt keine andere Erklärung für diese – Epidemie.«

Johannes lächelte dem Arzt dankend zu, was gleichzeitig bedeutete, dass er genug gehört hatte. Verzweifelt breitete er die Arme aus, um zu verstehen zu geben, dass er, der besorgte Hirte, mit seinem Latein am Ende war. »Da hört Ihr es, verehrte Schwestern. Gottlob sind wir anderen gesund geblieben. Nicht auszudenken, was gewesen wäre, wenn …« Er ging ein paar Schritte und hielt ein gläsernes Fläschchen in die Höhe. Sophie, die heute das erste Mal dem Konvent beiwohnte, beobachtete die Szenerie besorgt von ihrem Sitz aus. »Diese Tinktur hat man ihr abgenommen. Es ist der Beweis für die These des Physikus.« Vor der Büßerin hielt er inne und zeigte ihr das Corpus Delicti. »Gestehst du nun endlich diesen Frevel, Renate, oder muss man dich zum Verhör vor die Kurie zerren?«

Johanna hatte genug gehört. Sie erhob sich beherzt und trat vor den verwaisten Äbtissinnenstuhl. »Du bist nicht ihr Richter, Johannes. Ich wünschte, die Beschuldigte dürfte nun selbst etwas zu ihrer Verteidigung sagen.«

Es wurde mucksmäuschenstill, und nur Renates Schluchzen war noch zu hören. Dann fasste sich die Angeklagte ein Herz und schrie die Wahrheit hinaus: »Ich habe es für den Jungen getan!«

Der Beichtiger lächelte spöttisch auf Renate herab. Sie war in die Falle getappt, und er hatte damit alles, was er wollte: das Geständnis. Während er sich von ihr abwandte und triumphierend in den Konvent hineinlachte, sagte er mit nachsichtiger Stimme: »Gut, du bekennst also deine Schuld?«

Renate straffte ihren Rücken und sah ihm aufrecht hinterher. Die Augen waren rot unterlaufen und brannten wie Feuer. Sie ballte die Fäuste. »Ich bin keine Hexe«, knurrte sie, »nur die Handlangerin des Teufels!«

Ein Raunen durchlief den Saal, und die Nonnen auf den Bänken machten lange Hälse. »Herr, erbarme Dich unser!«, schickte Johannes scheinheilig zum Himmel und schlug das Kreuz.

»Genug jetzt!«, setzte Johanna dem makabren Schauspiel ein Ende. Es stimmte zwar: Renate hatte sich in letzter Zeit verändert. Aber musste man ihr deshalb gleich die Schuld an der Krankheit geben, die ein Viertel des Konvents aufs Lager geworfen hatte? Johannes war gefährlich, mehr denn je. Sie rechnete mit allem, sogar damit, dass er sie heute zu Fall bringen könnte, indem er sie vor der versammelten Schwesternschaft bloß stellte und ihr kleines Geheimnis verriet, wenn sie sich offen gegen ihn stellte. So nahm sie überrascht aber auch erleichtert zur Kenntnis, dass er auf einmal Partei für sie ergriff: »Danke liebe Schwester, doch ich bitte dich – setz dich hin, und zwar nicht zurück auf deinen Platz, sondern genau hier, auf diesen leeren Stuhl.«

Sie wusste nicht so recht, wie ihr geschah. Vielleicht war es die fehlende Energie, die sie dazu bewog, sich einfach auf dem Äbtissinnenstuhl niederzulassen? Oder die Angst vor dem Wahnsinn dieses Mannes? Wie ein Magnet hatte sie der Polstersitz angezogen, und hier zu sitzen, fühlte sich unbeschreiblich gut an, das musste sie sich eingestehen. Die Autorität durchströmte sie, und so war es kein Wunder, dass sie, stellvertretend für die Meisterin, das längst fällige Machtwort sprach: »Ich schlage vor, wir werden die Stellungnahme des Provinzials abwarten. Er wird entscheiden, wie wir in dieser Angelegenheit weiter verfahren.«

Johannes war zufrieden. Das klang einer Äbtissin würdig, die noch dazu ganz in seinem Sinn sprach. Er verneigte sich tief und legte ihr nahe: »Doch einstweilen ist es wohl besser, ehrwürdige Schwester, Renate in den Karzer zu stecken, dort kann sie wenigstens kein weiteres Unheil anrichten.«

Johanna winkte der Knienden, sich zu erheben. »Du darfst dich jetzt setzen!«, sagte sie aufmunternd und blickte die Frauen der Reihe nach an. »Lasst uns gemeinsam eine Fürbitte für die Kranken und Bedürftigen sprechen!« Und sie faltete die Hände und betete.

Renate schleifte sich gebückt auf ihren Sitz. Beim Anblick des Häufleins Elend blutete Sophie das Herz. Gleich am ersten Tag musste sie eine derartige Zurschaustellung miterleben. Sie war aufgewühlt, und es ließ ihr einfach keine Ruhe. Deshalb nahm sie ihren ganzen Mut zusammen und erhob sich. »Verzeihung, ähm … Doktor Häußler …«

Die stechenden, vorwurfsvollen Augen des Beichtigers verursachten bei Sophie ein Gefühlschaos aus Angst und Ausgeliefertsein. Sie bekam weiche Knie. Dennoch blieb sie standhaft und überwand sich: »Ich mache mir große Sorgen und ich weiß nicht, was ich von alledem halten soll. Es ist gewiss ein großes Unglück, und ich frage mich, was wäre, wenn der Herr Doktor nicht aus Villingen angereist wäre?« Sie seufzte und wich Johannes' wütendem Blick aus. Sophie wurde ganz traurig. »Am allermeisten sorge ich mich um Niklas' Gesundheitszustand. Ich frage mich, ob er je wieder gesund wird?«

Doktor Häußler trat hervor und bekam sogleich die Erlaubnis zu sprechen. »Keiner weiß, wie lange der Zauber anhält. Besonders um Maria Cleophea steht es schlecht. Doch wie die Beschuldigte selbst zugibt und die junge Novizin eben betonte, hätte es das sichere Ende des Jungen bedeutet, wäre kein Arzt gekommen. Ich möchte die grausame Tat der beschuldigten Nonne keineswegs herunterspielen, das steht mir auch nicht zu. Aber ich bitte Sie, die Möglichkeit, dass die Frau alles andere als eigennützig gehandelt hat und sie womöglich den Zauber alleine dafür anwendete, um das Leben des Knaben zu retten, wenigstens in Betracht zu ziehen. Alleine wegen eines Kindes wäre der Schaffner sicherlich nie nach Villingen geritten.«

»Herr Doktor, wir sind sehr dankbar, Euch in unserer Mitte zu wissen und schätzen auch sehr, dass Ihr an unser Gewissen appelliert. Doch dem Konvent steht es alleine nicht zu, ein Urteil zu fällen. Nun weiht uns doch bitte ein, wie es um den Jungen steht!«, forderte Johanna den Physikus auf, endlich zur Sache zu kommen.

»Man muss vom Schlimmsten ausgehen. Ich schlage daher vor, ihm eine Kur am Sauerbrunnen zu verabreichen. Die gute Luft in Rippoldsau in Verbindung mit dem guten Heilwasser könnte seiner Genesung sehr förderlich sein. Versprechen kann ich jedoch nichts. Bei all dem Schaden, der dem Kloster widerfahren ist, es ist ein kleines Wunder, dass die Krankheit, die sich Bergsucht* nennt, ihn nicht längst umgebracht hat.«

Auf einmal wurde Johanna das gesamte Ausmaß gewahr. Böse sah sie den Beichtiger an. Er alleine war dafür verantwortlich. Einzig er hatte darauf bestanden, dass die Kinder am Silberberg schuften mussten. Dabei wussten sie alle, dass Niklas von Kindesbeinen an kränkelte. Der Franziskaner hatte freimütig in Kauf genommen, dass Niklas daran zugrunde ging, auch wenn der früher freiwillig in die Mine gegangen war. Johannes wollte, dass das Kind keine weiteren Fragen stellen konnte. Und das hatte er nun erreicht!

Die Kälte war unbeschreiblich. Sophie zitterte am ganzen Leib. Sie wollte schreien, doch was würde es für

* Staublunge war eine typische Krankheit bei Bergleuten, insbesondere bei Hauern, die vorwiegend im Streckenvortrieb tätig waren.

einen Sinn haben? Niemand würde sie an diesem gottverlassenen Ort hören. So fügte sie sich in ihr Schicksal und machte sich auf ihren baldigen Tod gefasst. Es wäre so leicht gewesen, wenn da nicht dieser Lichtschein die Hoffnung genährt hätte. Oft, wenn es so hell geworden war wie jetzt, hob sie ein engelsgleiches Wesen aus dem Bett. Seine Liebe wärmte sie. Dann wollte sie leben!

Sophie schrak von ihrer Pritsche auf. Um sie herum herrschte stockfinstere Nacht. Ihr schmaler Brustkorb pumpte wie bei einem hechelnden Hund, und kalter Schweiß rann ihr von der Stirn. Erst jetzt begriff sie, dass sie aus der feuchten Gruft ihres Traums ins Jetzt zurückgekehrt war. Es war der Moment, wo sie den Entschluss fasste: Der Peiniger aus ihrer Kindheit musste ein für alle Mal verbannt werden, er durfte nicht länger in ihrer Seele wohnen und sie langsam von innen heraus zerstören! Wild entschlossen stapfte sie in den Flur, riss die Fackel von der Wand und stürmte die Wendeltreppe hinauf. Oben im dritten Stock schlug sie wütend gegen das Sprechgitter des Karzers. »Wach auf«, schrie sie, »erlöse mich, Renate! Langsam wird mir klar, warum sie dich für eine Hexe halten. Sag, woher diese fürchterlichen Träume kommen. Warum ängstige ich mich so entsetzlich vor Dunkelheit, Enge und Kälte?«

Es dauerte etwas, bis Renate antwortete. Sie klang kraftlos, aber hellwach. »Du bist also gekommen, um die Wahrheit zu erfahren? Na endlich, Sophie! Aber du tust mir unrecht. Ich bin keine Hexe. Stets war ich für dich da.« Die Nonne quälte sich von ihrem Lager hoch und tappte ans Sprechgitter. Dort legte sie die Hände gespreizt auf und spähte durch die Schlitze.

Sophie leuchtete mit der Fackel hinein. Sie konnte ein gequältes Lächeln ausmachen. »Langsam kehren bruchstückhaft die Erinnerungen zurück«, erwiderte das Mädchen tränenüberströmt. Dennoch wirkte es gefasst. »Das Mosaik fügt sich zusammen.«

»Und was kannst du sehen?«

»Sie haben mich einsperrt, nicht wahr? Ich war ohne Sprache, ganz ohne Verstand. Es gibt keine eindeutigen Bilder, doch ich kann die Angst noch heute fühlen!«

Nach einer Weile der Einkehr antwortete die Gefangene liebevoll: »Oh ja, ich weiß, was dich umtreibt.« Darauf breitete sich Stille im Flur aus, und das warf bei Sophie Tausende neue Fragen auf. Sie wurde ungeduldig. Doch Renate holte in Gedanken weit aus, um sie laut und deutlich zu offenbaren: »Du erinnerst dich an jene Nacht, in der die Meisterin verstarb, und an den Besuch des Guardians am anderen Morgen?«

»Wie könnte ich das jemals vergessen! Das Schauspiel war erbärmlich. Warum habt ihr mich als den männlichen Nachkommen der Montfort ausgegeben? Weshalb darf niemand wissen, dass es mich gibt?«

»Du bist schlau, mein Kind! Dann weißt du wohl schon längst, dass die alte Äbtissin Barbara von Frundsberg die Tochter der Montfort war? Aber du bist nicht ihre Tochter …«

»Ich weiß, sie hatte einen Sohn. Sie haben ihn umgebracht … stimmt's?«

»Damals, als Pater Johannes noch ein junger Mann

war, hatte er sich in eine wunderschöne Frau verliebt, ohne zu wissen, dass das Testament der Montfort ihren Lebensweg vorgezeichnet hatte. Die alte Äbtissin Maria tat damals alles, um die Schande vor der Welt zu verbergen. Sie hätte es wohl auch geschafft, wäre nicht der Sohn der Helene Eleonore nach Wittichen gebracht worden. Diese besagte Dame beschwor einst die bösen Mächte herauf, ein alter Zwist der Fürstenberger Familie!«

»Ich weiß. Ich kenne den Vetternmord!«

»Nicht nur. Ein alter Erbstreit.«

»Was ist aus den anderen Kindern geworden? Das Dritte, ein Mädchen, bin ich, nicht wahr?«

Renate wich aus. »Damals kursierten Gerüchte, die Tochter des Markgrafen hätte ein Kind im Kloster geboren. Johanna von Hornstein und Barbara von Frundsberg waren enge Vertraute. Du musst wissen, auch Johanna hat nicht freiwillig den Schleier genommen.«

»Dann wurde er ihr aufgezwungen so wie mir? Erzähl, was aus dem Kind der Markgräfin geworden ist. Ich habe nämlich herausgefunden, dass das Mädchen, das so vorzüglich Orgel spielte, entweder Caritas oder Anna Marie Lucrezia von Baden hieß. Eine von beiden muss meine Mutter sein.«

»Ich habe geschworen, es zu Lebzeiten in meinem Herzen zu bewahren«, unterbrach Renate. »Barbara ist nun tot. Die anderen Frauen leben. Weißt du, Sophie, als du damals geboren wurdest, durfte natürlich keiner davon erfahren. Schon die Schwangerschaft wurde verheimlicht. Deine Mutter hat dich, vor den Augen der Welt verborgen, in den Katakomben entbunden. Dort hat man dich hin und wieder verstecken müssen, aus Angst, sie könnten dir etwas antun. Und unsere Sorge war nicht unbegründet. Denn das Ende der Einen, hat dir schließlich das Licht gebracht.«

»Die Angst vor der Dunkelheit – jetzt verstehe ich allmählich«, stammelte Sophie.

Renate nickte schuldbewusst. »Vor den Klerikern gibt man dich bis heute als den Knaben aus. Das geht nun allerdings nicht länger. Sieh dich an: Du wirst zur Frau!«

»Frau? Ich bin eine Nonne, eine geschlechtslose Kreatur!«

»Das war die einzige Möglichkeit, dich verschwinden zu lassen, ohne dich zu töten! Was sie allerdings mit dem Jungen anstellen wollen, den sie auferstehen ließen, ist mir ein Rätsel.«

»Wer hat Johannes' Sohn auf dem Gewissen? Wer kann so ein böses Herz haben? Ein armes, kleines wehrloses Wesen kann man doch nicht einfach umbringen!«

»Der Einäugige! Jakob Ludwig von Fürstenberg hat ihn geschickt, aus Eifersucht, weil seine Frau Helene Eleonore das Kind eines anderen gebar. Sie dürfen nie erfahren, dass es euch gibt. Sie würden sofort ihre Bluthunde losschicken, aus Angst, den Falschen erwischt zu haben. Doch inzwischen hat der Graf im Krieg sein Leben gelassen. Helene Eleonore hat ihm noch rechtzeitig einen Sohn geschenkt. Man munkelt aber, dass auch in dessen Adern nicht das Blut ihres Gatten fließt. Franz Karl, so heißt der Spross, ist geistig unterentwickelt und kränkelt. Baar-Wartenberg und die Schwendischen Besitzungen werden deshalb von drei Vormunden regiert: von unserem lieben Landesherrn Wratislaus I., Egon von Fürstenberg-Heiligenberg und dem Grafen von Sulz.«

»Der Sohn der Barbara von Frundsberg hatte rein gar nichts damit zu tun – und trotzdem musste er sterben! Oder irre ich mich doch? Ich überlege gerade, welche Rolle Niklas in dem ganzen Konstrukt spielt. Warum ließen sie ihn bei der Inszenierung vor dem Provinzial teilnehmen? Ich meine, er ist doch bloß ein Findelkind. Und was meintest du damit, als du vorhin sagtest, sie haben den Sohn der Schwendi hergebracht?« Sophie kam ein Gedanke. Ihre Lippen öffneten sich vor Erstaunen und Schrecken. Oh nein, das konnte, das durfte nicht sein …

»Beten wir, dass er wieder genesen wird.«

Sophie verwarf den Irrsinn, wie sie fand. »Du wolltest Niklas retten? Stimmt das wirklich? Aber du hast die Meisterin auf dem Gewissen. Du gabst ihr Gift, weil zaubern kannst du nicht …«

»Ich hätte den Tod eines weiteren Kindes nicht ertragen, Sophie. Ein Arzt musste herkommen. Aber ich wollte niemandem wehtun.«

»Nein, das kann nicht stimmen! Der Franziskaner steckt hinter alledem. Er hat dir befohlen, der Äbtissin was anzutun! Niemals könnte er es ertragen, das Beichtigeramt an dem Ort zu verlieren, wo er seine Geliebte zu Grabe trug. Nur allein deshalb solltest du die arme Maria Cleophea vergiften – weil sie Veränderungen wollte …«

»Johannes ist kein böser Mensch. Er bewahrt das Geheimnis, so wie Barbara und Maria es zuvor taten, und er achtet darauf, dass das Kloster nicht in Verruf gerät. Er ist stark im Glauben und voller Selbstzucht. Nach seiner Priesterweihe hat er Barbara nie wieder angefasst. Sie haben sich wie Geschwister geliebt, ohne sich jemals körperlich nahe zu sein.«

»So komm doch zur Besinnung!«, mahnte Sophie. »Sie werden dich vor die Kurie bestellen. Du könntest alles aufklären, jetzt und heute, die Verstrickungen endgültig lösen und alle befreien. Erzähl dem Bischof einfach die ganze Wahrheit.«

»Wenn ich für die Lüge ein Leben retten kann, dann ist es das Opfer wert!«, murmelte Renate leise und gebrochen. Jetzt klang sie wie entrückt, und Sophie bekam es mit der Angst zu tun. »Es geht zu tief, und außerdem habe ich geschworen, nichts und niemanden zu verraten! Wer würde mir, *einer Hexe,* schon glauben?«

»Du weißt, wer schwört, begeht eine Sünde ...«

Renate fuhr roh dazwischen: »Ich habe es versprochen! Verstehst du?«

Sophie hatte verstanden. Sie wusste, dass dies nicht die ganze Wahrheit sein konnte. Zu vieles war verworren und passte nicht. Aber wenigstens war sie ihrem Dämon auf die Spur gekommen. Betrübt legte sie die linke Hand auf Renates Rechte, die immer noch auf der anderen Seite des Gitters ruhte. Das Mädchen spürte Renates Zuneigung, und es verzieh dem armen Weib, dass es in einem Netz aus Abhängigkeit und falschen Versprechen eingesponnen war und sich daraus nicht einmal im Angesicht ihres nahen Endes zu befreien wagte.

KAPITEL 8

Es passierte am Johannistag im Jahre des Herrn 1630 vor der Insel Usedom, Hunderte Meilen von Fürstenberg entfernt …

Auf der stürmischen Ostsee wurden feindliche Schiffe gesichtet, beflaggt mit der schwedischen Krone mit gelbem Kreuz auf blauem Grund. Fürwahr, eine beachtliche Flotte, die da vor der Küste im Grollen des Donners und der herabfahrenden Blitze Anker warf. Zunächst betrat der König höchstpersönlich Pommerschen Boden. Im seichten Wasser des Strandes sank er auf die Knie und sprach ein inniges Gebet. Rührung stand seinen Offizieren im Gesicht, und der König mahnte sie mit fester Stimme: »Weint nicht, meine Freunde. Betet mit aufrichtigem Herzen. Denn je mehr Gebete wir zu Gott schicken, umso mehr Siege werden folgen!« Und seine Majestät erhob sich aus dem Schlick und stapfte zielstrebig an Land.

Die Ausschiffung seiner Soldaten dauerte die ganze Nacht über. Vom Feind war unterdessen keine Spur mehr zu sehen. Nur das schaurige Glühen in der Ferne, das den Horizont blutrot verfärbte, ließ erahnen, dass er noch in der Nähe lag. Es war ein furchtbares Feuer, das die Kroaten gelegt hatten, und das sich jetzt durch die reetgedeckten Katen der Fischerdörfer fraß. Binnen zwei Tagen stand die schwedische Armada bereit: 13.000 Mann, entschlossen, für die protestantische Sache zu kämpfen und wenn nötig dafür zu sterben. Am Himmel erkannte man die Zeichen. Sie standen günstig. Besonders seltene Konstellationen wurden gesichtet, als der Löwe von Mittnacht – Gustav Adolf – gegen die Stadt Wolgast an der Oder zog und sie einnahm. Fortan schallte der markerschütternde Ruf des Nordländers über die Walstätten des Reichs: »Gott mit uns!«

Und sie eilten von Sieg zu Sieg …

Der Abend brach über der Stadt Villingen herein. Ludwig Amusis verließ den Franziskanerkonvent und eilte die Straße zur Sankt Georgener Prälatur hinauf. Dort ordnete Abt Georg die Bände seiner Bibliothek in alphabetischer Reihenfolge, um für den bevorstehenden Umzug die Übersicht über das Inventar zu bewahren.

Man schrieb das Jahr 1632 …

Vor genau einem Jahr hatte Graf Egon die Restitution des Sankt Georgener Hofs* durchgesetzt und die Württemberger vor Tübingen vernichtend geschlagen. Seitdem saß der Abt auf gepackten Koffern. Natürlich war aller Anfang schwer. Die Umerziehung der lutherischen Untertanen blieb kräftezehrend. Letzten Sonntag hatten gerade einmal vier Gläubige die katholische

* Das Kloster Sankt Georgen im Schwarzwald war in der Reformation protestantisch geworden. Damals fanden die Mönche in Villingen eine neue Zuflucht. Das kaiserliche Restitutionsedikt von 1629 kehrte diesen Zustand um, und die evangelischen Prälaten wurden bis 1631verjagt.

Messe besucht. Das war auch kein Wunder. Denn der Wind hatte sich gedreht, und das Kriegsglück lag nun auf Seite der Schweden. Die protestantischen Einwohner sahen den schwedischen Heilsbringern hoffnungsfroh entgegen. Starke königliche Verbände hatten sich Oberschwaben angenähert, und wie man erfuhr, wollten sie in Kürze durch die Landgrafschaft Nellenburg auf Meßkirch und von dort auf ihre Stadt vorrücken. Selbst der Württemberger war erstarkt. Lag er vor einem Jahr noch völlig am Boden, so stieg er nun wie der Phönix aus der Asche empor, von der Kraft der Nordländer und den Glauben an Gott genährt.

Auch Sankt Georgen war gefährdet.

Joachim, der Bursche des Abts, betrat die Schreibstube und meldete den abendlichen Besucher an. Guardian Amusis erwies den Benediktinern die Ehre, und kurz darauf saßen die beiden Kleriker in der Prälatur zusammen. »Verzeiht die späte Störung, Bruder, aber es gibt Dinge von äußerster Wichtigkeit«, begann der Franziskaner bedrückt.

»*Leid währt nicht immer, Ungeduld macht's schlimmer!* Macht es nicht unnötig spannend und redet schon«, erwiderte der Abt und bedeutete dem Gast, sich zu beeilen. Die Ereignisse der letzten Zeit hatten seiner Gesundheit schwer zugesetzt. Mund und Nasenpartie waren bereits durch die roten Bläschen der Gesichtsrose, die ihm schon lange Jahre immer wieder zu schaffen machte, verunstaltet. So lauschte Georg eifrig der Ausführung des Guardian, während Kammerdiener Johann die beiden Silberkelche mit frischem Wein auffüllte.

»Die Klosterfrau von Wittichen, die im vergangenen Jahr von der Kurie wegen des Verdachts der Magie zu lebenslangem Gefängnis verurteilt wurde, ist ausgerissen!«

In die erschöpfte Miene des Abtes gruben sich noch tiefere Falten ein. »So vergeht kein Tag ohne ein Unglück«, kommentierte er trübsinnig. »Die Gerüchte, wonach die Schweden und Württemberger einen Anschlag auf unsere Stadt vorhätten, verstummen auch nicht. Und mich machen sie dafür verantwortlich, die Herren Stadtväter, da die Protestanten ihr Augenmerk angeblich alleine auf meine wiedergewonnenen Höfe in Sankt Georgen und Alpirsbach richten. Ich solle sie zurückgeben, sagen sie. Auch klingen Eure Worte noch in meinen Ohren, die mir traurigerweise die Todesnachricht der Äbtissin Maria Cleophea überbracht haben, die zur Neujahrsnacht in Frieden aus diesem irdischen Jammertal erlöst worden und zum Herrgott heimgegangen ist.« Er faltete die Hände vors Gesicht und holte Luft. »Wer, sagtet Ihr, wurde zur neuen Wittichener Meisterin gewählt?« Georg trank den Kelch in einem Zug, während er zuhorchte.

»Ihr kennt sie nicht«, erklärte Amusis und half dem Amtsbruder beim Nachschenken. »Es ist eine völlig Unbekannte. Wahrlich, die Wahl war eine schwere Geburt. Immer öfters macht der Standesherr von seinem Stimmrecht Gebrauch. Die Belange des Klosters scheinen den Fürstenbergern plötzlich am Herzen zu liegen, nachdem sie es lange Zeit verkommen ließen. Nun, zu guter Letzt durfte ich der ehrenwerten Barbara Harzheimer Buch und Siegel in die Hände legen! Nehmt Euch jedoch in acht, lieber Freund, es gibt noch weitere Hiobsbotschaften, die das Kloster Wittichen betreffen. Es geht um Johanna von Hornstein.«

»Der sündhafte Verkehr mit dem Ökonomen von Alpirsbach?«, entgegnete der Abt angewidert.

Der Guardian nickte. »Es hat mich große Mühen gekostet, den Seraphischen Orden aus dem Scherbenhaufen aufzurichten. Schließlich betrieb ich die Seligsprechungen von Luitgard von Wittichen, Elsa von Grünenberg und Elisabeth von Reute nicht, um mir dann das erbaute Haus von einer einfachen Nonne wieder in Trümmer legen zu lassen. Noch sind die Wunder in aller Munde, was für die abtrünnigen Herzen Eurer Untertanen und ihrem rechten Weg zu Gott von äußerster Wichtigkeit ist.«

»Reagiert mit größtmöglicher Härte. Auch ich habe ungehorsame Kinder! Mein Diener Joachim musste den Schlüssel des Weinkellers in Verwahrung nehmen wegen der unerhörten Trunksucht von Jakobus. Erst neulich benahm sich der ›Tribun der Tribunen‹, wie ich den Bruder wegen seiner Dickschädligkeit nenne, wie ein Verrückter oder Tollwütiger. Er forderte seinen Amtsbruder Markus zum Zweikampf heraus. Schon wollte er sich unter allen möglichen Schimpf- und Schmähworten auf ihn werfen, als er von einigen Mitbrüdern mit Gewalt zurückgerissen wurde. Von meinen größten Sorgen – die den König der Ruten betreffen – ganz zu schweigen!« Der Abt verstand es, durch Ausdruck und Gestik bildhaft zu erzählen, was dem Guardian beinahe die Zornesröte ins Gesicht trieb, weil die Bilder der Vergangenheit dadurch lebendig wurden.

»Oh ja, der unverbesserliche Rudolf, mit Grauen erinnere ich mich an die schlimmen Eskapaden damals bei meiner ersten Visitation.«

Beim Gedanken an die schwarzen Schafe sträubten sich sogar die borstigsten Nackenhaare des Abts. »Ich musste handeln. Erst neulich verabreichte Rudolf seinem Stiefvater Schläge und verweigerte seiner Mutter das Brot. Daraufhin unternahm er noch mehr Unfug, der dem der Wittichener Nonne sehr nahe kommt. Im Kloster Reichenbach überwand er heimlich die Mauern, um im Wirtshaus mit den Knechten bis sechs Uhr morgens zu zechen. Dazu kommt der begründete Verdacht, die Klostermagd zur Unsittlichkeit verführt zu haben. Seit er Reue zeigt, darf er zuweilen die Messe lesen und nach den Mahlzeiten erbauliche Unterhaltungen mit seinen Mitbrüdern führen. Die Nacht verbringt er weiterhin in Bußarrest.«

Wie eine Schlange umschmiegten die aufgedunsenen Finger des Guardians den Stängel des Weinpokals. Man konnte ihm ansehen, dass er den Abt für seine Konsequenz beneidete. Also gab er zu: »Ich hätte schon vor Jahren hart durchgreifen sollen. Ich werde das nun nachholen und Schwester Johanna in den Arrest stecken, bevor Wittichen von Neuem in Verruf gerät. Selbst der österreichische Hauptmann von Alpirsbach fordert die Beendigung der Vertraulichkeiten. Wie er berichtet, laufen Briefe, Geschenke und andere Aufmerksamkeiten hin und her. Er glaubt sogar, die beiden hätten auch die verbotenen Zusammenkünfte nicht aufgegeben, trotz aufrichtiger Beteuerung der Nonne. Ich werde Amtmann Finckh eine Botschaft zukommen lassen.« Ludwig Amusis beugte sich über den Tisch und tat angeekelt, als hätte er es mit einer Dirne zu tun. Damit der Kammerdiener nicht mithören konnte, flüsterte er nun. »Wie es heißt, trägt der Ökonom ein Doppelbildnis um den Hals. Die eine Seite ziert angeblich eine herrschaftliche Dame in ansehnlichem weltlichem Kleid, während die andere sie angetan in der Ordenstracht der Minderen Brüder zeigt.« Er hob den Kelch und prostete seinem Amtskollegen zu: »So beten wir zu den Schutzpatronen, auf dass sie vor den Himmelsthron niederknien mögen, damit Gott endlich den Sündenpfuhl in unserer Mitte austrocknet. Und nun zum Wohle, mein guter, treuer Freund!«

Schreie gellten durch das Wittichener Tal. Schwester Sophie stolperte über die eigenen Füße, während sie das letzte Stück des Heuweges am Haus des Schaffners vorbeieilte. Sie schien äußerst erregt und rannte schließlich Johanna von Hornstein in die Arme. »Die Württemberger kommen!«, wiederholte sie noch einmal das, was sie schon die ganze Zeit gerufen, jedoch niemand verstanden hatte.

Bestürzt blickte die Adlige den Bergrücken hinauf, von wo Sophie gekommen war. Doch keine Menschenseele war zu erkennen, außer ein paar Ziegen, die auf den steil aufragenden Wiesen und am Waldrand grasten. »So beruhig dich, Mädchen«, sagte sie und legte liebevoll den Arm um die Schulter der 17-Jährigen. »Wo sollen denn welche sein? Ich sehe keinen.«

Sophie versuchte, das enge Nonnenhalstuch, das ihr die Luft abschnürte, zu dehnen. Seit zwei Jahren schon trug sie den schwarzen Schleier. Unter großem Schmerz hatte sie ihn einst genommen. Schmerzen? Nein, nicht weil sie dadurch ihre Träume vom schönen Prinzen, der ohnehin nur in ihren Mädchenträumen existierte, aufgeben hatte müssen. Damals, wenige Tage vor der Profess, war Elias Finckh mit seinen Schergen aufgetaucht und hatte ihr einen wichtigen Menschen genommen.

Die beiden gingen ein Stück, und endlich rückte Sophie heraus mit der Sprache: »Soldaten vom Volksaufgebot haben auf dem Kniebis die Schanzen bezogen. Dem Bauern Jölin hat man das Vieh gestohlen – zwölf prächtige Kühe. Sie gaben sie erst wieder zurück, nachdem er ihnen 50 Gulden bezahlte. 50 Gulden! Verstehst du? Das ist ein Vermögen!« Johanna schluckte und sah das Mädchen misstrauisch an. Es wäre schließlich nicht das erste Mal, wenn Sophie eine Mär publik gemacht hätte. Trotzdem ließ sie Sophie ausreden und ihr Herz ausschütten: »Einen weiteren Überfall konnten die Waldbewohner aber vereiteln, indem sie die feindliche Meute einfach auseinandertrieben und verjagten!«

»Und woher weißt du das alles?«

»Bewaffnete, Schwarzwälder. Sie beten in der Georgskapelle. Überall rotten sich Bauernhaufen zusammen, die es den verdammten Lutheranern heimzahlen wollen.«

Johanna riss die Lider hoch und bekreuzigte sich. »Kind, so darfst du nicht reden. Alle Menschen sind Kinder Gottes«, mahnte sie und bedachte das Mädchen mit einem wehmütigen Blick. Sophie hatte Johannas wunde Stelle getroffen und ahnte gar nicht, woher die Melancholie plötzlich kam, die die Augen der Adligen trübte. Doch rasch war Johanna wieder versöhnt und sich ihrer Verantwortung gegenüber dem Kloster bewusst. Entschlossen ergriff sie die kraftlosen Hände der jungen Nonne und hielt sie fest umschlossen. Diesmal glaubte sie, was aus Sophies Mund kam. »Na los, wir müssen das schnell der Meisterin berichten!«, sagte sie und steuerte mit ihr umgehend den »Frau Mutter Bau« an.

Das Dahinscheiden des Standesherrn Wratislaus I. vor einem knappen Jahr hatte die alten Mächte entfesselt. Kein Wunder, dass ihnen die Arbeiter fortgelaufen waren! Nur die Jungen aus der Nachbarschaft waren geblieben und halfen dem Sachsenschneider, das bisschen Silber, das der »Alte Mann« noch hergab, abzubauen. Dass der Kaiser ständig an Macht verlor und das Kräfteverhältnis sich zugunsten der protestantischen Fürsten verschob, spürten sie selbst in der Einöde des Wittichener Tals. Die Planungen zum Bau eines Blaufarbenwerks mussten aufgegeben werden. Geld war keines da. Die schöne Idee von Elias Finckh, die brachliegende Wirtschaft seines Landes unter Mithilfe des langbärtigen

Sachsen aufleben zu lassen, verpuffte im Pulverdampf der Schlachtfelder des Südens.

Der Sommer war ein erbarmungsloser Geselle. Die Sonne stand senkrecht am Firmament. Kein Wölkchen war zu sehen, das der gleißenden Hitze Einhalt gebieten konnte. Zum Glück gab es an Wasser keinen Mangel, denn der rauschende Wüstenbach versorgte das Schaufelrad trotz der Trockenheit mit ausreichend Energie.

»Poch – poch!« Der dumpfe Schlag der Stempel, die von einer umlaufenden Welle angetrieben wurden, versetzte Niklas in einen Gefühlszustand von Leere. Die Hämmer des Stampfwerks holten aus, stießen zu, um unter Getöse das Erzgestein zu zermahlen, das Rochus aus der Lore kippte und Konrad in die Sohle einschaufelte. Immer und immer wieder! Das Arbeitstempo wurde von diesem Takt bestimmt, selbst ihre Gedanken passten sich daran an.

Niklas ging in die Hocke und ließ das gewonnene Silbergemenge durch die Finger rieseln. Er roch am Steinmehl, wobei die blonden Stirnfransen ihm ins Gesicht fielen. Der Junge war in die Höhe geschossen, und seine Züge waren etwas männlicher geworden. Ansonsten hatte er sich nicht wesentlich verändert. Nicht im Charakter, denn er war ein Schelm geblieben und sortierte heimlich einige Silberplättchen heraus und ließ sie – schwupps – in seiner Umhängetasche verschwinden. Wie zur Strafe schüttelte ihn ein Hustenreiz. Ja, seine anfällige Gesundheit war eine der wenigen Veränderungen und Einschränkungen seit dem Unfall vor drei Jahren. Damals hatte Renate ihm das Leben gerettet, indem sie den Fluch über den Konvent gelegt und Doktor Häußler ins Tal gelockt hatte. Die Erholung bei den Heilquellen des Sauerbrunnens in Rippoldsau hatte Niklas gottlob genesen lassen.

Seltsam! Mit einem Ruck blieben die Pochstempel plötzlich stehen. Die einkehrende Stille erschreckte sie alle. Rochus lief nervös umher und schaute umgehend beim Stauwehr nach dem Rechten. »Der Sachsenschneider hat die Schleuse gesperrt«, fand er heraus. Doch Niklas kam dem wahren Grund auf die Spur. Er bemerkte den Fremden im langen Umhang, der im Zechenhaus mit dem Schreiber und dem Meister diskutierte. Ob der unrentable Ertrag Anlass für schlechte Laune gab? Jedenfalls konnte Niklas harsche Worte vernehmen. Die bellende Stimme des Sachsenschneiders gewann allmählich die Oberhand. Kurz darauf erschienen die Männer im Freien. Tobias Schneider schwang eine Spitzhacke durch die Luft, die er offensichtlich gebrauchte, um dem Fremden Beine zu machen – was auch gelang. Der Eindringling gab Fersengeld. Eigentlich hätte der Mann im langen Umhang das gar nicht nötig gehabt. Er trug ein auffälliges Schwert mit einfacher Parierstange, graviertem Knauf und ebensolcher Klinge, das normalerweise die schwedische Reiterei führte, am Gürtel.

Niklas und Konrad verbargen sich hinter dem Gebälk des Pochwerks. Der Unbekannte trug rechts eine Augenklappe. Jetzt, da sein scharfer Blick Niklas traf, wusste dieser, wo sie einander schon einmal begegnet waren: damals, der Verfolger auf dem Heuweg! Es war derselbe Mann.

Der hasserfüllte Gesichtsausdruck brannte sich in Niklas' Gedächtnis ein! Ehe er verschwand, schickte der Sachsenschneider ihm noch einige Drohworte nach. »Lass dich hier nie wieder blicken, Lump, oder ich werde davon meinem Herrn berichten.«

Ob der Fremde sich davon beeindrucken ließ?

Kurz vor Sonnenuntergang, der Spuk war längst vorbei, traten die Jungen den Heimweg an. Wie immer folgten die Klosterkinder dem Pfad am Talbach entlang, während Rochus von der Höhe des Gallenbrunnens grüßte und allmählich außer Sicht kam. Etwas war heute anders. Normalerweise trafen sie beim Waschhaus einige Schwestern. Doch heute war dort keine Menschenseele. Stattdessen rannte Sophie auf sie zu, als wenn ihr der Teufel erschienen wäre.

Niklas schwante Übles und wurde nervös. Am liebsten hätte er die Wahrheit aus Sophie herausgequetscht. Doch sie musste erst ausschnaufen. »Es ist etwas Furchtbares geschehen«, keuchte sie und japste nach Luft.

Konrad brachte vor Staunen den Mund nicht mehr zu.

»Ja, red' schon«, drängte Niklas, »was kann schon so Schlimmes passiert sein?«

»Die Württemberger plündern das Kloster in Rippoldsau und …«, stieß Sophie hervor, um sogleich mitten im Satz zu stocken und traurig den Kopf zu senken.

Das war in der Tat eine besorgniserregende Neuigkeit, doch eine Bagatelle im Vergleich zu dem, was ihr nach kurzer Verschnaufpause endlich zögernd über die Lippen kam: »Schwester Johanna … man hat sie weggeholt!«

In der anschließenden Nacht …

Selten hatte sich Sophie so einsam gefühlt, jetzt da auch Johanna fort war. Damals in den Katakomben musste sie alles über sich ergehen lassen. Heute war das anders, denn Sophie schickte sich an, erwachsen zu werden. Luitgard hatte den Schwesterntrakt einst für 33 Frauen geschaffen, eine Zahl also, die dem Sterbealter des Heilands entsprach. Die 34. Schwester war die Äbtissin selbst, die im »Frau Mutter Bau« logierte. Diese heilige Ziffer symbolisierte das Lebensalter Christi, plus die Zeit im Mutterleib und hatte in der Liturgie des Klosters eine besondere Bedeutung. Inzwischen lebten jedoch gut doppelt so viele Nonnen im Konvent. Dieser Umstand ermöglichte es Sophie, nach wie vor ihre alte Zelle im »Langen Bau« zu bewohnen. Wie zu Kindertagen konnte sie demnach leicht zu Niklas gelangen. Natürlich musste sie stets auf den Schwarzen Franziskaner achtgeben. Sophie streifte ihre leichte Tunika über, die, unterhalb der Brust tailliert, sich hübsch an den Körper schmiegte. Auf Zehenspitzen tappte sie vom hinteren Ende des Flurs bis zum Treppenhaus, wo Niklas' Kammer gleich neben der des Franziskaners lag.

»Pst, aufwachen, du Faultier!«

Und siehe da: Niklas konnte in dieser Nacht auch nicht schlafen. Umgehend öffnete sich die Tür, und sein blonder Schopf erschien. Als hätte er nur darauf gewartet, winkte er Sophie herein. Das Mädchen setzte sich uneingeladen auf Niklas' Pritsche.

»Was hast du vor?«, fragte der Bub und starrte Sophie forschend an. In Sekundenschnelle filterte er die Eindrücke und musste sich eingestehen, so wie sie dasaß, wirkte das Mädchen wie eine reife Frau, obwohl ihre Haare immer noch kurz geschoren waren.

»Jetzt kannst du deinen Mund wieder zumachen!«, empfahl sie und tippte ihm gegen die Stirn, sodass Niklas zurückwich und sich beschämt umwandte. Sophie wechselte das Thema: »Heute ist die Zeit gekommen«, raunte sie und horchte nach Pater Johannes. »Ich werde abhauen und nach Antworten suchen. Selbst die Schwestern packen ihre Habe zusammen. Sie fürchten den Schweden. Angeblich geht er nicht gerade zimperlich mit Ordensleuten um. Man rät uns, das Nonnengewand abzulegen und stattdessen unauffällige weltliche Kleider zu tragen.«

»Meinst du wirklich?«, wollte Niklas einwenden und Sophie dazu bringen, ihre Äußerungen noch mal zu überdenken. Dazu drehte er sich ihr wieder zu. »Hinter den Mauern sind wir doch sicher. Wir kommen nicht hinaus! Wer soll bitteschön hereinkommen?«

Sophie beugte sich weit vor, sodass sie Niklas tief in die blauen Augen blicken konnte. Ihre Stimme bekam einen ängstlichen Ton. Fast wörtlich wiederholte sie das, was die Äbtissin ihnen eingeimpft hatte. »Der Schwede nimmt überhand. Neben München hat er jetzt auch Augsburg eingenommen. Ihr König feiert Bälle, während seine Leute alles verbrennen und verderben. Man sagt, er habe sein Glück von Gott bekommen – denn alles, was er sich vornimmt, gelingt ihm auch. Die Protestanten, die ihm folgen, rufen nun statt Gott ihren König an. Sie sagen, der Schwede wird ihnen helfen. Gott könne nicht mehr helfen, er habe kein Volk mehr. Der Schwede dagegen hat unzählige Soldaten. Wenn man einige von ihnen erschlägt, dann kommen noch mehr Verbündete nach.«

»Das erinnert mich an das mehrköpfige Drachenwesen Hydra, deren Köpfe nachwachsen können.« Niklas rümpfte die Nase und war davon wenig beeindruckt. »Das hört sich ziemlich märchenhaft an …«

»Angeblich wüten sie in Memmingen und Ulm so grausam, dass alle Priester ihre Gemeinden verlassen und Reißaus nehmen. Man erpresst die Leute, nimmt sie als Geiseln, und wenn sie kein Lösegeld zahlen, haut man sie einfach nieder. Ein katholischer Pfarrer wurde durch Pferde, an die er gebunden wurde, in Stücke gerissen!«

Dies ließ bei Niklas den Groschen fallen. Entsetzt riss er die Augen auf.

»Ich werde meine Eltern suchen und breche dazu gleich morgen in die Obere Markgrafschaft auf!«, beharrte Sophie auf ihrem Plan.

»Na hör mal, wie stellst du dir das überhaupt vor? Du kannst doch nicht einfach an ihre Schlosspforte klopfen und sagen: ›Guten Tag, ich bin's, die verlorene Prinzessin!‹«

»Warum denn nicht?« In den nachdenklichen Gesichtsausdruck des Mädchens verirrte sich eine Spur Mitleid. »Ich kann dich ja verstehen, Niki. Du hast niemanden, zu dem du fliehen kannst. Die Bettlerin, die dich einst unters Klosterportal abgelegt hat, ist sicher schon verhungert.«

»Danke, Sophie, dass du mich daran erinnerst!«

»Auf jeden Fall werde ich losziehen, ob du das nun gutheißt oder nicht. Ohne Renate und Johanna halte ich es hier keinen Tag länger aus. Aber bedenke bei deiner Entscheidung: Der Schwede wird kommen! Also, was ist? Bist du dabei oder kneifst wie ein Feigling?« Sie legte ihm die Antwort sozusagen in den Mund, bot den Handschlag an und klimperte verführerisch mit den geschwungenen Wimpern.

Ein Feigling? Nein, das war Niklas in seinem Leben nie gewesen. Vielleicht ein bisschen seit dem Unfall? Aber das war nötig, schließlich stand es um seine Gesundheit schlecht. Das Innere der Mine hatte er seitdem nie mehr gesehen. Die Zeit war also gekommen, die alten Fesseln mutig abzustreifen. Und das war die Gelegenheit dazu! Noch kratzte sich Niklas am Hinterkopf, doch dann hatte er seine Entscheidung getroffen.

KAPITEL 9

PLÜNDERNDE SÖLDNERHAUFEN MACHTEN dieser Tage die Schwarzwaldtäler unsicher. In Hornberg, in unmittelbarer Nachbarschaft, wurden weitere württembergische Regimenter gesichtet. So packten die Nonnen des Sankt-Klara-Ordens von Wittichen in aller Eile ihre Habe zusammen und verluden das wertvolle Kirchengut auf Wagen. Sie wollten in Wolfach Schutz suchen. Dort hatte sich der Kinzigtaler Landtag unter dem Vorsitz von Elias Finckh zusammengefunden, um wegen der Kriegsgefahr und der geschehenen Gräuel in Schwaben zu beraten.

Nur Pater Johannes bewahrte die Ruhe. Er wollte unter keinen Umständen weichen!

Eine bessere Gelegenheit, um die Flucht zu wagen, hätte es für die beiden nicht geben können! In dem ganzen Durcheinander war es ein Leichtes, unbehelligt zu bleiben. Sie mussten nur den richtigen Zeitpunkt abwarten, um auf einen der Wagen, die im Stundentakt das Kloster verließen, aufzuspringen. Dann ging alles furchtbar schnell. Der düstere Ort, der ein Leben lang ihre Heimat, aber auch ihr Gefängnis gewesen war, verschwand hinter der grünen Wand aus Tannen. Es dauerte bis Mittag, bis die behäbigen Kaltblüter es endlich auf die Landstraße nach Wolfach geschafft hatten. Eingepfercht zwischen Gepäck, Geschirr und sperrigen Möbeln, wühlte sich Sophie aus den Laken und sprang, ohne zu zögern, vom dahin rumpelnden Gefährt. Sofort rappelte sie sich hoch und lief dem Wagen einige Schritte hinterdrein. Der Bub würde doch nicht etwa kneifen und weiterfahren wollen? Sie winkte ihm auffordernd, fast flehentlich, es ihr gleichzutun. Endlich warf auch er sein Bündel herunter und schwang sich lässig von der Ladefläche.

Sophie schloss ihn glücklich in die Arme.

Die Nonnen auf dem Kutschbock bemerkten die Flucht viel zu spät, und als sie ihre Köpfe umwandten, waren die Ausreißer längst über alle Berge. Da ganz in der Nähe an der Kinzig eine Sägemühle lärmte, glaubten sie aber, sich verhört zu haben. Verwundert zuckten die Schwestern mit den Schultern, und die Wagenlenkerin schwang die Peitsche.

Demütig sank Johanna auf die Knie, genau dort, wo die Minderen Brüder sie hingeschleppt hatten. Allmählich füllte sich der Saal im Kapitelhaus des Villinger Franziskanerkonvents. Noch nahm der Rat der Barfüßer von der Denunziantin wenig Notiz. Die Prälaten waren allesamt in Gespräche versunken, und ihre Stimmen klangen in Johannas Ohren wie ein Schwarm wütender Bienen. Das verschaffte der Nonne ein bisschen Zeit. Verstohlen schaute sie sich um, um sich mit der fremden Umgebung vertraut zu machen und ein wenig zur Ruhe zu kommen. Der Raum war weitaus prächtiger gestaltet, als sie es von Wittichen her kannte. Dort hatte sich die Gestaltung stets der Zweckmäßigkeit unterordnen müssen. Hier waren wahre Künstler am Werk gewesen und hatten die Wände mit farbenfrohen Fresken ausgeschmückt, die die Provinziale der letzten Dekaden im Rahmen biblischer Szenen darstellten. Ein filigranes Spinnengewölbe stützte die Decke, die nicht kalkweiß, sondern erdig rot gestrichen war.

Schließlich sorgte Guardian Amusis für Ruhe. Ohne lange Vorrede kam er zur Sache: »Der schlimmste Vorwurf, der dir durch Zeugen eindeutig nachgewiesen wurde, Nonne Hornstein«, sagte er streng, »ist der, dass du sündhafte Vertraulichkeiten mit einem Protestanten unterhältst …«

Amusis' Eifer wurde jäh vom Villinger Kapitelvikar gebremst, der per aufgeregten Handzeichen auf sich aufmerksam machte. »Ähm, dabei würde ich gerne einwenden, verehrter Bruder …«

»Was, Johannes Chrysostomos?«, kommentierte der hohe Würdenträger verärgert den Einspruch seines Untergebenen und winkte dem Rufer, sich zu erheben.

»Nun … ähm … der Vollständigkeit halber möchte ich doch anfügen, dass der erwähnte Ökonom seit der Übernahme des Alpirsbacher Klosters durch Benediktiner der katholischen Konfession angehört. Außerdem wurde er von Abt Caspar wegen guter Eignung in seinem Amt belassen.«

Abt Georg vom Kloster Sankt Georgen, der neben anderen als Zeuge geladen worden war, bestätigte dies mit einem deutlichen Nicken.

»Wie auch immer. Jedenfalls gehörte er vor Kurzem noch den Lutheranern an. Dieser Tatbestand mildert dein Vergehen allenfalls geringfügig«, brummte der Guardian. »Seit Jahren hast du gegen die Regeln der Heiligen Klara verstoßen, wohl unter der Mitwisserschaft der Äbtissin Barbara von Frundsberg, die wir nun leider nicht mehr befragen können. Zur Beseitigung des verdächtigen Verkehrs sind nun harte Maßnahmen anzuwenden. Doch wie uns Matthäus und Lukas lehren«, er sah den Benediktinerabt verschwörerisch an, »werden wir nach dem verlorenen Schaf suchen und es unserer Herde zuführen, um es zur Rechtschaffenheit zu erziehen. Was, Nonne Hornstein, hast du also zu deiner Verteidigung zu sagen?«

Johanna blinzelte und blickte der Rechtssprechung, die sich in Person des Ludwig Amusis vor diesem Gericht manifestierte, stur ins Gesicht. Trotz der Anklage hatte sie nichts von ihrem Stolz verloren. »Hochwürdiger Vater«, sagte sie mit klarer und fester Stimme. »Was spricht dagegen, wenn das Sekretariat von Wittichen seinen Geschäften nach bestem Wissen und göttlicher Führung nachgeht? Für das Flößen von Holz werden in Wolfach hohe Zölle erhoben, und der Ökonom hilft mir eben, diese zu umgehen!«

Hauptmann Lindau, ein finsterer Geselle mit Augenklappe und langem Überwurfmantel, ergriff das Wort: »Nun ja, immerhin trägt der Ökonom ein Medaillon mit deinem Bild, Johanna von Hornstein!« Er sah sie finster an und meinte ironisch: »Vielleicht bist du es ja selbst, die man vor ihm beschützen sollte? Ich meine, was soll man schon von einem ehemaligen Protestanten erwarten können?«

Die Art, wie dieser schmierige Kerl redete, gefiel ihr überhaupt nicht. Wollte er Johanna diesen Unsinn etwa einreden? »Guter Herr«, entgegnete sie gefasst, »das Amulett ist ein Geschenk und ein Zeichen guter Freundschaft! Ist das verboten? Keiner braucht von einem Ehrenmann, wie Hans Schwab einer ist, etwas befürchten, am allerwenigsten ich selbst! Viel mehr quält mich hingegen die Frage, wer die Kinder beschützt, wenn ich nicht mehr bei ihnen sein kann?«

»*Gesegnet ist der Mann, der sich auf den Herrn verlässt und dessen Zuversicht der Herr ist*«, versuchte der Guardian, sie abermals mit biblischen Floskeln zu überzeugen. Doch das gelang ihm nicht, denn die Angeklagte argumentierte klug:

»Guter Vater, wie ich …«, sie machte eine Pause, »… nun ja, vor meiner *Abreise*«, und räusperte in die Hand, »erfuhr, befindet sich die Meisterin samt Konvent auf der Flucht. Sie ziehen nach Wolfach, folglich geradewegs dorthin, wo die Gefahr am größten ist – quasi in die Höhle des Löwen! Ist es nicht so, dass die Vettern Friedrich Rudolf und Egon als Vormunde für den unmündigen Albrecht II., den Sohn des jüngst verstorbenen Wratislaus I., eingesetzt worden sind?«

»Ach, der Familienzwist ist eine alte Kamelle«, legte Ludwig Amusis klar, des Gassengeredes überdrüssig geworden. »Außerdem ahnt keiner von der Existenz des Jungen.« Das war der Moment, von dem an Lindau, der Hauptmann von Alpirsbach, dem Guardian unablässig an den Lippen hing. Er saugte jede einzelne Silbe sprichwörtlich auf. Amusis, der in seiner langen Belehrungsrede Johannas Bedenken ausgeräumt zu haben glaubte, blickte dennoch sorgenvoll in die Runde. Sein Kinn deutete auf eine unscheinbar wirkende Nonne im braunen Habit und Zingulum, die auf einem der hinteren Reihen im Kapitelsaal Platz genommen hatte. »Juliane Ernstin von Villingen, tretet vor«, befahl er.

Die Angesprochene erhob sich langsam und machte einen ergebenen Knicks. »Ihr wünscht, Hochwürdiger Vater?«, fragte sie fromm.

Ermutigend nickte der Guardian ihr zu. »Kommt ruhig näher. Johanna wird bis auf Weiteres Euer Gast im Sankt-Klara-Kloster sein. Nehmt sie freundlich dort auf, aber behaltet sie im Auge. Ich habe schon alles Nötige mit der Äbtissin Ursula besprochen.« Er scheuchte Johanna mit einer Handbewegung davon und gab auch Juliane mit einer auffordernden Geste zu verstehen, den Saal zu verlassen. Erst nachdem die Frauen durch die Tür in den Kreuzgang verschwunden waren, sprach er weiter. Wieder las er in den Gesten ringsum und sah daraufhin den Benediktinerabt konspirierend an. »Nun, ich denke, wir sollten sichergehen, und dafür bin ich mal wieder auf Eure Hilfe angewiesen.« Er schluckte. »Die beiden Brüder, die schon immer die Hirten der Jungen waren … gebt sie mir an die Hand.«

»Rudolf und Jakobus?«, fragte der Abt argwöhnisch und überlegte lange: »Hm, der Sache wegen könnte ich den Rutenen aus dem Arrest entlassen. So wird er die Gelegenheit haben, sich zu rehabilitieren. Ich hoffe, dass er seine Lektion lernt. Bitte horcht aber meine Bedenken an. Angesichts der anrückenden Gefahren empfinde ich es als äußerst gewagt, die Kinder nach Villingen zu bringen. Der Herzog von Sachsen-Weimar* hat seinen Marsch an die Donau unerschrocken fortgesetzt. Mein Bruder Michael, der Beichtiger im Kloster Amtenhausen ist, berichtete mir von der umhergehenden Angst, Trauer und Bildern des Todes. Längst ist der Gräfin Helene Eleonore der Stand der Dinge in der Baar dargelegt worden. Sie wurde angehalten, aus ihrer Residenz in Donaueschingen zu fliehen und sich in den überrheinischen Gebieten in Sicherheit zu bringen. Auch ich werde mich ihr anschließen und Pater Rudolf bitten, die Kinder in ihre Obhut zu führen!«

Die Mittagshitze war eine Plage. Niklas und Sophie waren froh, dass es unter den Baumkronen am Wegesrand Schatten gab. Dennoch wussten sie, dass sie bald nach Westen abbiegen mussten, um, wie Sophie wollte, in die Obere Markgrafschaft zu gelangen. Doch sie durften die Straße, die sie nach Süden führte, nicht einfach verlassen. In den unergründlichen Tiefen des Schwarzwaldes würden sie sich auf jeden Fall verlaufen, und dann wären sie verloren. Gegen Nachmittag erreichten sie eine Lichtung, worauf sich ein stattlicher Hof befand. Um das Wohnstallhaus mit tief gezogenem Walmdach gruppierten sich in loser Ordnung Scheuern, Speicher und

* Bernhard von Sachsen-Weimar (* 1604, † 1639), General in schwedischen, später in französischen Diensten.

ein kleines Ausgedinghaus*. In der Einfahrt sprudelte ein Laufbrunnen, der auch eine Viehtränke speiste. Ohne sich umzusehen, legte Niklas sein Bündel an den Trogrand und ließ sich durstig die Handflächen vollaufen.

Gerade wollte er zum Trinken ansetzen, als Sophie aufgeregt dazwischenrief: »Vorsicht, das Wasser könnte vergiftet sein! Wir befinden uns doch im Württembergischen!«

Erschrocken spuckte der Junge das Wasser in einer breiten Fontaine aus. »Pah, und das sagst du mir jetzt?«, beschwerte er sich und streckte die Zunge heraus, um sie unablässig an seinem Hemdsärmel abzureiben, damit ja kein einziger Tropfen in seine Kehle gelangen konnte. Nachdem er sich wieder gefangen hatte, entgegnete er hämisch: »Natürlich – man sieht es uns ja von Weitem an, wo wir ausgebrochen sind«, und deutete auf Sophies Habit. Du solltest diesen hässlichen braunen Sack samt Schleier endlich herunterreißen! Oder hast du dich bereits daran gewöhnt, eine Nonne zu sein?«

»Na, hör mal, wie kommst du denn da drauf?«

Niklas zuckte mit den Achseln und sah verblüfft dabei zu, wie stattdessen Sophie trank. Als das Mädchen fertig war, wischte es sich mit dem Ärmel genüsslich über die Lippen. »Das Kleid ist reine Gewohnheit, Niki!« Dann belächelte sie seine Naivität. »Koste doch mal. Das Quellwasser schmeckt herrlich! Der Bauer ist bestimmt nicht so dumm und vergiftet seinen eigenen Brunnen.«

Niklas kratzte sich an der Schläfe. »Du hast mich gefoppt – dir geht's wohl zu gut?«, tadelte er und ließ

* Altenteil. Vom Erben des Hofs überlassener Wohnraum für den Altbauern

das kühle Nass die Kehle hinabrinnen, als wenn sie einen Tag quer durch die Wüste marschiert wären. Unterdessen befreite sich Sophie vom Schleier, riss sich die Haube über den Kopf, schlüpfte aus dem Skapulier und warf es kurzerhand in die Büsche. Den Schleier legte sie als Schultertuch über die leinene Tunika, um das allzu großzügige Dekolleté zu bedecken. Zur Weihe hatte sie drei Garnituren bekommen. Neben der guten eine für den Winter und eine weitere für den Sommer, die sie heute trug. Die Kordel mit den Franziskanerknoten verwendete sie als Gürtel. Zusammen mit ihrer Paternosterkette war dies das einzige religiöse Utensil, das sie noch als Ordensfrau auswies. Und da spazierte auch schon der Bauer auf sie zu. Er sah nicht gerade freundlich aus und richtete eine doppelläufige Flinte auf sie.

»Was schnüffelt ihr hier herum?«, brüllte er. »Wegelagerer und Zigeuner kann ich nicht ausstehen. Also schert euch zum Teufel, bevor ich rappelig werde. Und ich kann euch sagen, mich packt dieser Tage ziemlich schnell der Rappel. Mein Finger zuckt schon am Abzug. Man weiß nie, wann das alte Ding losgeht!«

»Ähm«, stotterte Sophie im ersten Moment verwirrt, blickte dann jedoch dem Mann tapfer in die Augen. »Wir wollten nur rasten und nach dem Weg fragen, wir bitten um Verzeihung, wenn wir Euch gestört haben.« Die freundliche Art des Fräuleins brach im Handumdrehen den Bann. Der Bauer entspannte den Hahn und senkte die Waffe.

»Ihr seid Wanderer? Wo wollt ihr um Himmels willen hin? Überall wimmelt es von Soldaten.«

»In die Obere Markgrafschaft!«, antwortete Niklas vertrauensselig. Die nun entspannte Situation hatte ihn redselig werden lassen. Aber ob das gut war, angesichts der Gefahren und möglicher Verfolger?

»Da werdet ihr nicht weit kommen. Die Wäldler rasen vor Wut, und keiner kann sagen, wann der Funken überspringt.«

»Ihr meint die Soldaten, die um Hornberg liegen?«, riss Sophie das Wort wieder an sich und gab Niklas einen Stups, damit er Ruhe gab und nicht zu viel ausplauderte.

»Eben drum. Die württembergischen Untertanen rücken zum Kriegsdienst ein. Sie belagern die Pässe des Kinzigtals, um den Kaiserlichen den Zugang zu erschweren. Meist junge unverheiratete Leute! Nicht freiwillig, eher stark widerstrebend. Ich kann ein Lied davon singen. Selbst mein eigen Fleisch und Blut haben sie zum Kriegspielen mitgenommen.«

Betroffen senkten Niklas und Sophie die Köpfe. Nach einer kurzen nachdenklichen Pause fragte der Landmann. »Was sucht ihr eigentlich im Badischen?«

Die beiden Ausreißer sahen einander unschlüssig an und schwiegen diesmal. Dem Bauern wurde das langsam zu dumm und griff einer möglichen Antwort vor. »Also man hört so allerhand über die katholischen Markgrafen. Der eine, Wilhelm, soll ein jämmerlicher Feigling sein und sich nach Innsbruck verdrückt haben, wo er das gesellige Hofleben dem Kriegsdienst vorzieht, während sein Bruder, Hermann Fortunat, wie ein rechter Mann im Felde steht. Dessen Reiterregiment liegt in Breisach. Angesichts dieser starken Festung können sich die Österreicher noch einigermaßen sicher sein. Aber die Regierung ist überstürzt nach Ensisheim abgereist. Das wird wohl bedeuten, dass am Oberrhein auch bald Besuch aus Schweden eintrifft. Dort könnt ihr also nicht mehr hingehen. Es ist Kriegsgebiet!« Die Enttäuschung stand Sophie ins Gesicht geschrieben, was dem Bauern nicht entging. »Aber ich will euch nicht so alleine lassen. Morgen könnte ich euch ein Stück des Weges mitnehmen. In Hornberg haben sie Markttag. Eine Hand wäscht die andere. Na, was ist? Ich könnte einen kräftig zupackenden Burschen gut gebrauchen.«

Nach einer kurzen Bedenkzeit nickten die Klosterkinder gleichzeitig wie ein Zwillingspaar. Der rohe Kauz packte Niklas am Genick wie einen Stallhasen. »Dann los, Faulpelz!«, und schob den Buben, der dabei schier umkippte. »Und du«, herrschte er Sophie an, »kannst dich bei meinem Weib in der Küche nützlich machen. Auf geht's!«

Die Prinzessin in spe zuckte zusammen – aber gehorchte!

Spät abends auf dem Grubhof, tief im Schiltacher Forst …

Der Bauer hatte ihnen die Gesindestube für die Nacht überlassen. Außer den beiden Betten links und rechts neben der Tür und der verstaubten Kleiderkiste gab es in der zugigen Kammer über dem Kuhstall kein Möbelstück, welches ein wenig Behaglichkeit in den Raum gebracht hätte. Dafür hausten hier umso mehr Flöhe und

Mäuse. Ungeachtet dessen sackte Niklas todmüde auf seine Lagerstatt und hustete sich beinahe die Lunge aus dem Leib, sodass Sophie hellhörig wurde. Im Schneidersitz hatte sich das Mädchen vor der Waschschüssel am Boden niedergelassen. Ihre Tunika hatte sie aufgebunden und über den Oberarm rutschen lassen. Besorgt spähte sie über die Schulter zurück: »Geht es dir nicht gut?«

Der Junge winkte beschwichtigend ab, richtete sich konzentriert auf, atmete ein und vorsichtig wieder aus. Und siehe da: Die Bronchien, die durch das frische Heu gereizt waren, beruhigten sich.

»Mensch«, rief Sophie und blies die Sorgen fort. »Da denkt man sofort an damals zurück. Mein Herzschlag ist noch ganz außer sich, puh!« Sie warf das Handtuch übers Gesicht und rieb es trocken. Da Niklas noch wie geplättet dahockte, versuchte Sophie, ihn etwas aufzumuntern. »Hei, alles überstanden! Du könntest jetzt ruhig etwas glücklicher dreinschauen. Und sieh doch her, wir haben ein Bett und sind satt. Wenn da der Herrgott nicht seine Finger im Spiel hatte?« Sie lächelte ihm aufmunternd zu.

Doch der Junge wirkte mutlos. »Was sollen wir morgen in der fremden Stadt schon anfangen, ich meine, wenn wir nicht in die Markgrafschaft weiterreisen können? Eigentlich geht unsere Reise schon hier zu Ende, dabei hat sie noch nicht mal richtig angefangen. Wir sitzen fest und haben keinen Plan!«

»Wie kommst du denn da drauf?« Sie wandte sich um und breitete die Arme beschwörend aus. »Wir haben all die Jahre doch nicht auf diesen Moment gewartet, um nach dem ersten Rückschlag gleich aufzugeben? Jetzt gehen wir eben nach Innsbruck, wo der Markgraf Hof hält – schon vergessen?«

»Warum nicht nach Breisach zu Hermann Fortunat? Das wäre näher!«

»Mensch Niklas, was ist denn auf einmal los? Du warst doch früher immer derjenige, der in die weite Welt hinaus wollte. Wir werden Herman Fortunat kaum in Breisach antreffen, fürchte ich, wenn die Schweden seine Ländereien bedrohen. Er befindet sich bestimmt auf einem Feldzug.«

»Vielleicht hast du recht«, erwiderte Niklas und stieg flugs aus der Hose und warf sie neben Sophie auf den Boden. Seine negative Haltung schien sich allmählich ins Positive zu wandeln. Im Hemd schlüpfte er unter die Decke, bettete bequem den Kopf auf das harte Kissen und starrte auf Sophies entblößten Rücken. Sie glaubten einander zu kennen, doch eine solche Nähe war ihnen bislang fremd gewesen. Das komische Muttermal auf ihrem Schulterblatt, das einem Ziegenbock ähnelte, stach Niklas ins Auge. Vor lauter Erstaunen konnte er den Blick nicht mehr davon abwenden. Sophie bemerkte es und ließ verzweifelt die Schultern sacken. Sie schaute zurück und bedeckte die kleinen festen Brüste mit den Armen.

»Niki, könntest du dich bitte umdrehen oder wenigstens die Augen schließen? Ich würde verdammt gerne aus dem verschwitzten Gewand heraus und in mein Nachthemd schlüpfen.«

Niklas schlug die Hände vors Gesicht und grinste. »Na gut, ich schau nicht hin, versprochen!«

Das Mädchen erhob sich gebeugt. Mit einem verschämten Augenaufschlag vergewisserte es sich, ob Niklas sein Wort hielt. Schließlich ließ es die Hüllen fallen und kramte aus ihrem Beutel ein frisches Hemd hervor. Das Rauschen der Kleider erweckte Niklas' Neugier und er spickte durch den Fingerspalt. Sophie hatte lange Gliedmaßen, ein wohlgerundetes Becken und schmale Schultern. Noch einmal musterte er das Muttermal. Sie wollte sich gerade unter die Decke ihrer Schlafstatt flüchten, da bemerkte sie Niklas, der sie beobachtete.

»Du hast einen Busen wie Aphrodite«, bemerkte Niklas halb verschämt, halb um Ausflüchte bemüht.

Sophie sah ihn irritiert an. »Was wir Frauen so an uns haben. Und danke übrigens, dass du das Versprechen gehalten hast. Ich hätte es besser wissen müssen! Eigentlich sollte ich dir dafür den Hintern versohlen. Aber jetzt tu mir den Gefallen und schau bitte woanders hin.«

Niklas wandte sich traurig um und döste zur Wand. »Ich habe noch nie eine Frau so gesehen«, murmelte er, »obwohl ich stets unter Frauen gelebt habe. Ist das nicht verrückt?« Horchend vernahm er erst die tapsenden Schritte und dann den Bettverschlag zu seiner Linken wie ein altes ungeöltes Türscharnier aufstöhnen. Sophie bettete sich zur Ruhe, sprach noch ein kurzes Gebet und schnäuzte einige Male, doch dann wurde es still. Die Anstrengungen des Tages zollten ihren Tribut, und auch Niklas dämmerte in den Schlaf hinüber.

KAPITEL 10

Die Herberge »Zum Fischer« war zum Sammelpunkt der Schwarzwälder Bauern auserkoren worden. Die Gerüchte von der Eroberung Geisingens hatten sie aufgeschreckt und ließen sie von überallher zusammenlaufen. Auch Rudolf und Jakobus stiegen nach dem zweitägigen Teufelsritt in dem Wirtshaus ab. Leider waren sie trotz großer Anstrengungen und Entbehrungen zu spät gekommen. In Wittichen hatten sie einzig den Beichtiger mit ein paar verwegenen Nonnen angetroffen. Die Kinder waren längst ausgerissen. Was für ein Glück, dass ihnen wenigstens Rochus in die Arme gelaufen war. Dem Sohn des Waldbauern, einem kräftigen Burschen von derber Natur, hatte sich Niklas anvertraut. Doch wie so vielen anderen vernebelte Onophrius Singer, Anführer der Bauernrotte und Vogt von Tengen, auch Rochus die Sinne. Die Augen des Halbwüchsigen leuchteten wie zwei helle Sterne, während sich die patriotische Rede Singers in bildgewaltiger Sprache über ihn ergoss: »Erhebt euch, ihr Bauern! Bewaffnet euch gegen die Invasoren. Besetzt die Talengen und Bergpässe! Vereint werden wir jeden Feind von unserem Grund und Boden verjagen, sei es auch ein König, der sich mit ketzerischen Reden wie ein Gesandter Gottes aufspielt!«

Ohrenbetäubender Jubel brandete auf.

Daneben wirkten die beiden Mönche wie scheue Lämmlein. Rudolf getraute sich kaum die Schankmagd, die an den Tisch zu ihnen trat, anzuschauen und blickte stattdessen verschämt zu Boden, obwohl das üppige Dekolleté durchaus Grund zum Hingucken gegeben hätte.

»Was darf ich den Brüdern bringen?«, fragte sie freundlich und einladend zugleich. Da Rudolf nicht antwortete, gab Jakobus kleinlaut und mit gehörigem Selbstmitleid die karge Bestellung auf. »Zwei Humpen klares Wasser!« Man hörte seine ganze Verzweiflung und Niedergeschlagenheit heraus. Von der Magd erntete er ein ungläubiges Kopfschütteln, von Rudolf ein beipflichtendes Nicken. Beim Gedanken an ein schäumendes Bier schmatzte der Tribun mit leerem Munde und brummelte unverständliches Zeug. Der König der Ruten stimmte in das Klagelied mit ein und dämmerte vor sich hin.

»Was für ein Leben!«, seufzten sie im Duett.

Die Stadt Hornberg, die sie mittags erreichten, erdrückte sie geradezu. Eine solche Anhäufung von Menschen war den Klosterkindern bislang fremd. Zum Glück konnten sie, nachdem sie dem Bauern zur Hand gegangen waren, auf die Ladepritsche seines Ochsenkarrens aufspringen und die Reise fortsetzen. Schaukelnd quälte sich das Gefährt den Buckel gen Triberg empor. Niklas ließ sich den Wind um die Nase streichen und atmete genüsslich die frische Luft ein. »So riecht die Freiheit!«, rief er begeistert und ließ die Beine baumeln. Als der Wagen durch ein Schlagloch rumpelte, stießen die beiden mit den Schultern aneinander. Sophie fand nur schwer das Gleichgewicht wieder und hakte sich in der Leitersprosse ein. »Du hast also wieder Lust am Reisen?«

Niklas nickte glücklich.

»Wenn man seine Wurzeln kennt, ist das bestimmt ein erhabenes Gefühl. Aber ich fühle mich ganz und gar nicht frei, nur weil ich auf einem Wagen sitze. Die Ungewissheit, die vor mir liegt, bereitet mir Angst. Was wird uns erwarten? Die Frage, wer ich bin, treibt mich um, und ich fürchte, ich werde mich erst frei fühlen, wenn ich Antworten gefunden habe.«

»Das wirst du bald, Prinzessin!« Er lächelte, doch heute ließ sich Sophie nicht aufmuntern.

»Vielleicht ist es ja gerade das, was mich mutlos macht. Eine Prinzessin? In meinen Vorstellungen ist das nur ein leerer Begriff, ein Traumbild, und irgendwie kann ich das in meine Realität nicht einordnen.« Sophie reckte die Nase in den Wind und atmete tief ein. Wenigstens ein bisschen konnte sie nun Niklas' Begeisterung teilen. Sie sah, wie seine Haare verwirbelten, und ein verhaltenes Lächeln huschte über ihre Lippen.

Nachdem sie die Höhe erklommen hatten, zuckten die beiden wie vom Blitz getroffen zusammen. Schrecklicher Lärm entbrannte. Zunächst hörten sie nur vereinzeltes Gegröle und Schreie, dann ein lautes »Hurra«, das aus Hunderten Kehlen gleichzeitig aufstieg – und dazwischen krachte es plötzlich. »Gewehrsalven«, wusste Niklas, »ganz in der Nähe!«

Der Karren hielt an.

Doch die Schüsse hörten nicht auf, ganz im Gegenteil, sie wurden noch intensiver. Bald entstand ein solches Spektakel, dass sie meinten, sie wären in einen Hinterhalt geraten. Vorsorglich zog Sophie den Kopf ein, während Niklas geduckt um die Ladefläche spickte. Ganz in der Nähe erkannte er ein stattliches Fachwerkhaus, an dem das Schild der Herberge »Zum Fischer« prangte. Auf dem Hof hatte sich eine Bauernhorde versammelt, die ihre Musketen in die Luft feuerten. Mitten unter ihnen entdeckte Niklas einen alten Bekannten und sah Sophie entgeistert an: »Du kannst getrost den Kopf wieder hochnehmen. Die Dummköpfe ballern nur wild in der Gegend herum. Aber du wirst nicht glauben, wenn ich gerade gesehen habe.«

»So, wen denn?«

»Den Mann im langen Umhang mit der Augenklappe! Er trägt ein auffälliges schwedisches Schwert am Gürtel und schleicht im Stall herum.«

»Niklas, ich glaube, du siehst Gespenster! Wer soll das denn sein?«

»Er … er ist der, der mich schon seit einer ganzen Weile verfolgt …«

An ihrem Tisch in der Herberge, wären die beiden Benediktiner vor Lethargie beinahe eingeschlafen, wenn da nicht aus heiterem Himmel der aufmunternde Stern in Gestalt der beiden Klosterkinder erschienen wäre. Dementsprechend groß war die Freude über die göttliche Fügung. Doch es dauerte eine Ewigkeit, ehe sie Sophie und Niklas von ihrem Vorhaben überzeugen konnten. So dämmerte es bereits, als die Gruppe endlich zur Weiterreise bereit war. Noch vor Einbruch der Dunkelheit wollten sie das Kloster Sankt Peter erreichen. Rochus war nicht zu halten. Auch er suchte sein Glück, doch auf eine andere Weise. Der Singer von Tengen hatte ihm, wie einst der Rattenfänger den Kindern von Hameln die Sinne vernebelt, sodass er lieber mit den Bauern zog.

Niklas und Sophie tauchten indes mit den Benediktinern tief in das Schwarzwaldgebirge ein. Jakobus bekam zitternde Beine. Er bibberte und, ehrlich gesagt, wusste er nicht, wie er sich ohne einen guten Schoppen noch länger konzentrieren sollte. Ging es nun hier oder erst bei der nächsten Wegegabelung nach Sankt Märgen ab? Das Wirtshaus »Zum Thurner« an der Passstraße kam ihm in den Sinn. Dort würden gewiss ein gemütliches Bett und ein erquickender Trunk warten. Denn er musste einsehen, dass es kaum möglich war, sich in der Dämmerung mitten im Wald zu orientieren. Dennoch musste es weitergehen, denn die Häscher waren ihnen auf den Fersen. Ihre wertvolle Fracht hatten die Benediktiner inzwischen aufsitzen lassen, während sie selbst auf Schusters Rappen unterwegs waren und die Pferde am Zügel führten.

»Nein, mir ist kein Einäugiger aufgefallen!«, gab Jakobus auf Niklas' abermaliges Nachhaken mürrisch zur Antwort. »Wie auch, bei all den wütenden Bauern?« Sein rundes Gesicht war bleich, nur seine Nase hatte die rote Farbe behalten.

Rudolf schien das alles wenig zu interessieren. Er verließ sich auf den Orientierungssinn seines Mitbruders, ob vorhanden oder nicht, und hatte allein Augen für das hübsche Mädchen, dessen Pferd er führte und das er immerzu anhimmelte. Es verwunderte ihn zwar, was aus dem zweiten Buben geworden war, den er vor drei Jahren in Wittichen im Beisein des Guardians getroffen hatte, und stellte diesbezüglich einige Fragen.

»Sie haben ihn umgebracht, Punkt«, stellte Sophie verbittert klar. Da ihre gesamte Kindheit einem Versteckspiel glich, hatte sie keine Lust, sich ewig zu entschuldigen, dass sie eben nicht das Kind der Barbara von Frundsberg war, sondern das einer anderen unbekannten Mutter.

»Sag mal, Schwester Sophie, wo wolltet ihr eigentlich hin?«, mischte sich Jakobus in das Gespräch ein.

»Nach Tirol, wohin der Markgraf geflüchtet ist!«, sprudelte Niklas heraus.

»Aha, und was wollt ihr von dem?«, hakte Jakobus nach und sah seinen Mitbruder an, als wolle er am Verstand der Kinder zweifeln. Doch der Rutene zuckte bloß mit den Schultern und ließ mit einer Kopfbewegung erkennen, dass es gescheiter wäre, sich auf den Weg zu konzentrieren, als immerzu dumme Fragen zu stellen.

»Die Prinzessin möchte ihre Eltern finden«, fuhr Niklas fort.

»Was für eine Prinzessin?«, fragte Rudolf und blickte die Reiterin verdutzt an.

»Na, die, die auf deinem Pferd sitzt!«, rief Sophie und blickte stolz um sich.

Schockiert sahen die Benediktiner einander an. Es dauerte einen Augenblick, ehe Rudolf die Information halbwegs verdaut hatte. »Na, dann sind es ja doch zwei Herrschaften«, murmelte er und nickte der vermeintlichen Dame unterwürfig zu.

»Wo bringt ihr uns eigentlich hin, Bruder Rudolf?«, fragte Sophie. »Ich hoffe, ihr wisst, was ihr tut …«

»Zunächst müssen wir schauen, dass wir den Schweden nicht in die Hände fallen, die schon bis Rietheim vorgedrungen sind«, schimpfte Jakobus dazwischen, und man merkte ihm an, dass ihn das alles zunehmend überforderte. »Der Feind hat den Villingern die Übergabe der Stadt nahegelegt, und im Falle der Weigerung drohen sie ihm mit Krieg. Während wir gerade versuchen, den Soldaten Richtung Westen zu entkommen, stoßen im Moment die württembergischen Verbände vom Hohentwiel nach Norden vor. Die Schlinge zieht sich also langsam um unseren Hals zu. Wir sollten uns deshalb sputen!«

»Du sprachst eben von zwei Herrschaften«, bohrte Niklas nach, weil ihn die vorherigen Worte des hageren Benediktiners nicht aus dem Kopf gehen wollten. Sollte das etwa bedeuten, dass er die andere *Herrschaft* war?

Rudolf erklärte freundlich: »Ja, auch du bist eine Herrschaft, mein Sohn.«

»So, bin ich das? Und was für eine Herrschaft soll ich bitteschön sein?«

»Einst haben wir dich in einer stürmischen Herbstnacht des Jahres 1617 nach Wittichen gebracht«, erzählte Rudolf weiter, »weil man hoffte, dass du dort in Obhut der Klarissen unter dem Schutz des Grafen Wratislaus sicher wärst. Keiner sollte je erfahren, wer du bist und wer deine Eltern sind …«

»Nun ist der alte Graf aber leider verstorben«, fügte der Tribun missgestimmt an, »und der lange Arm des Verderbens reicht längst bis ins Kinzigtal hinein.«

»Der Arm des … was? Aber was soll das denn sein? Und erklärt doch endlich, wer sie waren, ich meine, meine Eltern?«, stammelte Niklas und riss voller Unbehagen die Augen auf.

Schließlich setzte Jakobus der Konversation ein abruptes Ende. »Wissen wir nicht!«, bellte er und gab Rudolf ein Zeichen, dass er endlich schweigen sollte. Schließlich wurden sie von Abt und Guardian gleichermaßen zum Stillschweigen verdonnert. Damit war die Unterhaltung jäh beendet, und die beiden Brüder beharrten auf dem geleisteten Gelübde. Noch nie war es ihnen so leicht gefallen wie jetzt!

Die Nacht war eine hartherzige Gesellin, und die Wege, die sie gingen, glichen in der Dunkelheit verwegenen Höllenpfaden. Mittlerweile war es unmöglich geworden, auch nur einen einzigen Schritt weiterzugehen. Die Klöster Sankt Märgen und Sankt Peter versteckten sich irgendwo hinter dichten Tannenwäldern.

»Und ich sagte dir noch«, haderte Rudolf mit seinem Bruder, »wir müssen an der Gabelung nach rechts abzweigen. Ja, ich höre mich noch reden. Aber nein, der gute Jakobus weiß es besser und geht stur geradeaus! Nun haben wir den Schlamassel.«

Sophie konnte in Jakobus' Gesicht ablesen, wie es in ihm brodelte. Am liebsten wäre er auf Rudolf losgegangen und hätte auf ihn eingeschlagen. »Beruhige dich, Pater, keinen trifft Schuld«, sagte sie und war selbst um Zuversicht bemüht. »Wir schlagen am besten dort bei der Lichtung ein Lager auf und warten bis zum Morgengrauen, ehe wir weiterziehen. Den Pferden tut eine Rast ganz gewiss ebenso gut.«

Jakobus' Wut verrauchte.

Keiner sprach mehr ein Wort. Doch das Schweigen war für Sophie Antwort genug. Sie deutete auf eine geschützte Stelle im Wald, wo eine Schneise geschlagen war. Von Niklas war seit der Offenbarung, dass er eben kein Findelkind sei, nichts mehr zu erwarten. Die ganze Zeit starrte er apathisch vor sich hin.

»Na los, Niki«, versuchte sie, den Freund aufzumuntern. »Mach dich nützlich, wir brauchen ein Feuer!« Sie sprang vom Pferd und drückte dem träumenden Burschen einfach die Fackel in die Hand.

Wie ein Schwarm Glühwürmchen stoben die Funken über dem Lagerfeuer auf. Rudolf und Jakobus schnarchten um die Wette. So klangen sie wie zwei kuschelige Bärenkinder, die keinem etwas zuleide tun konnten. Folglich brauchten sie keine Angst vor Wölfen haben, oder vielleicht gerade deshalb umso mehr?

Niklas schlief tief und fest. Ein Wunder, dass er das überhaupt konnte! Sophie hingegen kam nicht zur Ruhe. Sie dachte an die Häscher, die Niklas und die Mönche erwähnt hatten, und die ihnen womöglich auf der Spur waren. Seit sie wusste, dass auch Niklas kein normaler Junge war, fürchtete sie sich noch mehr. Hier in der Einsamkeit, unter freiem Himmel, kehrten auch die alten Ängste zurück. Schutzsuchend schmiegte sie sich an den Freund und fühlte ein bisschen Geborgenheit. In der Ferne erkannte sie Lichterketten. Es waren wohl die Wachtfeuer, die der Singer von Tengen auf den Pässen hatte entzünden lassen. Das gab ihr das Gefühl, nicht alleine zu sein. Sophie zählte drei erhellte Bergkegel. Eine Anhäufung von Punkten fiel ihr besonders auf. Sie lagen im Südwesten. Es handelte sich dabei wohl um eine besonders große Anlage, vielleicht um eine Stadt? Doch die geringe Intensität, mit der sie brannten, ließ auf eine größere Entfernung schließen.

Die Grübelei lenkte von den unheimlichen Geräuschen ab. Das fröhliche Zirpen der Grillen auf der Wiese empfand sie dagegen wie Musik. Lange hatte sie ihre Melodie nicht mehr gesummt. Bedingungslos war sie einem Traum nachgeeilt, und der hatte sie an diesen gottverlassenen Ort verschlagen. Was es wohl für einen Sinn machte, bedingungslos, ja stur daran festzuhalten? Sie dachte an Niklas' Worte: »Meinst du, die werden dir einfach die Tür aufmachen?« Irgendwie beschlichen sie auf einmal Zweifel. Vielleicht war der Weg, den sie eingeschlagen hatte, ja der falsche?

Sie hielt inne.

Weitaus bedrohlichere Laute drangen plötzlich aus dem Wald. Im Unterholz raschelte es, und sie glaubte schon, Wegelagerer würden aus ihrem Versteck stürmen und sie überwältigen.

Doch stattdessen wurde es still – verdächtig still!

Offensichtlich war da ein gewöhnlicher Waldbewohner unterwegs – ein Fuchs, ein Dachs, ein Hase, vielleicht ein Auerhahn? Und siehe da: Ein Reh kreuzte ihre Lichtung, doch es erschrak vor dem Feuer und flitzte davon. Die leiser werdenden Hufe raschelten noch eine Weile, doch bevor sie gänzlich verklangen, kehrten sie dem Anschein nach wieder um. Ganz so grazil wie das Reh hörte sich das jedoch nicht mehr an. Es klang eher grobschlächtig, fast wie Menschen.

Sophie setzte sich auf und rüttelte in Panik an Niklas' Schultern, bis er endlich erwachte. Der Bub rappelte sich mühsam aus dem Schlaf, und dann staunten sie alle beide: Die Welt, der sie entflohen waren, war eine zutiefst feindselige. So ganz anders verhielt sich die Natur. Wie schön und friedfertig doch die Wildschweinrotte vorbeizog … *sie* tat ihnen kein Leid an.

Die Sonne schickte sich an, über die Schwelle des Horizonts zu klettern. Noch war der Tag nicht vollständig erwacht. Trotzdem duldete die Weiterreise keinen Aufschub. »Bei einem strammen Fußmarsch werden wir Freiburg am Abend sicher erreichen!«, hoffte Jakobus. Seine Augen funkelten voll Vorfreude. Selbst Rudolfs

Beine liefen bei dem Gedanken an die Zivilisation ein paar Takte schneller.

So stiegen sie zu Tal.

Überall begegneten ihnen Bürgerwehren, die ihnen siegessicher, fast schon übermütig, zujubelten. In Kirchzarten bekamen sie von den Bauern ein Stück Brot gereicht. Zum Dank segneten die Mönche die Banner und sprachen Gebete. Dafür durften sie ihre Weinschläuche bis zum Bersten auffüllen. Und siehe da: Jakobus' Laune stieg von Minute zu Minute, und bald gab er hoch zu Ross die kurzweiligsten Trinklieder zum Besten …

»Immer feucht sei meine Kehle
und der Becher nicht zu klein!
Nur Philister und Kamele
können lange durstig sein.
Gute Menschen müssen singen
wie die lieben Engelein;
darum sei vor allen Dingen
unser Leib vom Staube rein.«

Es wehte eine kühle Brise, und der Wind schickte ein Meer von Wolken über sie hinweg. Inzwischen ließen es sich die Ordensbrüder auf dem Rücken der Pferde gut gehen, während die Kinder die Zügel führten. Niklas war plötzlich stehen geblieben und schien zur Salzsäule erstarrt.

»Was ist denn los?«, fragte Sophie verwirrt und versuchte ihn aus seiner Erstarrung zu befreien. »Auf, beweg deinen Hintern, wir wollen doch das Abendessen nicht verpassen!« Sie zwinkerte schelmisch. Aber alles half nichts.

Auch Rudolf versagte die Stimme.

»Sieh hin, Prinzessin!«, stotterte Jakobus und deutete mit dem Finger in die Ferne, wo sich das mächtige Freiburg vor ihnen ausbreitete. »Der … der Himmel, er blutet!«

Sophie folgte dem Fingerzeig. Was für ein Schauspiel! Die Sonne schüttete das ganze Farbenspektrum, das sie besaß, über der Stadt aus. Sie bündelte ihre überwältigende Kraft, brach durch die Wolkendecke und setzte den Himmel in Flammen, sodass er rubinrot, golden und silbern glühte. Ob das atemberaubende Morgenrot ein böses Omen war?

Sophies und Niklas' Blicke fanden sich. Das Mädchen lächelte voller Zuversicht und reichte dem Jungen die Hand.

Sie glaubten an gute Vorzeichen.

Die Pferde trabten los.

Verstockt betrachtete Jakobus den Himmel und ließ ihn nicht mehr aus den Augen. Es arbeitete in ihm! War das etwa die göttliche Antwort auf die unchristlichen Trinklieder, die er voller Inbrunst geschmettert hatte? »Heilige Muttergottes!«, rief er wie vom Donner gerührt, schlug ehrfürchtig das Kreuz über der Brust und würgte seine Zweifel hinunter.

Die Stadt war beeindruckend und einschüchternd zugleich und um ein vielfaches größer und enger als Hornberg. Obwohl sie nur wenige Straßenzüge weitergingen, hatten sie Bedenken, ob sie sich jemals in dem Wirrwarr aus Gassen und Plätzen zurechtfinden würden. Das Anwesen, in dem Gräfin Helene Eleonore während ihres Besuches in Freiburg logierte, nannte man »Schwendischer Hof«.

Die Mönche kannten sich gut aus. Gestern hatten sie noch in der Schneckenvorstadt in einer Herberge genächtigt. Bei Eierwecken und Schwarzwälder Käse ließen sie es sich gut gehen. Bald danach waren die beiden Benediktiner ihre eigenen Wege gegangen. Rudolf verschwand in den zwielichtigen Etablissements dunkler Gassen. Jakobus zog die Gemütlichkeit vor und gesellte sich in der Trinkstube an einen Tisch, wo sich auch ein Offizier Rudolf von Ossas* und dessen Stallmeister, ein Kroate in deutscher Tracht, niedergelassen hatten.

Heute Morgen fanden sie sich wieder vereint vor dem beeindruckenden herrschaftlichen Prachtbau mit rotem Putz ein und kamen aus dem Staunen nicht mehr heraus. Schräg gegenüber lag das Franziskanerkloster, und in der Verlängerung der Straße stieß man direkt auf das Rathaus. Ohne zu zögern, betraten sie das repräsentative Eingangsportal, das mit goldenen Ornamenten verziert war. Zwei junge Novizinnen öffneten und führten sie über den Treppenturm in die Wartehalle. Dort stell-

* Wolf Rudolf Freiherr von Ossa (1574–1647). Kaiserlicher Generalkriegskommissar. Ein ehrlicher, rauer und kluger Mann. Er wurde von Wallenstein sehr geschätzt. Vertreter von Ernesto Montecuccoli als Befehlshaber der Truppen am Oberrhein.

ten sich die Mädchen im schwarzen Habit und weißem Schleier als Jakobea von Tannenberg und Magdalena von Freyberg vor. »Die Gräfin führt wichtige Gespräche im Salon, danach hat sie Zeit für euch«, erklärte Fräulein von Tannenberg und blinzelte Niklas scheu an. Sie war etwa in seinem Alter, das andere Mädchen ungefähr zehn Jahre alt. Es blieb stets im Schatten der Älteren und sprach kein einziges Wort.

»Wir gehören dem Gefolge ihrer Erlaucht Helene Eleonore an. Wir flohen aus Amtenhausen und danken Gott, dass die Gräfin sich unser erbarmt.« Niklas konnte, während sie ihren Status im Haus erklärte, den Blick nicht von ihr lassen. Seine Augen klebten förmlich an den blassen Lippen, deren gebogene Enden beim Sprechen leicht zitterten – ein Zeichen dafür, dass sie nervös war. Das liebliche Gesicht war rund, und der Ausdruck ihrer Augen warm und herzlich. Ein Jammer, dass sie zur Nonne geweiht werden wird, dachte er. Denn ihr süßer Mund lud förmlich dazu ein, geküsst zu werden.

»Es war schrecklich, als die Schweden mit lautem Geschrei in unser liebes Kloster eingedrungen sind«, erzählte Jakobea weiter. Niklas schien zu träumen und ergötzte sich am Klang ihrer Stimme. »Sie haben alles geplündert und zerschlagen.« Angesichts der entsetzlichen Erinnerungen senkte Jakobea das Haupt. Ihre Lippen bebten, sie presste sie fest aufeinander, um das Weinen zu unterdrücken. »Nur Gott alleine weiß, was geschehen wäre, wenn nicht mutige Bauern aus Immendingen sie vertrieben hätten.«

Magdalena fing hicksend zu schluchzen an. Pater Rudolf setzte sich auf den Stuhl gleich an der Wand und nahm das Mädchen auf den Schoß, um es zu trösten. Sophie beschlich tiefes Mitgefühl für die schöne Novizin, obwohl sie die Art, wie Niklas sie anstarrte, überhaupt nicht gutheißen konnte. Sie dachte an Wittichen und an die Gefahr, die ihnen gedroht hatte, als die Württemberger auf den Kniebis gestiegen waren und die Gegend unsicher machten. Auch sie hätten leicht Opfer sein können.

Plötzlich schwang die Doppeltür auf. Zwei Benediktinerinnen traten heraus. Die ältere schien die Laienunterweiserin zu sein und winkte die adligen Mädchen streng hinter sich her. Alle ließen sie Niklas den Vortritt. Erst mit großem Abstand folgten die Mönche und schließlich Sophie. Der Saal war luxuriös. Es gab teure Möbel und eine Reihe von Gemälden, die unter anderem Kaiser Maximilian I. und Erasmus von Rotterdam zeigten. Die alte Meisterin von Amtenhausen hatte es sich auf einem der Polsterstühle bequem gemacht. Sie nickte wohlwollend und schenkte Niklas ein inniges Lächeln. Dass sie sitzen blieb, verübelte ihr angesichts ihres fortgeschrittenen Alters niemand. »Schön, dich gesund wiederzusehen«, grüßte sie mit der Liebenswürdigkeit einer Großmutter. Niklas stutzte, denn er hatte die Dame noch niemals zuvor in seinem Leben gesehen.

Die Gräfin indes hatte ihnen den Rücken zugekehrt. Mit verschränkten Armen blickte sie neugierig aus dem Fenster auf die Straße. Im Hintergrund hockte ein Beamter mit einer auffällig zitronengelben Musselinkrause am Sekretär, während ein weiterer Herr, ein Kriegsmann mit Reiterumhang und Stulpenstiefeln, die Gräfin umschwänzelte. Er schien einzig auf die nächste Bewegung seiner Herrin zu warten, die es vorauszuahnen galt.

Helene Eleonore ließ die Arme fallen und bewegte sich das erste Mal. In der rechten Hand hielt sie ein aufgefaltetes Tuch. Der Reifrock aus gelbem Atlas mündete in einer kurzen Schleppe. Das schöne Gewand, das mit goldener Klöppelspitze gesäumt und der Länge nach mit Pailletten benäht war, raschelte bei jeder Bewegung.

Das Schweigen war zutiefst unangenehm. Die Besucher schauten einander verunsichert an, doch da drehte sich die Dame mit einem Schwung plötzlich um. Sie wirkte arrogant und hochnäsig. Ohne ein Wort zu sagen, schritt sie in weitem Bogen um Niklas herum. Abschätzig nahm sie ihn in Augenschein und hielt sich das Tuch vor die Nase. »Du bist schmutzig!«, ließ sie ihn in tadelndem Ton kurz und knapp wissen.

Nun ja, Helene Eleonore entsprach in vollem Umfang dem Klischee einer Adligen, die gemäß ihrer Geburt mit Attributen wie Liebreiz und Schönheit reich gesegnet war. Alles an ihr wirkte irgendwie edel, selbst die unsympathische Ausstrahlung und die leichte Aversion, mit der sie Niklas in Augenschein nahm. Ihr Teint war hell, das Muttermal auf der Wange sicher künstlich. Die großen und aufmerksamen Augen, deren Lider geschwungene Wimpern zierten, kniff sie oft heimtückisch zusammen. Natürlich war sie sich der Vorzüge vollauf bewusst und sparte auch nicht, diese offen zu zeigen, was Pater Rudolf selbstverständlich nicht entging. Das schulterfreie Kleid, das tiefe Einblicke gewährte, war eine wahre Augenweide.

Nachdem die Inszenierung vollauf geglückt war, wandte sie sich dem Leibdiener zu und bekam dabei einen schwärmerischen Augenaufschlag. »Ich möchte vorstellen: Oberst von Leyen, ein enger Vertrauter und sehr guter Freund.« Ein säuselnd süßer Unterton vermengte sich mit der näselnden Sprache. Das erste Lächeln wirkte mädchenhaft und schmeichelte einzig dem Obristen.

Dieser ließ mit einer Reaktion nicht auf sich warten und schlug die Hacken zusammen: »Stets zu Euren Diensten, Gräfin!«, erwiderte er ritterlich und legte zum Zeichen seiner Ergebenheit die rechte Hand auf das Herz. Damit verneigte er sich tief.

Im Umgang mit dem Mann an ihrer Seite, gab sich Helene Eleonore indes mehr Mühe. Keck winkelte sie die Arme an und legte die Hände im Schoß übereinander.

»Philipp kümmert sich sowohl um mich als auch um meinen geliebten Sohn Franz Karl. Der junge Graf weilt inzwischen auf Schloss Kientzheim in Sicherheit.« Es fiel ihr schwer, sich vom Anblick des Mannes zu lösen und die Aufmerksamkeit stattdessen Niklas zu schenken. Dann betrachtete sie ihn von Kopf bis Fuß. »Du gleichst deinem Herrn Vater. Bist ebenso rastlos und kampfeslustig. Ich sehe die Wildheit in deinen Augen.«

»Mein Vater!«, platzte Niklas heraus. »Ihr kennt ihn?«

Die Gräfin wich aus, und während sie sprach, würdigte sie den Jungen keines Blickes. »Er ist Soldat«, begann sie zögernd, um gleich darauf bewundernd hinzuzufügen: »Genauer gesagt, ein kaiserlicher General!«

Das war schwer zu verdauen. Selbst Sophie stand der Schock ins Gesicht geschrieben. Sie versuchte, Niklas beizustehen und Blickkontakt herzustellen, während die Gräfin sich selbst in höchsten Tönen pries: »An dem Tag, an dem er sich unsterblich in mich verliebte, war er noch ein Kind – vielleicht so alt wie du …« Sie blies den Atem verzückt aus und schwelgte in den alten Erinnerungen. »Selbst im zarten Jungenalter konnte er mir nicht widerstehen.«

»Erlaucht«, wandte der Oberst ein, »wenn ich mir eine Bemerkung erlauben dürfte?« Helene Eleonore dankte es ihm mit einem verführerischen Augenaufschlag und schien nur darauf gewartet zu haben, dass der Offizier sie komplimentierte: »Ihr habt im Vergleich zu damals nichts von Eurer Anmut verloren. Ganz im Gegenteil: Ihr werdet von Tag zu Tag schöner!«

Dem musste Rudolf mit einem deutlichen Nicken zustimmen. Alle anderen widerte die egozentrische Inszenierung dermaßen an, dass man es deutlich an den Gesichtern ablesen konnte.

»Danke, lieber Freund.« Das zärtliche Lächeln entschädigte Leyens peinliche Theatralik. Nur mit Mühe gelang es der Gräfin, Niklas' verächtliche Miene zu ignorieren. »Er war damals genauso hübsch«, sagte sie träumerisch. Dann hielt sie inne, um die Kraft ihrer Worte zur Entfaltung kommen zu lassen. Doch die Begeisterung bekam Risse, nachdem sie Niklas genauer in

Augenschein nahm. »Aber nicht so ärmlich, verroht und schmutzig«, stellte sie klar und rümpfte die Nase.

Beleidigt über das Auftreten ihres Sohnes, schweifte sie ab und starrte Löcher in die Luft. Schließlich fand sie in Philipp von Leyens Augen einen sicheren Hafen und fuhr fort: »Sie haben mich gegen meinen Willen mit Jakob Ludwig verheiratet. Dein Vater hat nie aufgegeben, mich zu lieben, trotz aller Barrieren.« Helene Eleonore seufzte. »Der Mord an deinem Großvater hat alles verändert. Die Familie stand am Abgrund, sie wäre auch zerrissen worden, wenn nicht Wratislaus I. deinem Vater jeden Kontakt zu mir untersagt hätte.«

In Niklas' Kopf ging es drunter und drüber. Was wollte die Dame damit sagen? War *sie* etwa seine Mutter?

Helene Eleonore schien die Frage zu lesen und gab prompt Antwort. »Ja, Niklas, wenn sie dich legitimieren würden, wärst du mein rechtmäßiger Erbe: Herr von Fürstenberg-Donaueschingen und Hohenlandsberg. Dein Bruder Franz Karl ist schwach und von Krankheit gezeichnet. Er wird seine Vormunde, darunter auch Graf Egon, zu Lebzeiten nie ganz abschütteln. Dabei ist er der Bruder eines Mörders, der deinen lieben Großvater auf dem Gewissen hat. Er glaubt, seinen Einfluss über Franz Karl ausspielen zu können, um das, was sein Vater einst trennte, wieder zusammenzuführen.«

»Wer ist mein Vater?«, fragte Niklas vorlaut und pfiff auf die Etikette. »Dieser General oder der Graf von Fürstenberg-Donaueschingen?«

»Ich habe mit Jakob Ludwig nie Kinder gehabt. Aus lauter Eifersucht hat er die Häscher, die dir heute noch nachstellen, gerufen. Bei meinem zweiten Sohn, Franz Karl, machte er es besser: Er hat ihn als legitim anerkannt, um weiteres Aufsehen zu vermeiden.«

»So sprecht endlich? Wer ist dieser General?«

In den traurigen Augen der Gräfin konnte man die Sehnsucht nach diesem Mann noch auflodern sehen: »Friedrich Rudolf Graf von Fürstenberg. Ein Spross der Kinzigtaler Linie Blumberg …« Während ihr Name und Titel noch hochmütig von den Lippen gingen, schwang in den nachfolgenden Worten völlige Verachtung: »Unlängst vermählt mit einer Hure namens Maria Maximiliana von Pappenheim.«

Niklas sah Helene Eleonore ungläubig an.

»Ja, dieser Liebesbeziehung entstammst du, mein Sohn!«, flüsterte sie und fügte theatralisch hinzu: »Ich habe dich geboren, Niklas.«

Fast hätte man Mitleid mit ihr haben können, und für wenige Augenblicke verspürte Niklas sogar das Verlangen, von ihr in den Arm genommen zu werden. Und Helene Eleonore machte sogar wirkliche Anstalten dazu. Doch die folgenden, von Selbstmitleid getragenen Worte, zerstörten alles: »Ich habe mich lange nach dir verzehrt, du, mein eigen Fleisch und Blut. Doch dann kreuzt du hier auf und stehst vor mir wie ein dummer Bauerntölpel!« Die Gräfin kämpfte gegen die Tränen an und ging einige Schritte auf Niklas zu. Doch kurz davor drehte sie sich um und lief schluchzend aus dem Saal. Oberst von Leyen und der seltsame Beamte, der abrupt vom Stuhl hochschoss, folgten im Eilschritt.

KAPITEL 11

»Pater Jakobus, es ist mir wirklich eine große Hilfe, dass du mich zum Gasthof ›Zur Schnecke‹ begleitest. Ich wüsste gar nicht, wie ich ohne dich zurechtkäme«, bedankte sich Sophie zum wiederholten Mal bei dem fülligen Benediktiner, der zustimmend knurrte, da er im Getümmel immerzu auf die junge Frau achtgeben musste.

In der Tat, Sophie verließ sich voll und ganz auf den Benediktiner und hatte an den Eindrücken, die auf sie einströmten, viel zu knabbern. An jeder zweiten Straßenkreuzung gab es Laufbrunnen, die von den Straßenrinnen, den sogenannten Bächle, gespeist wurden. Die Patrizierhäuser waren prächtig und ragten mehrgeschossig in die Höhe. Doch durch die wachsende Bedrohung im Norden und Osten war das bürgerliche Leben aus den Fugen geraten. Denn sie waren nicht die einzigen Flüchtlinge, die neben Hunden, Schweinen und anderem herrenlosen Getier durch die Gassen streiften. Die oberrheinischen Truppen zeigten Präsenz, und Krämer machten dieser Tage gute Geschäfte, da die Bürger begannen, Nahrungsvorräte zu horten. Daneben gab es aber auch die, die nichts besaßen: Kinder ohne Eltern, kriegsversehrte Soldaten, deren Fähnlein untergegangen war, folgten einem des Öfteren penetrant nach, und ließen erst von einem ab, wenn man ihnen einen Pfennig zusteckte. Niklas war heute in aller Frühe mit der Gräfin abgereist. Helene Eleonore bestand darauf, den verlorenen Sohn zum Schloss Kientzheim mitzunehmen. Sophie litt sehr unter der Trennung, und das sah man dem Mädchen auch an.

»Es ist schon ein sonderbares Gefühl, Pater, so ohne den Niklas. Es ist erst das zweite Mal nach seiner Kur in Rippoldsau, dass ich ohne ihn bin. Ich hoffe bei Gott, dass wir uns auch diesmal wiedersehen …«

Jakobus konnte dem Gesprochenen kaum folgen, hatte er doch damit zu tun, einen aufdringlichen Bettler mit einem entschlossenen Ellenbogenhieb abzuwehren. Irgendetwas schien ihn zu beunruhigen, denn auf dem Straßenzug zwischen Christoffels- und Martinstor sah er sich unablässig um. Sophie achtete nicht darauf. Sie ließ sich von Jakobus durch die Menge schieben.

»Wo werdet ihr hingehen, ich meine, nachdem ihr eure Mission so bravourös erfüllt habt?«, fragte Sophie.

»Jetzt, wo der Junge in Sicherheit ist, können wir getrost nach Sankt Marx abreisen. Dort erwartet der Abt unsere Berichterstattung. Mit ihm werden wir die weitere Entwicklung im Elsass abwarten. Für mehr reicht unser Zehrpfennig, den uns der Alte ausgelegt hat, leider nicht aus. Aber am liebsten wäre ich in Freiburg geblieben.«

Sophie grinste wissend. »Und Rudolf würde das sicherlich auch gerne wollen, so wie ich ihn kennengelernt habe. Er wäre bestimmt ein besserer Familienvater als Ordensbruder geworden. So leidet er nur, der arme Kerl.«

Die Gräfin hatte dem Mädchen ein hübsches Übergewand geschenkt, das ihre erblühende Weiblichkeit an den passenden Stellen betonte. Wegen ihrer kurzen Haare hatte Sophie den alten Schleier als legeres Kopftuch umgebunden. Die alte Tunika war der Dame von Schwendi zu billig, da sie fand, dass Sophie darin mehr wie eine verwahrloste Dirne wirkte als ein Mädchen ihres Gefolges.

»Jakobus, warum lasst ihr das Klosterleben nicht einfach sein und geht mit mir nach Innsbruck? Ich könnte einen Gefährten wie dich gut gebrauchen. Ich meine, alleine schaffe ich es nicht.«

»Na, weil … ähm …«, stammelte er und versuchte, das unleidige Thema zu umschiffen. Doch er kam auf Kurs: »Unser Ziel heißt Sankt Marx, ein Nonnenkloster und Priorat von Sankt Georgen. Dort wärst auch du gut aufgehoben!« Aus dem Augenwinkel achtete Jakobus noch immer auf die Passanten. Gerade kreuzte ein Pferdegespann aus der engen Seitengasse ihren Weg. Aber nein, es war kein Verfolger, denn es ratterte einfach vorbei.

Sophie guckte den Mönch an, als wollte sie ihm die Frage stellen, wie er nur auf eine derart unsinnige Idee kommen konnte. »Es hat schon einen Grund, weshalb ich zur Herberge zurück möchte, dorthin, wo du mit dem Ossaischen Offizier einen Trunk genommen hast. Vielleicht kann er mich wegbringen, ich meine, da du ja nicht mitkommen willst.« Sie kniff die Lider zu und überlegte. »Ach, wie hieß der Herr noch mal?«

»Ein Herr Böcklin von Böcklinsau …«

»Ähm, verzeiht, mein Fräulein, falls ich Euch erschreckte, aber …« Doch es war schon zu spät. Die beiden blieben mit offenem Mund stehen.

Jemand hatte sie hinter ihrem Rücken angesprochen. Ganz vorsichtig spickte Sophie zurück. Dabei fiel sie aus allen Wolken. »Himmelherrgott!«, staunte sie und schlug die Hand vor den Mund. Der elegante junge Kavalier, bekleidet mit Kniehosen, Wams und Stulpenstiefeln, zog den Hut. Mit dem sorgfältig gestutzten Spitzbart und den schulterlangen Haaren ähnelte er ein bisschen dem Prinzen ihrer Träume. Fast wäre sie vor Schreck vorwärts in seine Arme getaumelt, und so brachte sie nur einen unbeholfenen Knicks zustande. Einen halbwegs zusammenhängenden Satz zu formulieren, war sowieso nicht möglich, denn die Schamröte stieg ihr mit Macht ins Gesicht.

Er wartete, ob sie als Erste das Wort an ihn richten würde, doch da sie schwieg, begann er zu sprechen: »Nicht ganz unfreiwillig habe ich Eurer Unterhaltung gelauscht.«

Jakobus ballte die Fäuste. »Verzeiht mein Herr«, grummelte er, »was ist das für ein Benehmen? Ich erinnere mich nicht, Euch jemals begegnet zu sein. Ähm, wie war noch mal der werte Name?«

»Ach, ich vergaß mich vorstellen: Ich bin Christian, der Reiterknecht des Wilhelm Ingold.« Er verneigte sich förmlich.

Der Benediktiner überlegte und kratzte am Kinn. »Ist mir nicht bekannt, guten Tag!«, meinte er kurz angebunden und zog Sophie am Ärmel einfach weiter. Doch der

Fremde ließ sich nicht so leicht abwimmeln und folgte ihnen. Sophies Entzücken war ihm selbstverständlich nicht entgangen, so beschloss er, diesen Trumpf auszuspielen. »Ich bitte die Taktlosigkeit zu entschuldigen, meine Dame. Eure reine Schönheit, die treuherzigen Augen … sie ließen mich einfach meine gute Erziehung vergessen!«

Sophie blieb geschockt stehen. »So, hat es das?«

»Na!« Der Mönch hob einhaltgebietend die Hand. Das Mädchen mochte die entfachte Begeisterung doch gefälligst zügeln! Verständnislos schüttelte er den Kopf. Sie würde doch nicht so dumm sein und diesen verlogenen Sprüchen Glauben schenken? Obwohl das Mädchen sich wehrte, setzte er seinen Fußmarsch zur Schneckenvorstadt fort. Sie erreichten das Martinstor und wollten durchschreiten, doch das edle Ansinnen des Mönchs, dem Mädchen die Unschuld zu bewahren, war Sophie einerlei und sie zappelte sich frei. »Warum, mein Herr, spracht Ihr mich wirklich an?«

»Ich wollte behilflich sein. Die Diener des Grafen Montecuccoli* haben Freiburg längst verlassen. Mit ihnen auch Wachtmeister Böcklin und sein Stallmeister. Der Weg zur ›Schnecke‹ ist daher zwecklos. Falls Ihr Hilfe bräuchtet, ich stünde zu Eurer Verfügung.«

»Ich wüsste nicht, wie«, schmetterte ihm Jakobus entgegen, dem das alles nun zu bunt wurde. Halsstarrig hielt er an dem gefassten Entschluss fest und nahm Sophie im Schlepptau durch das Stadttor einfach mit.

Das Mädchen fügte sich schweren Herzens, jedoch

* General, Oberbefehlshaber der kaiserlichen Truppen am Oberrhein.

nicht ohne dem Fremden ohne Unterlass flammende Blicke zuzuwerfen.

Der Reiterknecht blieb enttäuscht zurück. »Dann macht Euch halt die Mühe. Auf Wiedersehen, mein schönes Fräulein. Falls Ihr meine Hilfe dennoch in Anspruch nehmen wollt, ich warte zur Mittagsstunde beim Münster ›Unserer Lieben Frau‹. Es gibt da etwas, das Euch interessieren könnte!« Schließlich verlor er sie auf dem Holzmarkt aus den Augen.

Während Straßburg den höchsten Kirchturm der Welt besaß, hatte Freiburg unzweifelhaft den schönsten. Es war gar nicht so einfach, Christian in dem Getümmel des Kornmarkts im Schatten des Münsters zu finden. Sie hatte beinahe das gesamte Kirchenschiff bis zu den Bauhütten umrundet, als sie ihn endlich unter einer Linde, von denen es insgesamt drei in einer Linie gab, entdeckte. In der flirrenden Mittagshitze war ein schattiger Platz unter Bäumen durchaus ratsam. Auch er erkannte Sophie und stieß sich mit dem Stiefelabsatz vom Stamm ab. Mit ausladenden Schritten kam er ihr entgegen. Er schien beunruhigt. Gleich zweimal versicherte er sich nach allen Seiten, bevor er es riskierte, sie anzusprechen. »Es freut mich sehr, dass Ihr gekommen seid. Eine weise Entscheidung.« Ausdruck und Wortwahl standen, wie Sophie fand, im krassen Widerstreit. Er klang schroff und gar nicht mehr so liebenswürdig wie am Vortag. Auch sein Benehmen war heute rüpelhaft. Als wäre sie sein Besitz, packte er Sophie am Oberarm und schob sie in die Nische bei der Kirchhofsmauer, wo sie vor Blicken unbehelligt blieben. Sophie wurde angst und bange. Sie sah die schaurige Prophezeiung, die Jakobus ihr gestern auf dem Heimweg vorbetete, bereits eintreten: »Mein Herr, was habt Ihr vor? Warum soll uns denn niemand sehen?« Schon hielt sie nach möglichen Fluchtwegen Ausschau.

»Wo hast du deinen Gefährten gelassen?«, wollte er barsch wissen.

Sophie versank in seinen Augen. Sie fühlte sich angezogen und bedrängt zugleich. Anfangs wich sie zurück, doch dann fasste sie Zutrauen. So klar und rein, geheimnisumwittert und entschlossen konnte doch kein böser Mensch dreinschauen. »Ihr meint Niklas?«, flüsterte sie und war um gute Stimmung bemüht. »Woher wisst Ihr von ihm?«

»Nenn mich Christian!«, zischte er. »Wenn die bösen Mächte erst einmal außer Rand und Band geraten sind, werden wir keine Zeit mehr für vornehme Floskeln haben.« Er machte eine Pause und sah sie streng, aber dennoch liebevoll an. »Hast du das kapiert, Sophie?«

Die einstige Nonne schluckte den dicken Kloß runter. Woher er bloß ihren Namen kannte? Christian löste den Griff. »Ich werde dich duzen, einverstanden?«

Sie nickte heftig mehrmals hintereinander, sichtlich erleichtert, frei atmen zu können.

»Das Grafenkind, wie die Mönche es nennen, ist in großer Gefahr!«

»Aber wieso?«, echauffierte sie sich lauthals, da sie

vom genauen Gegenteil überzeugt war, und auch, weil sie irgendwie auf sich aufmerksam machen wollte.

Christian riss der Geduldsfaden und beugte sich über sie, sodass sie seinen Atem spüren konnte. Er presste den Zeigefinger auf ihre blutleeren Lippen. »Untersteh dich, so laut zu reden! Die Häscher könnten dich hören. Du darfst niemandem trauen, hörst du! Nun sprich: Wo hält sich das Grafenkind auf?«

»Mein Herr«, klagte Sophie und befreite sich aus seiner Umklammerung. »So wie ich das sehe, sollte man sich eher vor Euch in acht nehmen und nicht vor irgendwelchen Geistern. Nehmt bitte Eure Hände weg, sonst schreie ich um Hilfe.«

Erst jetzt wurde Christian bewusst, was er tat. Erschrocken über sich selbst ließ er von ihr ab und hielt entschuldigend die Hände hoch. Während Sophie eilig das Weite suchte und sich immer wieder ängstlich umblickte, versuchte er ein letztes Mal, sie zu überzeugen: »Man hat dich getäuscht, Sophie. Du bist nicht die, für die du dich hältst …«, rief er noch, dann brach er mitten im Satz ab. Es hatte keinen Zweck mehr. Sophie war längst hinter den Häusern verschwunden. »Ich werde warten«, murmelte er verzweifelt, »hier, in der Mittagszeit, bis du wiederkommst …« Aber sie hörte ihn nicht mehr.

Im Schloss Kientzheim …

Der Ort lag malerisch inmitten von Weinbergen. Hier war der Krieg weit weg. Man hätte sich wohlfühlen können, wenn einen nicht das Heimweh bedrückt hätte.

Niklas war schon frühmorgens erwacht. Er grübelte endlos. Das Gebilde seines Lebens war an einem einzigen Tag zusammengestürzt. Seitdem hatte er kaum noch gesprochen. Das war auch nicht nötig gewesen, denn die Dame, die sich seine Mutter nannte, vergnügte sich anderswo. Neben den arrangierten Bällen und Empfängen tat sie das offensichtlich gerne mit dem Obristen von Leyen. Franz Karl, der mit Niklas ein Zimmer teilte, war ein trauriges Kind. Es hatte ein rundliches Gesicht und mandelförmige Augen, hörte schlecht und sprach undeutlich. Ob es daran lag, dass seine Zunge etwas zwischen den Zähnen hervortrat? Jedenfalls empfand Niklas zu dem Sechsjährigen eine tiefe innere Verbundenheit. Der junge Graf wuchs ohne gleichaltrige Spielgefährten auf und wurde von Benediktinerinnen des Klosters Amtenhausen erzogen. Da gab es eine gewisse Parallele zu Niklas' Leben.

Franz Karl schlug die Augen auf und lächelte Niklas selig an.

»Bald geht's nach Hause«, beruhigte ihn Niklas. »Wie sie sagen, sind die Schweden durch die Güte Gottes zurückgerufen worden und verlassen die schwäbischen Gebiete.«

Die gute Nachricht schien dem Grafenkind gar nicht zu gefallen und er zog eine Schnute. Die strenge Erziehung, die er am Hof von Donaueschingen genoss, schmeckte ihm, bei all den Defiziten, die er besaß, überhaupt nicht. Niklas bemerkte das und fügte hinzu:

»Weniger schön ist allerdings, dass meine Mutter mich beim Kaiser als den Alleinerben legitimieren lassen will, um so deine Vormunde zu entlassen.« Niklas fiel es leicht, Franz Karl sein Herz zu öffnen. Im Vergleich zu den Menschen, die ihn umgaben, wirkte er unverdorben und aufrichtig. »Mir geht es wohl wie dir. So habe ich mir eine Mutter niemals vorgestellt. Kopf hoch, mein Freund, ich kann mit dir fühlen.« Er starrte zur Decke und versuchte, im Geiste das Idealbild seiner Mutter hervorzukramen. »In meiner Vorstellung hatte sie ein großes Herz voller Zärtlichkeit und Güte, dafür war sie arm an Ländereien. Helene Eleonore ist das genaue Gegenteil. Ich weiß, sie hat früh ihre Eltern verloren und musste in einem goldenen Käfig leben, eingezwängt in Selbstzucht und Etikette.«

Karlchen, wie die Nonnen den jungen Grafen liebevoll nannten, entsprach in keiner Weise dem Idealbild seiner Mutter, was ihm wohl bewusst war. Aus seinen Augen kullerten bittere Tränen. Kurz darauf klopfte es an der Tür.

»Ist alles gut?«, fragte eine Mädchenstimme.

Niklas schoss vom Bett hoch. Sein Herz pochte wie wild, als er die Stimme identifizierte. »Schwester Jakobea?«

»Geht es Karlchen nicht gut?«, wollte jene wissen.

»Er heult!«

»Ich werde jetzt hereinkommen, Durchlaucht. Ich zähle bis drei! Also bedeckt Euch!« Und schon stand sie mitten im Zimmer und setzte sich zu Franz Karl ans Bett. Durch ihre einfühlsame Art beruhigte sich der Schwendi

Spross und schlief bald darauf ein. »Ich habe gelauscht und gehört, was Ihr gesprochen habt. Ihr solltet mehr Rücksicht nehmen. Aber ich muss Euch auch danken!«

Niklas sah sie dankbar an.

»Seitdem Ihr da seid, Durchlaucht, blüht Karlchen sichtlich auf.« Jakobea seufzte. »Aber die Gräfin hat es eben nicht leicht. Der Umstand, dass Graf Friedrich Rudolf sich im vorigen Jahr mit einer anderen vermählt hatte, hat der Ärmsten das Herz gebrochen. Seine Gemahlin*, eine Dame, mit einer ebenso üppigen Aussteuer wie Helene Eleonores, bringt die Landgrafschaft Stühlingen mit in die Ehe. Im Gegensatz zur Gräfin ist sie blutjung. Die Gute zweifelt an seiner Aufrichtigkeit, denn jetzt, da der Krieg sie zur Witwe machte, wäre der Weg für ein Glück mit ihrer Jugendliebe eigentlich frei gewesen. Doch die entschied sich anders … warum auch immer.«

»Bitte duze mich«, sprach Niklas seinen zweitinnigsten Wunsch aus. Den innigsten konnte er nicht kundtun. Obwohl das Mädchen als Braut Christi erzogen wurde, kamen seine Augen von ihren Lippen, die er gerne geküsst hätte, nicht los. »Ich bin es nicht gewohnt, so komisch angesprochen zu werden, und das bereitet mir fast Kopfschmerzen.«

»Aber Durchlaucht, wenn der Kaiser seine Zustimmung gibt, werdet Ihr bald Herr über Donaueschingen, Baar-Wartenberg und Hohenlandsberg sein.« Niklas' Direktheit brachte Jakobea sichtlich in Nöte. Sie errötete und senkte den Blick zu Boden. Für eine Person seines

* Maximiliana von Pappenheim (* 1610, † 1635). Tochter des Maximilian Ludwig Graf von Pappenheim, Landgraf von Stühlingen.

Standes war Niklas überaus sympathisch, und wäre es nach ihrem Herzen gegangen, hätte sie selbstverständlich eingewilligt. »Danke für Euer Vertrauen, aber ich kann – ich darf – es leider nicht tun.« Sie vermied es, Niklas anzusehen. Deshalb wandte sie sich dem Schlafenden zu und erzählte weiter. »Alles, was Helene Eleonore jetzt noch besitzt, ist ihr Vermögen. Als Alleinerbin der schwedischen Besitztümer war sie einst wohlhabend in die Ehe mit Jakob Ludwig gegangen. Jetzt will sie daraus ebenso hervorgehen und wehrte daher jegliche Ansprüche von außen ab. Graf Egon ist nicht der Einzige, der danach trachtet. Auch der oberschwäbische Stamm derer von Schwendi hat seine Finger ausgestreckt. Noch viel hartnäckiger, da Biberach jüngst schwedisch geworden ist. Darum schätzt Helene Eleonore den starken Arm des Obersten von Leyen so sehr.«

»Da kennt sich doch keiner mehr aus«, klagte Niklas und hielt sich den Kopf. »Ich hasse unklare Verhältnisse, das habe ich schon immer getan. Denn in meinem Gehirn geht es drunter und drüber – dabei sehnt es sich nach Ordnung. Ich möchte weder Ländereien noch Titel erben, und doch bin ich mittendrin …«

Die Novizin erhob sich und knickste. Was sollte sie darauf noch sagen, außer: »Gute Nacht, Euer Hochwohlgeboren!« Noch ehe Niklas etwas einwenden konnte, war sie lautlos davongehuscht. Nein, unter keinen Umständen wollte er ein Hochwohlgeboren, Erlaucht oder dergleichen sein. Er sehnte seine wirkliche Familie herbei, und dazu gehörten ohne Zweifel Sophie, Renate und Johanna. Noch ehe die Morgensonne das Zimmer der Grafenkinder mit ihren Strahlen erhellte und Jakobea sie aufweckte, versank er noch einmal in einen grotesken Traum. Das Schloss, das von einer riesigen Armee belagert wurde, erstreckte sich über drei Berggipfel. Dort residierte eine junge Adlige im königlichen Ornat. In den Händen hielt sie ein Zepter und den Reichsapfel. Die Monarchin war Sophie und er, Niklas, ein Edelmann, der sich neben ihr auf dem Thronsessel niederließ.

Hatte sie wirklich richtig zugehört? Der Fremde hatte davon gesprochen, dass sie eine andere sei und nicht die, für die sie sich hielt. Aber woher konnte er das wissen und warum sollte Niklas in Gefahr sein, wo doch die Gräfin auf ihn achtgab? Sophie ließ das alles nicht mehr los, und sie wollte die Wahrheit herausfinden. Die einzige Möglichkeit bestand darin, den Mann noch einmal zu treffen. Da die Benediktiner inzwischen nach Sankt Marx gereist waren und Sophie nicht alleine hingehen wollte, bat sie Magdalena von Freyberg, sie zu begleiten. Die aufziehenden Wolken hatten die Stadt endlich von der Marter der Hitze erlöst. Der Himmel verfinsterte sich, und es war nur noch eine Frage der Zeit, bis die vollgesogenen Wolken aufbrechen würden. Der Kornmarkt war belebt wie schon in den Tagen zuvor. Immer mehr Bettler und Vagabunden mischten sich unter das Volk. An jeder Ecke hielt einer gierig die Hand auf. Magdalena verteilte Brot und segnete die Ärmsten der Armen, indem sie ihnen die Rosenkranzkette auf die Stirn legte. Manche küssten das christliche Symbol. Die Nachricht, wonach die Schweden im Osten auf Nürnberg vorrückten, um die Stadt, die von Wallenstein belagert wurde, zu entsetzen, machte die Runde*. Nach den bangen letzten Wochen atmete die Stadt wieder auf. Stolz wie ein Vater schaute der große Kirchturm auf Freiburg herab. Sein Schatten verhinderte jedoch die wenigen Sonnenmomente, die rund um den Münsterplatz, trotz der Wolken, möglich gewesen wären.

Was das wohl zu bedeuten hatte?

Der Reiterknecht hielt sich heute etwas abseits auf, um sich in dem Getümmel nicht zu verlaufen. Noch haderte er über die vergebene Chance und wirkte verzagt. Doch der Anblick der beiden Mädchen zauberte ein Lächeln der Erleichterung in sein betrübtes Gesicht, und die Zweifel verflogen. Diesmal ließ Christian Zurückhaltung walten und wartete, bis Sophie nähergekommen war. »Ich bin überglücklich, Euch zu treffen!«, grüßte er und schaute ihre Begleitung kritisch an. »Und mit wem habe ich es außerdem zu tun?«

Sophie übernahm das Reden. »Sie kann nicht sprechen, mein Herr …«

»Sie ist stumm?«, fragte er verwirrt.

Magdalena bestätigte die Vermutung mit einem bedauernden Nicken. Christian musste sich sammeln. Sein Blick schwenkte ratlos zwischen den beiden hin und

* Wallenstein errichtete bei Fürth eines der größten Feldlager der Weltgeschichte (33.000 Infanteristen, 12.000 Reiter). Gustav II. Adolf saß mit lediglich 16.000 Mann in seinem Nürnberger Lager in der Falle. Darum eilte ihm Bernhard von Sachsen-Weimar zu Hilfe.

her. Er wusste nicht, ob er sein Mitgefühl äußern oder es einfach als gottgegeben hinnehmen sollte. »Nun gut«, meinte er schließlich. »Wenn ich bitten dürfte, wir sollten nicht herumstehen, wo uns jeder beobachten kann. Ich schlage daher vor, wir ziehen uns zurück.«

»Das halte ich für keine gute Idee. Wir werden gehen, immerzu. Erzählt mir einfach währenddessen, was Ihr wisst und weshalb Ihr mir gefolgt seid! Und warum, um Himmels willen, Niklas in Gefahr sein soll?«

Er fügte sich und gab die Richtung vor. An der Straßenecke bogen sie in das Stadtgebiet ›Unterlinden‹ ein. »Sophie, ich möchte beim Du bleiben.« Da sie nicht widersprach, behielt er die Anredeform bei und verlor keine Zeit, sie an seinem Wissen teilhaben zu lassen: »Nachdem publik wurde, dass das erstgeborene Grafenkind anscheinend noch lebt, hat sich mein Herr sofort aufgemacht. Inzwischen habe ich eigene Ermittlungen angestellt.«

»So, und wo hält sich Euer Gebieter denn auf?«

Er zuckte mit den Achseln. »Er ist mir keine Rechenschaft schuldig!«

»Und Ihr ihm wohl auch nicht? Wie sonderbar!«

Er sandte einen verständnislosen Blick aus und nahm keine Rücksicht mehr. Unerschrocken konfrontierte er sie mit den neuesten Erkenntnissen: »Ich kenne die schöne Mär, welche dir der Franziskaner aufgetischt hat. Doch bin ich zu dem Schluss gekommen, dass du weder die Tochter von Caritas noch die der Lucrezia sein kannst. Keine der beiden Frauen hat Wittichen je erreicht!«

Sophie suchte in Magdalenas Geste eine Spur jenes Zuspruchs, den sie nötig gehabt hätte, da das Gebilde, das sie in eigenen Ermittlungen so mühsam gezimmert hatte, mit diesen Sätzen ins Wanken geriet. Die Augen der stummen Novizin hing den Sprechern die ganze Zeit an den Lippen, von denen sie die Worte ablesen konnte. »Warum, Christian, sollte ich Euch, ähm, ich meine, *dir* glauben?«

»Hast du denn eine andere Wahl?«

Bei Sophie hatte sich inzwischen ein Gefühl von Vertrautheit eingestellt, und sie ließ sich das alles durch den Kopf gehen. Alleine, ohne Hilfe, saß sie in Freiburg fest und würde so kein Stück weiterkommen. Deshalb verneinte sie.

»Na siehst du! Sie haben alle Hebel in Bewegung gesetzt, um die Gerüchte im Keim zu ersticken. Das ist völlig legitim und auch gängige Praxis. Es werden Unwahrheiten in Umlauf gebracht und Tatsachen verschleiert. Und das wurde von oberster Stelle befohlen. Das angebliche Wunder am Grab Luitgards ist ein solcher Beleg.«

»Ist es das? Woher wollt Ihr das denn wissen? Seid Ihr Gott selbst, oder was treibt Euch zu derartigen Anmaßungen? Ich meine, es ist doch offensichtlich, dass es ein himmlisches Wunder ist, wenn nach so langer Zeit das Gehirn einer Toten unversehrt geborgen wird. Was soll es denn sonst sein?«

Doch darüber schienen sogar die Kleriker geteilter Meinung zu sein, denn auch Magdalena machte kein allzu überzeugtes Gesicht. Das Mädchen von Freyberg hörte zum ersten Mal davon. Obwohl Abt Georg über die Vorgänge in Wittichen immer bestens informiert wurde, hatte weder er noch die Meisterin Anna Heubler darüber gesprochen.

»Sophie, ich möchte dir ein Angebot unterbreiten. Es ist wichtig, dass ich erfahre, wo sich Niklas befindet. Im Gegenzug erfährst du dann alles, wovon ich weiß.«

»Ihr tut ihm doch nichts an?«, stieß sie besorgt hervor und lechzte geradezu danach, mehr zu erfahren.

»Aber nein, meine Liebe! Das war also ein Ja?«

»Natürlich!«

»Dann hör zu: Caritas von Wasa ist unlängst im Kloster Lichtenthal in Baden verstorben, und Lucrezia lebt als alte Jungfer auf Burg Kastellaun. Du bist keine Prinzessin! Viel eher eine Baroness. Es gibt da nämlich einen Hinweis, ein Muttermal, von dem berichtet wird, dass es die Verwandtschaft zur Mutter belegen kann. Wie ich annehme, trägst du ein solches Mal auf dem Schulterblatt. Sie sagen, es habe die Form eines springenden Löwen. Du müsstest mir also deinen Rücken zeigen … es wäre der Beweis …«

»Der Beweis für was?«

»Für deine Herkunft!«

»Mein, Herr, denkt an meinen guten Ruf! Ich werde doch nicht vor Euch meinen Rücken entblößen! Ihr müsstet mir schon glauben, dass es ein solches Mal gibt. Da es sich aber auf meinem Rücken befindet, kann ich über die Form keine Auskunft geben.«

»Man sagt, der Träger sei von edler Abstammung, eine Hoheit, dessen Wappenschild von eben diesem Löwen geprägt wird. Wir müssten also eine Familie ausfindig machen, die einen springenden Löwen oder Ähnliches zum Wappentier hat.«

Das hörte sich alles ziemlich abenteuerlich an, und Sophie wusste nicht, ob die sonderbare Geschichte ihr Vertrauen zu Christian überhaupt noch rechtfertigte. Mittlerweile hatten sie die Linde ganz in der Nähe des Dominikanerklosters erreicht. Hier zweigte das Bächle ab, um, durch ein Rohr beim Predigertor ausgeleitet, in den inneren Stadtgraben abzufließen.

»Nun ja, es ist wenigstens ein Hinweis, besser als nichts. Damit lässt sich vielleicht etwas anfangen«, resümierte Sophie und war um Optimismus und Aufklärung bemüht. »Ein solches Schild müsste im Wappenbuch der Universität ganz leicht auffindbar sein. Habt Dank einstweilen, Christian. Ich werde mein Versprechen einlösen. Aber Ihr müsst Euch wirklich keine Sorgen machen. Niklas befindet sich auf Schloss Kientzheim bei der Gräfin in Sicherheit.«

Christian beobachtete Sophie skeptisch aus dem Augenwinkel, während sie das erzählte. Auf einmal hatte er es eilig. »Wir werden sehen«, erwiderte er knapp und blickte zum Himmel empor, da er die ersten Regentropfen spürte. »Ich will mich sputen, du weißt, wo du mich findest. Guten Tag die Damen.«

Im Nu in war er davongeeilt. Verwirrt guckten die Mädchen einander an, und während Sophie ihm nachschaute, verschenkte Magdalena ihr letztes Kreuzerstück einem verwahrlosten Gesellen mit Krücke und Beinstumpf. Sophie ließ die letzten Minuten Revue passieren.

»Sag mal, Magdalena«, überlegte sie. »Wer mag Christians Herr, dieser Wilhelm Ingold, wohl sein?«

Das Mädchen deutete an, etwas dazu sagen zu können. Doch da es auf einmal heftig zu regnen anfing, machten sie sich schleunigst auf den Heimweg ins Schwendische Haus. Unterdessen überbrachte Christian die Neuigkeiten dem Fürstenbergischen Amtmann Elias Finckh, der bei den Bauhütten schon ungeduldig und reichlich durchnässt darauf wartete.

In der von zahllosen Höhenburgen geprägten Hegau herrschte undurchdringliche Nacht … Mägdeberg, Hohenkrähen und Rosenegg hatten sie bereits genommen. Heute marschierten sie geradewegs auf den Hohenstoffeln zu, wo Ferdinand von Hornstein, ein junger Adliger, mit einer kleinen Besatzung ausharrte. Nur wenige Sterne beleuchteten den Weg, der durch die Regengüsse der vergangenen Tage völlig aufgeweicht war. Nein, die annähernd 1000 Soldaten – Schweizer, Hohentwieler und Landvolk – ließen sich auch von der Dunkelheit nicht gänzlich vor den Spähern verbergen. Das Klirren ihrer Waffen, das Rascheln der Geschirre verriet sie.

Allmählich trudelte der ganze Tross vor dem Berg ein. Ihr Anführer Konrad Widerhold* las große Anspannung, bange Hoffnung und Beherztheit in den Gesich-

* Konrad Widerhold. Zu dieser Zeit noch württembergischer Major. Erst nach der Nördlinger Schlacht (September 1634) steigt er zum berüchtigten Kommandanten auf Hohentwiel auf.

tern seiner Leute. Dann gab er das Zeichen zum Sturm. Mit lautem Gebrüll erstiegen die Angreifer die Mauern der Vorburg. Doch die Besatzung war vorbereitet. Sie leisteten ihnen erbitterten Widerstand und empfingen sie mit starkem Gegenfeuer. Allen voran focht der mutige junge Burgherr persönlich. Sein Schild, bemalt mit Bärentatze und Hirschgeweih, hielt er entschlossen in der Hand.

Zu Hunderten ereilte die Belagerer in dieser Nacht der Tod. Als der Morgen graute, vermengten sich ihr Blut und der Schweiß in Strömen mit der aufgeweichten Erde.

Widerholt zog schwer gedemütigt von dannen.

Von der Festung des Nordgipfels blickte der junge Ritter dem geschlagenen Feind nach. Die vormals so ansehnliche Schar wirkte aus der Ferne wie ein zerhackter Lindwurm. Jetzt empfand er große Genugtuung und wischte sich erleichtert über die blutverschmierte Stirn. Ein müdes Lächeln erhellte sein Antlitz. Noch einmal hatte er die Burg halten können. Aber sie würden wiederkommen! Das nächste Mal sicher mit noch mehr geballter Macht und furchterregendem Geschütz. Ihm graute. Die Feuerkugeln, die dann über sie hernieder regneten, würden grausame Vergeltung üben und die brüchigen Mauern mit allem, was sich darin bewegte, zerschmettern …

KAPITEL 12

Nachdem das grosse Gewitter vorübergezogen war, durfte sie heute endlich das Schloss verlassen. Inzwischen stand der Tag ihrer Rückreise fest. Da sich die Lage zu Hause den Gerüchten nach besserte, wollte Helene Eleonore schon übermorgen aufbrechen. Zur Auskundschaftung war Kapitän Martin Butzer vorgeschickt worden. So hieß es ausharren und die ausstehende Zeit bis zu dessen Rückkehr totschlagen.

Franz Karl gefiel am Besten das Versteckspiel. Auch die alte Meisterin von Amtenhausen hatte sich zu ihnen gesellt und ließ sich auf einer Parkbank im Schlossgarten nieder. Von dort behielt sie das Treiben im Auge. Jakobea und Niklas liefen auseinander, um einen Unterschlupf zu suchen, der es dem Grafenkind nicht so schwer machen sollte. Der übersichtliche Irrgarten stellte weder für Sucher noch Versteckte eine besondere Herausforderung dar, und so verbarg sich Niklas gleich in der ersten Nische. Jakobea schien den gleichen Gedanken zu hegen, und während Niklas sich von rechts auf den Steinsitz schwang, platzierte sich die Novizin von links daneben. Ungewollt kamen sie einander nahe, und ihre Körper berührten sich flüchtig. Jakobea kicherte und verschloss sich mit der flachen Hand den Mund. Niklas sah sie an und ertrank in den Gewässern ihrer fröhlichen Augen.

Sie hörten, wie die Meisterin das Zeichen zum Suchen gab, da Karlchen trotz nunmehr sechs Lenzen noch nicht alleine zählen konnte.

»Pst, jetzt aber still«, beschwor Jakobea und boxte Niklas an den Oberarm. Dabei hatte sie größere Mühe, ihr Mundwerk im Zaum zu halten. Sie lauschten den tapsigen Schritten, die sich aber langsam entfernten. »Seine Durchlaucht spaziert in die falsche Richtung – wohl zum Rosengarten«, feixte sie. »Meint Ihr, wir sollen ihm ein Zeichen geben?«

»Nein, nein. Ich finde es schön, hier zu sitzen. Lass es uns noch eine Weile genießen. Ich weiß nicht, wie oft wir das Spiel schon getrieben haben, langsam fällt mir kein Versteck mehr ein.« Seine Augen rollten missmutig von links nach rechts und dann zum Himmel. »Was glaubst du, wann die Wolkendecke aufbricht und wir die Sonne sehen?«

Jakobeas Fröhlichkeit erstarb. »Meine Gegenwart langweilt Euch doch nicht, Hochwohlgeboren?«

»Überhaupt nicht! Nur solltest du diese dämliche Anrede endlich lassen. Ich bekomme davon doch Kopfschmerzen, das weißt du. Und wenn du es schon nicht lassen kannst, dann nenn mich wenigstens Erlaucht, das klingt nicht ganz so schlimm.« Niklas hustete, und Jakobea fasste ihm besorgt an den Unterarm.

»Ist Euch nicht gut, habt Ihr euch bei dem gestrigen Unwetter erkältet?«

»Es ist der Husten. Der kommt immer wieder …«

»Etwas Schlimmes?«

Er verneinte.

Entspannt faltete sie die Hände in den Schoß, ließ die Schultern sinken und drückte den Rücken zu einem Hohlkreuz durch. »Jetzt wird es wohl nicht mehr lange dauern, bis er uns entdeckt«, seufzte sie.

»Dann sollten wir besser still sein«, flüsterte er und spann seine Gedanken leise fort. »Eigentlich bin ich losgezogen, weil ich die Welt sehen wollte und nicht, um mich wie ein kleines Kind im Garten zu verstecken. Ich würde gerne wissen, wie es vor diesen Mauern aussieht, was ist mit dir?«

Jakobea guckte Niklas verträumt in die Augen: »Ich wäre gerne Eure Begleiterin.« Doch sie bremste die aufkeimende Intimität mit einer albernen Grimasse und tat es der Steinfigur gleich, die am Schlosstor wachte und eine noch abscheulichere Fratze schnitt. »Wie recht der Lalli* doch hat, wenn er uns zum Spott die Zunge herausstreckt! Was für Eroberer gilt, gilt umgekehrt auch für Schlossbewohner. Der Wall scheint unüberwindlich. Feinde kommen nicht herein und wir nicht hinaus.«

Niklas nahm die Figur in Augenschein. Das kam ihm alles bekannt vor. Sein Blick schweifte in die Ferne. »Ich möchte nicht vor Langeweile verfaulen, sondern wenigstens zurück nach Freiburg, Sophie suchen, und dann, so Gott will, weiter nach Innsbruck. Ich mag Helene Eleonore nicht besonders …«

Jakobea drückte aufmunternd seine Hand. Sie sagte nichts und gab damit still ihre Zustimmung.

---

* Der »Lalli«, ein Fratzengesicht am Untertor von Kientzheim, streckte Eindringlingen, die den ersten Wall überwunden hatten, spöttisch die Zunge heraus.

»Sag mal, warum willst du unbedingt Nonne werden?«

»Tja, es ist das Schicksal einer fünftgeborenen Tochter. Was will man machen, so ist das Leben einfach …«

Jetzt war es Niklas, der aufmunternd ihre Hand drückte. »Dann komm einfach mit! Lass uns dem Schicksal entfliehen. Wir gehen zunächst nach Sankt Marx, bitten Rudolf und Jakobus, uns zu helfen …«

»Und dann?«, fragte sie belustigt. Nein, sie nahm ihm das nicht ab und glaubte, dass er bloß Sprüche klopfte. Warum sollte der Graf ausgerechnet mit ihr Reißaus nehmen und sie retten wollen, schließlich würden standesgemäße Kandidatinnen bald Schlange stehen …

»Dann heiraten wir eben!«

Sie unterließ es tunlichst, dem zukünftigen Herrn von Baar-Wartenberg und Hohenlandsberg den Vogel zu zeigen und willigte spaßeshalber ein. »Dann nichts wie los!«, rief sie und sprang hoch. Da es plötzlich ungewohnt still geworden war, verschwand die Fröhlichkeit aus ihrem Gesicht, und stattdessen machte sich Besorgnis breit. Kein Vogel sang. Das Arbeitsgeräusch der Gärtner war nicht mehr zu hören, und auch Karlchen ließ auf sich warten. »Was, bei der Heiligen Maria im Himmel, ist bloß geschehen?«

Gemeinsam traten sie aus dem Labyrinth. Im Park war niemand zu sehen, auch die Meisterin nicht – außer einem geheimnisvollen Einäugigen im langen Umhang. Aufreizend langsam zückte der Mann das kunstvoll geschmiedete Schwert, als wollte er den Moment mit allen Sinnen auskosten. Sofort wusste Niklas, mit wem er es zu tun hatte. Nein, es gab keine Möglichkeit zur Flucht, das Schloss war von hohen Mauern umgeben. Würden sie weglaufen, konnten sie das drohende Ende allenfalls hinauszögern. Instinktiv schob sich Niklas vor Jakobea und wich mit ihr zurück, bis die Hecken ein Weitergehen verhinderten. Sie blickten dem nahen Tod ins Auge. Gekonnt schwang der Mann das Schwert durch die Luft und kam näher. Er machte nicht den Anschein, die sich bietende Gelegenheit auslassen zu wollen.

Doch dann nahte Rettung: Soldaten stürmten den Hof. Angeführt wurden sie von Philipp von Leyen und dem heimgekehrten Kapitän Butzer. Im Nu überwältigten sie die Eindringlinge und befreiten auch Franz Karl und die Meisterin aus ihrer Hand.

Dem Einäugigen gelang die Flucht!

Jakobea klammerte sich an Niklas fest. Sie merkte gar nicht, wie innig sie das tat. Langsam wich die Angst der Erleichterung, und Niklas' Blick fiel auf das Fratzengesicht am Eingangstor. Abermals wiederholte sich die Geschichte, und der Lalli hatte ungebetenen Gästen sein Spottgesicht gezeigt! Zwar ließ sich der erste Mauerring überwinden, aber damit war das Schloss noch lange nicht erobert. Diesmal hatte sich Philipp von Leyen als die letzte Hürde erwiesen!

Ein Hoch auf den tapferen Obristen!
Her mit den Waffen, steig auf die Mauern!
Zu jeglichem Werke leiht Liebe die Flügel!

In Freiburg verbarrikadierte sich Sophie tagelang in der Bibliothek des *Collegium Battmanicum*. Die Nonne Apolonia von Muggenthal hatte ihr den Zugang ermöglicht. Im Wappenbuch entdeckte sie eine Vielzahl von Löwen, wovon einer davon der Pfälzische und einer der Böhmische Löwe war. Sophie spann den Bogen sofort zu Elisabeth Stuart, ihrem Idol aus Mädchentagen, die Kurfürstin von der Pfalz und einen Winter lang gar Königin von Böhmen gewesen war. Der Gedanke sträubte ihr sämtliche Nackenhaare. Dabei fiel ihr ein, dass Christian davon sprach, nicht von königlichem Geblüt abzustammen. Also schob sie den kindlichen, weil dummen, Gedanken zur Seite und blätterte stur den dicken Wälzer durch. Auch Bayerns Wappenschild schmückte jenes Tier, das angeblich als Muttermal auf ihrem Schulterblatt prangte. Zudem die der Truchsesse von Waldburg und Höfingen, wobei Letztere die Mundschenke der Markgrafen gewesen waren – Sophie hielt die Luft an. Aber nein, der Zusammenhang mit Baden konnte und durfte auch nicht stimmen! Sie blätterte die Seiten um. Schließlich fand sie die Freiherren von Hornstein und Stoffeln – beide besaßen Schilder mit Hirschgeweihen. Johanna kam ihr in den Sinn und auch das Lied, das sie als Kind immer gesummt hatte.

Entmutigt klappte Sophie das Buch zu.

Es war zwecklos!

Niklas blickte betrübt aus dem Fenster der fahrenden Kutsche, die nun auf Breisach zu ruckelte. Schön anzusehen war nur der Vorbeizug des Grafen Montecuccoli mit glänzendem Gefolge an der Stadt Colmar gewesen. Wie Wilhelm Ingold, der Fürstenbergische Amtmann mit der zitronengelben Halskrause, verriet, wollte das Heer die Sperren im Schwarzwald umgehen, um über den Kraichgau in Württemberg einzufallen, wo die Generäle ein solches Feuer anrichten wollten, *dass die Engelein im Himmel die Füße an sich ziehen würden …*

Franz Karl, der ihm gegenüber neben seiner Mutter saß, war wegen des Überfalls noch ziemlich verwirrt. Helene Eleonore spendete ihm keinen Trost, sie sprach während der ganzen Fahrt kein einziges Wort und schaute die meiste Zeit sehnsüchtig nach dem Obristen, der mit einer Kornette* die beiden Vierfachgespanne begleitete.

Ingold war der Einzige, der redete. Und das tat er ohne Unterlass, ohne Punkt und Komma. Niklas dachte an Jakobea, die mit der Meisterin und dem Kapitän in der Karosse hinter ihnen fuhr, und daran, was sie eigentlich geplant hatten. So war es gut, dass er etwas über die Lage im Land erfuhr, und horchte genau zu: »Butzer konnte in Erfahrung bringen, dass die Wege noch ziemlich unsicher sind«, erklärte der Amtmann. »Wie er sagt, ist ihm Abt Georg begegnet, der mit seinen Brüdern Sankt Marx inzwischen verlassen hat und sich auf dem Heimweg befindet. Grund für seine überstürzte Abreise seien Unruhen in der Stadt Villingen selbst, die die Herausgabe des Sankt Georgener Hofs betreffen.

* Im 17. Jahrhundert eine Bezeichnung für Reiterkompanie. Hier etwa 30 Pferde. 1632 aus durchschnittlich 45 Pferden (Kaiserliche Armee) bestehend.

Aber der Truppenaufmarsch lässt nichts Gutes vermuten. Ein wenig haben wir uns die wachsende Gefahr im Westen aber auch selbst zuzuschreiben. Die großsprecherische Ankündigung von der Unterwerfung Württembergs hat Gustav Horn* auf den Plan gerufen. Auch der Herzog** ist wachsam wie nie. Mit zwei Regimentern ist er vom Kniebis ins Rheintal vorgerückt. Dort will er den Unsrigen in den Rücken fallen. Wir sollten also schleunigst vorwärtskommen, nicht, dass wir noch mitten in das Schlachtgetümmel geraten …«

Das hörte sich für Niklas wirklich sehr besorgniserregend an. Jedenfalls bestätigten Ingolds Ausführungen, dass Oberst von Leyen und Helene Eleonore weise gehandelt hatten, indem sie sofort nach dem Vorfall im Schlosshof die Koffer packten und losfuhren. Kientzheim war nicht mehr sicher, so oder so nicht! Plötzlich rissen Schreie Niklas aus seinen Gedanken. Auch Helene Eleonore reckte, aufmerksam geworden, das schöne Haupt. Beide Kutschen bremsten abrupt. Oberst von Leyen und seine Hauptleute brüllten wilde Kommandos und versuchten vergeblich, Ordnung in die entstandene Konfusion zu bringen. Herr Ingold schlich sich aus der Kabine und war fortan nicht mehr zu sehen. Dafür preschte die Kavallerie kreuz und quer und hin und her. Offensichtlich versuchte sie, um den Wagenzug einen Ring zu schließen. Die Pferde wieherten in Panik, Waffen klirrten. Dann krachten Schüsse, getroffene Sol-

---

* Gustav Horn, Graf zu Björneborg, schwedischer Feldmarschall, der zu dieser Zeit am Rhein operierte.

** Julius Friedrich von Württemberg-Weiltingen. Bis zur Einsetzung Herzog Eberhards III. im Jahre 1633 Administrator des Herzogtum Württemberg.

daten sanken zu Boden, andere verließen die Stellung und ritten Attacken. Die Lage schien aussichtslos. Niklas bekam Angst. Er dachte an Jakobea, die im Wagen hinter ihnen ausharrte. Helene Eleonore ging kreischend in Deckung und drückte Franz Karls Köpfchen grob nach unten. Niklas konnte von Leyen beobachten, wie er dem Kapitän im Getümmel hektische Befehle zuschrie. Plötzlich setzte sich ihre Kutsche mit einem Ruck in Bewegung. Nein. Ohne Jakobea würde er von diesem Ort nicht weichen, deshalb reagierte Niklas sofort – stieß die Tür auf und sprang hinaus.

Der Wagen der Meisterin stand noch an Ort und Stelle. Die Kutscher hockten Schulter an Schulter auf dem Bock. Beide regten sich nicht mehr, sie waren wohl tot. Niklas ging in Deckung. Die Kugeln der feindlichen Musketen pfiffen ihm nur so um die Ohren. Die Gefahr, ebenfalls getroffen zu werden, schien ihm nicht wirklich bewusst zu sein, denn er hatte nur eines im Sinn, und zwar, irgendwie zu Jakobea zu gelangen! Die Karosse wies schon zahllose Einschusslöcher auf. Bange riskierte er einen Blick hinein und zerrte erschaudernd die Tür auf. Die Meisterin lag blutüberströmt mit aufgerissenen Augen in einer Ecke und gab kein Lebenszeichen von sich. Und Jakobea? Sie schrie in Todesangst und hielt sich die Hände über den Kopf. Er musste schon etwas Gewalt anwenden, sie aus der Karosse zu zerren und sie im hohen Gras der angrenzenden Wiese in Sicherheit zu bringen.

Oberst von Leyen hatte alle Hände voll zu tun, die Flucht der Gräfin zu decken, und kam, während sich die erste Kutsche am Horizont entfernte, ziemlich in die Bredouille. Er wurde von einer Übermacht Dragoner umzingelt, und sein Kampfgeist erlosch. Kapitulierend senkte er den Degen und ließ ihn zu Boden fallen.

Zwei Reiter blieben zurück. Der eine hatte ein gelbes Tuch vor seine untere Gesichtshälfte gebunden und sich so unkenntlich gemacht. Niklas erschrak, als er den anderen erkannte. Es war der Kerl mit der Augenklappe und dem auffälligen Schwert. Er schien etwas zu suchen und stellte sich in die Steigbügel, um seinen Blick weiter über die Wiese schweifen zu lassen. Niklas presste das Gesicht fest ins Gras und hoffte, dass Jakobea sich ähnlich klug verhalten würde. Ein Hustenreiz peinigte ihn, doch er hielt die Luft an, dass ihm schier die Lungen barsten. Nein, er durfte unter keinen Umständen auf sich aufmerksam machen. Der Einäugige ließ sein Pferd um die Kutsche tänzeln, während der Vermummte auf der Anhöhe stehen blieb und beobachtete. »Lass gut sein, Lindau!«, rief dieser und winkte den Kameraden zurück. »Bald werden sie Verstärkung aus Breisach bekommen!«

Der Hauptmann wendete sein Pferd und trabte zurück. »Ich wollte nur sehen, ob wir die Mistkröte diesmal erwischt haben.« Dann schüttelte er ernüchtert den Kopf. »Er muss uns mit der anderen Kutsche entwischt sein.«

Sie gaben ihren Pferden die Sporen und jagten davon.

Endlich wurde Niklas erlöst.

Jakobea streichelte seinen Rücken, während er sich aushustete und grünen Schleim mit blutigem Auswurf ausspie.

Wo er nur blieb? Christian war heute auf dem Münsterplatz nicht zu finden. Enttäuscht trat Sophie daraufhin den Rückweg an. Heute Morgen war die Nachricht vom Überfall auf den Zug der Gräfin eingegangen. Karlchen und die Gräfin seien wohlauf, hieß es. Über das Schicksal der Meisterin und von Niklas und Jakobea sei nichts bekannt. Diese Ungewissheit war für sie eine schwer zu ertragende Last.

Ausgerechnet jetzt, wo sie Christians Hilfe benötigte, war er nicht da. Doch beim Schwendischen Haus erwartete sie eine Überraschung. Kein Geringerer als der Reiterknecht persönlich kreuzte dort mit einem Gespann und einigen Pferden auf. Höflich half er Kunigunde beim Aufsitzen. Die junge Ordensfrau stellte sich etwas ungeschickt an, wohl deshalb, weil sie die Nähe zu einem Mann befremdete.

Christian fing Sophie mit Blicken ein. Heute trug die einstige Klarissin die alte Tunika wieder. Das geliehene Überkleid der Gräfin verschmähte sie neuerdings. So einfach gekleidet fühlte sich Sophie noch am wohlsten. Ein allzu freundliches Gesicht machte Christian ja nicht. Er ließ sie näherkommen, und da ihm Sophies Verwirrung auffiel, bemühte er sich um Aufklärung. »Ich hörte traurigerweise von der Gefangennahme meines Herrn«, begann er grußlos. »Leider weilte er während des unglücklichen Überfalls im Gefolge der Gräfin.« Betrübt senkte er das Haupt und fügte hinzu: »Das mit Niklas tut mir Leid, hörst du! Aber es bestätigt meine Befürchtungen.«

Sophie stutzte und stemmte die Hände in die Hüften. Sogleich wollte sie etwas sagen, doch wurde sie von Magdalena abgelenkt, die sich zwischen sie schob und eine hölzerne Marienfigur an die Brust drückte. Die stumme Novizin trug einen bürgerlichen Rock und beobachtete aufmerksam wie immer die Vorgänge um sie herum. »Ich glaube, Ihr seid mir jetzt eine Erklärung schuldig!«, schleuderte Sophie heraus.

»Wilhelm Ingold steht als Amtmann im Dienst von Helene Eleonore. Ich schwöre, dass ich bis heute nicht ahnen konnte, wo er sich aufhält. Ich bin jeder Spur nachgegangen und da erreichte mich aus heiterem Himmel die traurige Nachricht von diesem Unglück.«

Trotzig reckte Sophie das Kinn. »Und das soll ich Euch glauben?«

»Aber natürlich. Sollte Niklas noch am Leben sein, was ich wirklich hoffe, dann schwebt er in allerhöchster Gefahr. Hab Vertrauen, Sophie, und packe bitte sofort deine Siebensachen zusammen. In Donaueschingen werde ich versuchen, mehr zu erfahren!«

Sophie kreuzte die Arme vor der Brust. Sie war tief gekränkt, schließlich hatte sie ihm einen immensen Vertrauensvorschuss gewährt, den er ihr offensichtlich nicht zurückzahlte und stattdessen skurrile Geschichten erfand, die wohl nur eins zum Ziel hatten, nämlich um sie zu täuschen. »Vielleicht wolltet Ihr ihn ja selbst umbringen?«, schmollte sie.

Dem Reiterknecht riss der Geduldsfaden. »So leg deinen kindlichen Trotz endlich ab!«, schimpfte er. »Von Martin Butzer erreichte mich der dringende Befehl, umgehend für die Heimkehr der Amtenhäuser Nonnen zu sorgen. Magdalena und Apolonia werden in die

Herrschaft Trochtelfingen weiterreisen, wo sie Franz Karl hingebracht haben. Dort wird der junge Graf einstweilen sicher sein. Der Kapitän wird uns am Thurnerpass in Empfang nehmen. Ich denke, das Ausmaß der Bedrohung für die Grafenkinder ist noch größer, und ich fürchte sogar, dass wir es mit einem Verräter zu tun haben, der sich in Helene Eleonores Gefolge eingeschmuggelt hat. Diesen Jemand müssen wir ausfindig machen!«

Sophie meuterte weiter. »Wer um Himmels willen sind *wir*?«

»Das wirst du erfahren, sobald du dich beruhigt hast und einsichtig wirst!«

»Seht mich an!« Sophies Stimme vibrierte. Sie versuchte sich zu fassen und deutete an sich herab. »Ich bin die Ruhe selbst. Es ist nur …«, stammelte sie, »weil ich mich ohrfeigen könnte. Ich dumme Kuh habe Euch geglaubt! Wie konnte ich das nur tun? Ich würde es mir nie verzeihen können, wenn Niklas etwas zugestoßen wäre – hört Ihr: niemals!«

»Du glaubst also, ich gehöre zu den Bösen?« Er schaute ungläubig auf. »So lass doch den Unsinn, hübsches Kind.«

Hübsches Kind? Sophie wusste nicht, ob sie ihn dafür lieben oder hassen sollte. Apolonia erschien mit dem Gepäck im Hof und verstaute es wortlos im Wagen. Auch sie trug weltliche Kleider, was wegen der großen Unsicherheit auf den Straßen durchaus sinnvoll war. Mit strengen Gesten appellierte sie an Sophies Vernunft: »Christian wird uns zum Kommandanten geleiten! Der junge Graf benötigt Zuspruch genauso wie der gemeine Mann in Immendingen und anderswo. Man darf die Klöster jetzt nicht mehr länger unbeaufsichtigt lassen, wo doch überall Not und Elend herrschen. Auch die Menschen im Kinzigtal würden mit etwas mehr Trost und Gottesnähe die schweren Stunden, die noch bevorstehen, leichter ertragen können. Man sollte dich daher schleunigst in deinen Konvent zurückschicken.«

Das gefiel Christian überhaupt nicht. Prüfend inspizierte er die abtrünnige Nonne von Kopf bis Fuß und ergriff Partei für sie. »Nein, Verehrte, in Wittichen ist es viel zu gefährlich!«

»Dann los, pack dein Bündel«, bellte Apolonia, »oder willst du alleine hierbleiben?«

Magdalena, die wusste, was es zu bedeuten hatte, wenn die Unterweiserin ein Machtwort sprach, nahm Sophie bei der Hand und zog sie, ohne auf deren Gegenwehr zu achten, ins Haus …

Endlich erwachte Jakobea aus der Schockstarre und wechselte das eine oder andere Wort mit ihm. Niklas hatte den Eindruck, dass sie das Erlebte nun allmählich verarbeitete. Eine gefühlte Ewigkeit war inzwischen vergangen, sie hatten Breisach gestreift und erfahren, dass es zwischen Montecuccoli und Julius Friedrich von Württemberg zu Kampfhandlungen gekommen war. Der Ausgang sei ungewiss – aber angesichts des blendenden Auftretens der Kaiserlichen konnte der Sieger eigentlich nur Ernesto Montecuccoli heißen. Aber auch Niklas hatte noch zu kämpfen. Noch nie hatte er einen leblosen Körper gesehen, der noch dazu so schlimm zugerichtet war. Der Leichnam der Meisterin, die Unmengen an Blut, die leblos aufgerissenen Augen, all das hatte sich in seinen Gedanken eingemeißelt.

»Schön, dass es dir wieder besser geht!«, bemerkte Niklas und versuchte ein schwaches Lächeln.

Jakobea nickte lächelnd. Auch ihr hatte das endlose Schweigen aufs Herz gedrückt. »Schaut, da drüben, ein Weiler. Himmel, habe ich einen Durst!« Sie liefen schneller und labten sich schließlich an dem frischen Quellwasser, das munter aus dem Dorfbrunnen sprudelte. Niklas beobachtete Jakobea genau. Das dunkle Habit reichte bis zum Boden und war eher zum ruhigen Aufenthalt im Kloster als zum Wandern gemacht. Beim Gehen musste sie das Gewand die ganze Zeit reffen, damit es nicht über die Erde streifte.

»Findest du nicht, dass es besser wäre, ein anderes Kleid zu tragen? Man weiß ja nie, was als Nächstes passiert und ob man in katholische oder protestantische Hände fällt. Hier scheinen sie uns noch wohlgesonnen, aber wer weiß, wem wir noch alles begegnen?«

Jakobea richtete sich auf und wischte die Wassertropfen von Kinn und Lippen. Sie ordnete das Skapulier und rückte den Schleier zurecht. Sie nahm allen Mut zusammen und schüttelte vehement den Kopf. Genauso klang ihre Stimme. »Aber Erlaucht, das geht doch nicht! Man bittet eine brave Nonne nicht, das Ordensgewand abzulegen.« Was der junge Graf wirklich damit ausdrücken wollte, getraute sich Jakobea nicht einmal zu denken. Ihre Wangen glühten vor Scham und Unsicherheit. »Mein Herr, dabei gäbe es noch ganz andere Dinge, die noch nicht ausgesprochen sind.« Sie gab sich demütig. »Was bin ich nur für ein undankbares Geschöpf? Ich habe mich noch gar nicht dafür bedankt, dass Ihr mich gerettet habt!«

»Vielleicht reicht es ja auch, wenn du mich einfach nur Niklas nennst und das geschwollene Gerede von Erlaucht und Hochwohlgeboren in Zukunft einfach sein lässt. Wenn du willst, sag einfach Dankeschön, und alles ist geregelt. Wir müssen das nicht endlos bequatschen, für mich war das eine Selbstverständlichkeit – denn du bist was ganz Besonderes!«

Jakobea verstummte, legte ihre rechte Hand vor aufs Herz und deutete eine Verneigung an, die ihm zeigte, dass sie seiner Bitte Folge leisten wollte, jetzt, da weder die Gräfin noch eine Ordensschwester in der Nähe weilte.

»Eigentlich müsste ich dich, das Fräulein von Tannenberg, hofieren. Ich dagegen bin weder Graf noch irgendein anderer Edelmann. Einfach nur der Niklas!« Um dem Nachdruck zu verleihen, umfasste er ihre Handgelenke und sah sie innig an. »Versprichst du mir, Jakobea, mich einfach beim Namen zu nennen?«

Es kam kein Widerspruch.

»Na dann komm, wir sind in Eile.«

Sie ließ sich mitziehen, raffte kichernd das Nonnenkleid, und Hand in Hand liefen sie der Stadt Freiburg entgegen.

KAPITEL 13

Auf allen Vieren krabbelte Jakobus die Kellertreppe hoch, so besoffen war er. Halb bekleidet, ohne Kutte, den Bauch entblößt hockte er sich auf die oberste Stufe hin und stürzte den letzten Rest des Humpens die Kehle hinab. Bursche Joachim, der ihn dort antraf, schlug fassungslos die Hände vors Gesicht. »Um Himmelswillen, Bruder, was hast du nur angestellt? Der Abt wird jeden Moment von der Konferenz mit den Stadtvätern zurück sein!«

Zum Glück kam in diesem Moment der Kammerdiener zu Hilfe.

»Du kommst wie gerufen, Johann! Zu zweit bekommen wir den Koloss vielleicht vom Fleck, der Alte wird gleich da sein! Los, pack mit an!«

Doch ehe der Kammerdiener der Aufforderung folgte, tadelte er den Burschen für das offensichtliche Versäumnis. »Wie kann es sein, dass dieser Schluckspecht den Schlüssel aufgestöbert hat?«

Joachim, dem die Schlüsselgewalt oblag, zuckte mit den Achseln. Nach Kräften versuchte er, den Pater unter den Armen zu greifen. Er schien Partei für ihn zu ergreifen. »Es liegt doch auf der Hand«, erklärte er mitfühlend, »bei der ganzen Aufregung im Kloster. Selbst ich werde von den Bürgern auf der Straße bespuckt und angepöbelt, und alles nur, weil der hohe Herr seine Höfe an den Herzog von Württemberg nicht zurückgibt.«

Jakobus lehnte jede Hilfe vehement ab. Er wehrte sich und schimpfte wie ein Rohrspatz: »Loslassen! Diese Lutheraner, verdammte Prädikanten* und Mönchweiler Halunken! Sie haben mich am Betreten der Kirche gehindert und stahlen mir den Kelch. Zum Glück hab ich den Kellerschlüssel gefunden, ich hätte mich sonst im Graben ersäuft ...«

»Still jetzt!«, befahl der Kammerdiener und hielt Jakobus den Mund zu. Sie hörten Schritte im Gewölbegang. Doch da war es längst zu spät: Abt Georg kam ihnen mit einem Besucher entgegen.

»Ach, da kommt er ja«, lallte Jakobus. »Gott zum Gruße, Georg Michael Gaisser! Eins will ich dir gleich sagen: Keinen Fuß setze ich mehr in ein Württembergisches Dorf, auch wenn du mich deswegen mit dem Rohrstock verhaust. Geh nächstes Mal doch selbst die Messe lesen und Prügel kassieren ...«

Jakobus' jämmerlicher Anblick und das ungehörige Benehmen trieben dem Klostervorsteher die Zornesröte ins Gesicht. Er konnte einfach nicht die Hände im Zaum behalten und verpasste ihm reflexartig eine schallende Ohrfeige. Was für eine Blamage! Rudolf, der aus der Küche herbeieilte, half schließlich mit, den Betrunkenen aus der Schusslinie zu bringen.

Die Tür zur Schreibstube fiel zu und sperrte das Dilemma aus. Drinnen tat der Abt einen tiefen Seufzer. Nach kurzer Einkehr nahm er das Gespräch mit dem Gast

---

* Hilfsprediger in der evangelischen Kirche.

auf und die betrübliche Nachricht, die dieser überbrachte, grummelnd entgegen. »Jede Stunde ein neues Unglück«, meinte er betrübt und fügte ein Zitat von Horaz an, das er mit beiden Händen gestenreich unterstreichend vortrug. »Wohin entweichst du, oh Tor? Entweichen unmöglich, auch wenn der Don selbst dein Ziel wäre!« Die Sorgen wurden nicht weniger und hinterließen bereits deutliche Spuren. Das Gezänk wegen seiner Höfe, das Schicksal des Herrn von Leyen, von dem er eben erfuhr – all dies ging nicht spurlos an ihm vorbei. Sein ganzes Gesicht war mit schorfigen roten Flecken übersät.

Jetzt betrat auch noch Rudolf den Raum, ohne vorher angeklopft zu haben. Es war einfach zum Davonlaufen! »Verzeiht die Aufregung, Herr Prälat, aber das Hin und Her macht dem Bruder schwer zu schaffen. Sankt Georgen war gestern noch katholisch, und morgen soll es wieder lutherisch sein. Da blickt doch keiner mehr durch …« Er erkannte Wilhelm Ingold, den Besucher, was gar nicht so einfach gewesen war, sahen dessen Kleider doch aus, als wären sie von einem Rudel Wölfe zerrupft worden. Irgendwie wurde Rudolf den Eindruck nicht los, dass dabei jemand nachgeholfen hatte, damit es besonders ärmlich wirkte. In dem folgenden Gespräch erfuhren sie, wie Ingold auf abenteuerliche Weise dem Tod entrann. Die Kaiserlichen hatten das Gefecht an der Knittlinger Steige und das nachfolgende Treffen bei Wiesloch haushoch verloren, und so schloss der Amtmann seinen Bericht mit den Worten: »Graf Montecuccoli floh über den Schwarzwald, und Ossa suchte über das Vogesengebirge das Weite.«

Abt Georg, der an der Gesichtsrose nicht nur körperlich litt, brachte es auf den Punkt und ließ in seiner Antwort eine gehörige Portion Galgenhumor mitschwingen: »So wurde während der famosen Unternehmung der Kaiserlichen, die überall mit markigen Sprüchen die Unterwerfung Württembergs ankündigten, nichts anderes vollführt, als dass jene die Stadt Knittlingen so gründlich zerstörten? Es ist unglaublich. Eine wahrhaft grandiose Leistung!«

»Was wird aus dem Kind werden?«, mischte sich Bruder Rudolf ein und überhörte die politische Debatte einfach. Er schnitt ein Thema an, das er für viel wichtiger erachtete.

»Wenn Ihr erlaubt, meine Meinung zu sagen?« Ingold versicherte sich mit einer höflichen Geste beim Abt, das Wort ergreifen zu dürfen, was dieser sofort gestattete. »Das *Kind*, wie Ihr es nennt, wird diesen heftigen Angriff bestimmt nicht überlebt haben. Keiner wurde von dieser wütenden Horde, die uns überfiel, verschont!« Prüfend blickte er in die Gesichter, um sicherzugehen, dass man ihm die Geschichte auch abnahm. »Sämtliche Schutzpatrone und Engel haben helfend ihre Hände über mich gehalten, und so konnte ich dieser Hölle entrinnen. Vor diesem Hintergrund wäre es meines Erachtens ziemlich fahrlässig, sich auf die Suche nach einem … ähm … Leichnam zu begeben. Helene Eleonores Gesuch, den Jungen beim Kaiser legitimieren zu lassen, befindet sich ja noch in meiner Tasche.« Ingold kramte die Papierrolle, die das Siegel der Gräfin trug, aus seinem lädierten Mantel hervor. Provokativ hielt er das Schriftstück über die Kerze auf dem Sekretär und ließ es langsam verbrennen.

Das war dem Abt Beweis genug.

Rudolf, der bekümmert dabei zusah, wie sich das Schwendische Gesuch in Rauch und Asche auflöste, begriff, dass sie das Grafenkind – trotz großer Anstrengungen – für immer verloren hatten!

Der Schwabenhans betrat die »Herberge zum Roten Bären« am Oberlindenplatz. Man hatte ihm erzählt, dass er den gesuchten Mann dort finden würde. Noch galt es, eine alte Rechnung zu begleichen. Außerdem hoffte er von ihm zu erfahren, wo sie Johanna hingebracht hatten. Inzwischen hielten sich allerlei hochgestellte Persönlichkeiten in Freiburg auf. Die Nachricht der kaiserlichen Schlappe bei Wiesloch hatte die Stadt erneut in Alarmbereitschaft versetzt. Was würde Gustav Horn im Angesicht seines Sieges jetzt wohl unternehmen? Vorrücken oder den Truppen, die schon in Marsch gesetzt waren, folgen, damit sie den König aus der Umklammerung durch Wallenstein befreien konnten?

Schwab musste gar nicht lange Ausschau halten, um Elias Finckh ausfindig zu machen. Einsam hockte der an einem der hinteren Tische und ließ es sich gut gehen. Der Ökonom genoss den Moment des Triumphs und ließ sich in aller Gemütsruhe ein Bier auftragen. Während er sich an dem schäumenden Gerstensaft labte, behielt er den Amtmann im Auge. Finckh erkannte den alten

Alpirsbacher Gegenspieler offensichtlich nicht, obwohl er scheue Blicke mit ihm austauschte. Hans hatte sich verändert, seine leuchtenden Augen waren trübe geworden. Er wirkte ungepflegt, denn aus dem Stoppelbart von einst, war ein krauses Haargestrüpp geworden, das im ganzen Gesicht wucherte. Sein Leinenhemd hatte er aufgeschnürt, sodass man das Brusthaar und vor allem das auffällige Amulett deutlich sehen konnte. Gedankenverloren strich Hans seinen Bart aus und fand, dass die Zeit, sich zu erkennen zu geben, nun gekommen war. Also nahm er seinen Krug und stapfte hinüber. Ohne zu fragen, ließ er sich nieder, wobei er die Stuhllehne zwischen die Beine klemmte. Den Humpen setzte er polternd auf dem Tisch ab, sodass der Amtmann, der genüsslich an einer Hühnerkeule kaute, aufschrak.

Elias Finckh leerte schmatzend seinen Mund und wischte mit dem Handrücken darüber. »Mein Herr, wie kann ich weiterhelfen?«, fragte er und stemmte die Hände breit auf die Tafel.

»Ein Kompliment für Eure Prophezeiung«, begann der Schwabenhans kühl seine Rede. »Ihr habt Wallensteins Siegeszug und den vollkommenen Verlust von Alpirsbach richtig vorhergesehen. Nur wusstet Ihr nicht, dass bald ein viel mächtigerer Fürst das Siegesbanner hochhält. Die Lage hat sich inzwischen umgekehrt, Finckh. Heute laufen die Kaiserlichen davon. Schon in wenigen Wochen wird der Schwede den Benediktinern Alpirsbach entreißen, und das Kloster wird wieder gut württembergisch sein.«

Der Amtmann stocherte mit dem kleinen Finger nach

Essensresten zwischen den Zähnen. Das Amulett stach ihm ins Auge. Allmählich ahnte er, wen er vor sich hatte. »Natürlich, Schwabenhans! Welch eine Freude«, grüßte er großtuerisch und winkte der Magd. »Komm, Mädchen, füll unsere Becher. Wir haben ein Wiedersehen zu feiern.«

Schwab nahm das Angebot gerne an, trank den Schoppen leer und ließ sich sogleich einen neuen bringen. Finckh kam in Spendierlaune und schob das Fleischtablett scheppernd über die Tafel. »Esst, ich habe genug gehabt.« Dann lehnte er sich lächelnd an die Stuhllehne zurück und rieb über seinen Bauch. Er beobachtete den Schwabenhans, der die übrigen Wachtel- und Hühnerkeulen hungrig abnagte. Nach einer Weile bemerkte der Ökonom mit vollem Mund:

»Ihr speist für Zwei, als wäre es Eure Henkersmahlzeit. Was für eine passende Metapher.« Er quälte ein Lächeln hervor, schluckte, und Elias stimmte gutgläubig mit ein. Doch Schwab war nicht nach Späßen zumute und hämmerte mit der Faust auf die Tischplatte, sodass es schepperte und die Krüge schwankten. »Genug der einleitenden Höflichkeiten. Lange genug hat es gedauert, Euch ausfindig zu machen. Ich bin wegen einer ernsten Angelegenheit gekommen und unterbreite Euch nunmehr ein Angebot!«

Finckh faltete bedächtig die Hände, nachdem der Schreck nachgelassen hatte. »Was könnt Ihr mir schon anbieten?«

Schwab bündelte all den Schmerz über den Verlust Johannas in den einen ausdrucksstarken Satz: »Es wird ausreichen, damit Ihr mir verratet, wo Ihr sie hingebracht habt.«

Der Amtmann fühlte die Entschlossenheit seines Gegenübers und begann einzulenken. Schließlich waren die Zeiten schlecht, und da konnte es nicht schaden, sich des Türöffners in eine bessere Zukunft zu bedienen. Zum ersten Mal betrachtete er das Bildnis in dem Medaillon, das Johanna in weltlicher Tracht zeigte, etwas genauer. »Ich wusste schon damals, dass es die besagte Nonne zeigt, und ich muss sagen, ohne den Schleier ist sie wirklich eine Schönheit. Aber ob der Unzucht, die sie trieb, musste sie aus dem Kloster verbannt werden, egal ob wahre Gefühle dabei waren oder nicht. Wittichen ist ein frommer Ort, und die Wallfahrer sollen das Kloster mit barer Münze bereichern.«

Erzürnt sprang Schwab auf und klatschte beide Hände auf den Tisch, sodass sogar der Wirt allarmiert zu ihnen herüber blickte. »Redet nicht um den heißen Brei, sondern sagt mir endlich, wo sie ist!«

Doch der Fürstenberger ließ sich nicht aus der Ruhe bringen. Die Tatsache, dass sie beobachtet wurden, ermutigte ihn. »Das klingt mir eher nach Erpressung, nicht wie ein Geschäft zweier gleichberechtigter Partner. Erklärt mir, auf welche Weise ich profitieren könnte.«

»Verdammt noch mal, Finckh, heute seid Ihr es, der in der Patsche sitzt. Mein Herzog wird des Kinzigtals bald habhaft werden, und dabei wird auch Eure Vaterstadt Wolfach ihm in den Schoß fallen! Ich könnte als Euer Fürsprecher einer Karriere bei dem neuen Herrn sehr förderlich sein. Bald wird sich der Schwede ausgebreitet haben und den katholischen Glauben für immer ausrotten. Dann wird es keine Klöster mehr geben!«

Elias Finckh blies die Backen auf und gab klein bei. »Schwabenhans, ich habe Euch unterschätzt. Mit der Verhaftung der beiden Nonnen, angeordnet vom Guardian höchstpersönlich, habe ich meine Mission erfüllt. Nun ist das Kloster rein. Dabei wolltet Ihr mir damals ja nicht helfen, gewissermaßen seid Ihr an ihrem Schicksal mit schuld. Aber, ich sehe, wie die Liebe in Eurem Herzen brennt. Ich bin kein schlechter Mensch und werde es Euch deshalb verraten.« Er erhob sich und streckte ihm die Hand entgegen.

Der Schwabenhans verlor keine Zeit und schlug umgehend ein. Damit war der Pakt besiegelt.

»Es bricht mir keinen Zacken aus der Krone – nicht mehr. Johanna wurde nach Villingen gebracht. Sie wird nicht mehr nach Wittichen zurückkehren und soll im Sankt-Klara-Kloster ihren Lebensabend verbringen.«

Überstürzt wollte der Ökonom schon aufbrechen, doch Finckh ließ ihn nicht so einfach gehen. Noch immer besaß seine Stimme diesen heimtückischen Unterton: »Haltet Euch von ihr fern. Wenn Ihr Johanna helfen wollt, dann tut das auf andere Weise. Wie ich vom Hausverwalter des Schwendischen Hofs hörte, ist der angebliche Graf, der verlorene und endlich wiedergefundene Sohn der Helene Eleonore, heute Morgen in Freiburg aufgetaucht. Manch einer mag den märchenhaften Gerüchten ja Glauben schenken, ich aber denke, es handelt sich um einen Scharlatan. Trotzdem trachten finstere Mächte nach seinem Leben. Vielleicht wollt Ihr ihm ja aus der Patsche helfen? Meines Wissens befindet er sich noch in der Stadt.«

»Und wo hält er sich auf?«

»Vergesst unsere Abmachung nicht, mein Freund!« Er zwinkerte, und erst nachdem der Ökonom ihm das Versprechen ein zweites Mal gab, verriet Finckh, was er wusste, und flüsterte: »Versucht Euer Glück in der Herberge ›Zur Schnecke‹!«

»Was für eine Schinderei«, klagte Sophie, die vom Wagen gesprungen war, um den schwitzenden Pferden den mühsamen Anstieg über die Serpentinen zu erleichtern. Bis hin zum Thurnerpass mussten sie gut 2.600 Fuß an Höhe überwinden. Zu allem Übel quälte sie die Mittagshitze. Der Gipfel, der links und rechts von Tälern durchschnitten wurde, thronte noch ein ganzes Stück über ihnen.

Diese Straße hatten schon die Römer genutzt, um das gefährlichere Höllental zu meiden, wo man leichte Beute von Räubern wurde. Kunigunde führte die Zugpferde, die unter dem Gewicht des Wagens schwer schnaubten. Dahinter folgten zu Fuß Apolonia und Magdalena. Ihr Ross hatten sie hinten am Wagen festgebunden. Sie erduldeten die Anstrengungen schweigend. Sophie ließ sich zurückfallen, um von Christian, der die Gruppe im Auge behielt, eingeholt zu werden. Seltsam, dass von den Vögeln und den anderen Waldbewohnern kein Laut zu hören war.

Christian führte sein Pferd am Zügel. Sophie ließ sich von ihm anschieben. Es gefiel ihr, wie behütend er seinen Arm um sie legte, was ihr ein Lächeln abgewann.

»Oh, es gibt auch eine fröhliche Sophie. Wer hätte das gedacht?« Seine Stimme verriet, dass er es gut mit ihr meinte. Doch seine volle Konzentration gehörte dem unwegsamen Terrain.

Sophie dachte nicht an Gefahren. Nein, in seiner Gegenwart fühlte sich die 17-Jährige unverwundbar. Die freundlichen Worte beschwingten sie. Sophie beschleunigte ihren Gang und stolzierte vor ihm her. Christian konnte es nicht lassen, sie anzustarren.

»Sag mal, Christian …«

»Wie nennst du mich?« Er stutzte wegen der ungewohnten Anrede.

»Ich werde dich jetzt ganz einfach duzen, so wie du es mir befohlen hast«, erklärte sie keck. Und sie drehte sich im Kreis, um sein Mienenspiel zu erkunden. Das erwachende Interesse an seiner Person versuchte sie, durch sarkastische Äußerungen zu kaschieren. Noch nie hatte ihr ein Mann derart gut gefallen.

»Passt schon!«, brummte Christian. »Du musst dich nicht rechtfertigen«

»Und, wie steht's?«

»Mit was?«

»Du bist mir eine Erklärung schuldig, schon vergessen?«

»Stimmt. Ich versprach, dir mehr zu erzählen, sobald du dich zu benehmen weißt!«

»Ich bin doch …«, entgegnete sie sanft und stoppte

mitten im Satz, um sich sekundenlang an seinem wärmenden Blick zu laben. Über ihre Lippen schlichen Worte, die genau das aussprachen, was sie fühlte: »… völlig benommen!«

Christian lächelte. »Das sehe ich!« Noch war er nur halb bei ihr und behielt weiterhin die Umgebung im Auge. Erleichtert nahm er zur Kenntnis, dass die Vögel wieder sangen.

Sophie indes war gefangen im Gefühlschaos, ging ein paar Schritte, ließ sich das Gesagte noch einmal durch den Kopf gehen, sah wieder klar und wandte sich um. Mit erhobenem Zeigefinger nahm sie eine nicht ganz ernst gemeinte Drohhaltung ein. »Oh, du hast mich in die Falle tappen lassen, Schlingel!« Ihr gefiel es, die Entrüstete zu mimen. »Eigentlich wollte ich damit nur sagen, dass ich ganz gefügig bin, ähm, sein kann.«

»Gefügig?«

Sophie geriet völlig außer Fassung. Gegen seine Lässigkeit war sie machtlos und sie stampfte wütend zu Boden. »Vor was fürchtest du dich? Hast du Angst vor mir?«

»Angst? Ich fürchte doch keine halben Portionen! Sophie, du solltest besser überlegen, was du von dir gibst. Du redest dich um Kopf und Kragen!«

Halbe Portion? Sophie errötete. Jetzt war sie mit ihrem Latein am Ende! Die Schmach über seine Abweisung verfärbte das Gesicht und sie stammelte, um sich aus der Bedrängnis herauszuwinden: »Gut … wie Ihr wollt …, ähm, du willst …, na dann …« Sie spazierte los und schwang ihre Arme im Takt der Schritte. Bald hatte sie die Nonnen und den Wagen eingeholt.

Christian folgte hartnäckig. »Diese rosige Gesichtsfarbe steht dir.« Sophie schnitt eine sauertöpfische Grimasse. Sie wollte etwas erwidern, doch er ließ sie nicht mehr zu Wort kommen. »Ich möchte dir etwas über die Gefahr berichten, die die Grafenkinder bedroht, und da ich deine Loyalität sehr schätze, werde ich dich in den Stand meiner Nachforschungen einweihen.«

Da er nicht weiterredete, sondern sie nur anstarrte, blieb Sophie stehen. »Na dann rede, ich bin ganz Ohr.«

»In Oberschwaben lebt ein Mann, der einst steinreich war und heute bettelarm ist«, erklärte Christian. »Es handelt sich um Maximilian, Herr von Schwendi und Großschaffhausen. Die Schweden haben ihm Haus und Hof verbrannt, Hab und Gut geraubt. Helene Eleonore, seine Großcousine, ist nicht bereit, ihm etwas von ihrem Wohlstand abzugeben. Sie gewährte Maximilian zwar einen Armengroschen, doch diese hochmütige Abspeisung hat den einst so stolzen Mann schwer gekränkt. Er setzt neuerdings alles dran, Helene Eleonore die elsässischen Ländereien abspenstig zu machen. Selbst vor Mord schreckt er meines Erachtens nicht zurück. Aber mit solchen Beschuldigungen muss man immer achtsam umgehen, sie könnten einen den Kopf kosten …«

Ein Windstoß zerzauste Sophies Schopf, und die störrischen Haare stellten sich wie ein Weizenbüschel auf. »Du willst doch von den Fürstenbergern ablenken, deren Diener du bist? Christian bitte sag mir, dass das nicht wahr ist!«

Mit dem Wind waren die Geräusche wieder erstorben, und das veranlasste Christian zu erhöhter Vorsicht. Irgendetwas schien nicht zu stimmen. »Aber nein, ihre Verfehlungen sind unbestritten«, beeilte er sich zu sagen.

»Verfehlungen? Sie haben ein Kind ermordet, ein Bastard zwar, aber doch ein Geschöpf Gottes. Oder vielleicht sind es sogar zwei oder drei Kinder?«

»Denkst du auch, was ich denke?«

Sophie hob ratlos die Arme hoch. »Ich kann keine Gedanken lesen, auch wenn ich es manchmal wünschte.«

Christians Blick hastete fahrig von dem umgeworfenen Baumstamm am Hang zu einer verräterischen Felsformation. Doch da sich nichts bewegte, redete er weiter: »Sophie, du bist meine Vertraute. Warum sollte ich lügen? Es sind die niederen Beweggründe eines gebrochenen Menschen, die den Herrn von Schwendi zum Mörder machen könnten. Nicht die Fürstenberger. Die nämlich haben ihr Werk längst getan.«

»Welche Beweggründe sind es, die mich zu deiner Vertrauten machen? Pflichtbewusstsein? Sag's mir!«

»Anfangs ja, jetzt nicht mehr!«

Sophie reckte entrüstet das Kinn vor. »Nein, das klingt nicht schön.« Sie grübelte. »Und wie steht's damit, was du mir über das Muttermal erzählt hast? Auch alles Lüge, oder?«

Er ließ sich zurückfallen, um der Stille auf den Grund zu gehen.

»Übrigens – ich habe in der Universitätsbibliothek nachgeforscht«, rief sie ihm hinterher. »Aber ich habe kein Wappenschild mit einem springenden Löwen gefunden. Seltsam, nicht wahr?«

Apolonia hatte der Konversation schon seit einer Weile gelauscht. Jetzt mischte sie sich ein. »Ich kenne eine Familie, die ein derartiges Emblem besitzt. Heute existiert dieses alte Geschlecht zwar nicht mehr, doch ihre Nachkommen haben das Schild in einer anderen Form bis heute bewahrt. Es ist leicht geändert, und manche glauben, darin Bärentatzen zu erkennen. Ich aber sage, dass es Löwenpfoten sind!«

»So, und woher wollt Ihr das wissen, Novizenmeisterin?«, fragte Sophie.

»Weil ich die Familie und deren Geschichte kenne!«

»Aha. Und woher?«

»Mein Schwager trug einst diesen Schild bemalt mit Hirschhörnern und – nun ja – auch Bärentatzen. Sein Name war Eberhard von Hornstein. Besuche den Hohenstoffeln und frage die Bewohner dort. Bestelle meiner Schwester Benigna einen schönen Gruß. Sag ihr, sie soll sich endlich den täglichen Trunk abgewöhnen.«

»Ihr seid mit Hornstein verschwägert? Dann wisst Ihr bestimmt, wo sie die Nonne Hornstein hingebracht haben?«

»Johanna?«

»Genau die meinte ich!«

»Sie befindet sich meines Wissens in Villingen unter Bußarrest.«

Puh, das hatte Sophie jetzt nicht gedacht, und Apolonia konnte die Verwunderung in dem Mädchengesicht erkennen. »Tja, mein Kind, die Welt ist eben doch ein Dorf!«

Nach einer Weile, in der sie den Aufstieg schweigend

und guten Mutes meisterten, passierte es plötzlich. Die Gesellen der Bande, die sie schon die ganze Zeit über beobachteten, stürmten mit lautem Gebrüll aus den Verstecken, umzingelten die kleine Gruppe und setzten alle Reisenden gefangen.

KAPITEL 14

DERWEIL IM SANKT-KLARA-KLOSTER zu Villingen beim Bickentor, direkt an der Stadtmauer gelegen …

Johanna von Hornstein war aufgeregt durch den Kammerntrakt geeilt und hämmerte nun mit den Fäusten ohne Unterlass an die Zellentür. »Schwester Juliane, ich muss dich sprechen, unbedingt!«

Stille. Schließlich trat die gerufene Nonne auf die Schwelle.

»Ich bin am Ende«, jammerte Johanna. Die Mentorin war die Einzige, der sie sich anvertrauen wollte. Meistenteils machten die knapp 30 Klosterfrauen einen weiten Bogen um sie und beäugten die unkeusche Nonne argwöhnisch. »Gott hat mich verlassen, ach, wenn Er mich nur zu sich holen würde!« Aus der Stimme klang völlige Verzweiflung, und Juliane wusste, wie ernst es der Adligen war.

»Komm, lass uns ein Stück gehen. Und sprich nicht so. Du versündigst dich, meine Liebe.« Sie umarmte Johanna tröstend. Ein bisschen klang die Mittvierzigerin wie eine strenge Mutter, doch schwang die Reinheit ihres Glaubens in jedem Wort, das sie sagte, mit. »Nur Gott alleine entscheidet, wann unsere Zeit gekommen ist. Sieh her, ich halte zu dir, und wir gehen gemeinsam durch dick und dünn, egal was kommt!«

»Egal was kommt? Auch dann, wenn ich nach deiner Auffassung der göttlichen Ordnung zuwiderhandle?«

Juliane lächelte gutmütig. Das bestärkte Johanna, und die erlösenden Worte sprudelten wie ein Wasserfall nur so heraus. »Wie oft habe ich versucht, diesen Mann zu vergessen. Aber ich bin einfach zu schwach! Es ist wie eine Sucht, als ob der Teufel seine Finger im Spiel hätte. Und jetzt habe ich nicht nur ihn, sondern auch die Kinder für immer verloren. Wozu soll ich denn noch leben? Hier bin ich doch nur eine Gefangene.«

»Ach, die Liebe!«, seufzte Juliane. Das Gefühl schien ihr nicht gänzlich unbekannt. »Sie ist ein Gottesgeschenk! Aber so, wie der Mensch sie sich vorstellt, ist sie bloße Illusion. Wir sind wie Spielfiguren und durchlaufen die irdische Zeit, die uns der Herr zur Verfügung stellt, alleine nach Seinem Willen. Aber das weißt du doch …«

»Welche Rolle wir darin spielen, das weiß der Herrgott wohl selbst nicht genau! Oder gefällt es Ihm, wenn Menschen leiden und dahingemetzelt werden? Wie mir scheint, hat Er in dem König von Schweden die alles beherrschende Figur im Weltenschach gewählt …«

Plötzlich wurde der Blick der Nonne des Bickenklosters ernst, und ihre Lippen formten einen harten Strich. »Der Schwede ist der Antichrist, und der Krieg, den er führt, die nahende Apokalypse! Bete, Johanna! Gott wird zu dir sprechen und vielleicht wird Er deiner Seele gnädig sein!«

»Ach, ich höre so allerlei Stimmen«, erwiderte Johanna trotzig. »Wenn es Gott ist, der ständig zu mir redet, sollte ich den Schleier von mir werfen. Die Liebe will mir einfach nicht aus dem Sinn. Je mehr ich mich dagegen wehre, umso größer wird die Sehnsucht. Was für ein Elend, das mich schon ein ganzes Leben lang begleitet!«

Juliane Ernstin, die Tochter eines Villinger Bürgers, seit fast 30 Jahren im Kloster, war mit dem Schöpfer im Reinen. Das sah man ihr deutlich an. Sie wankte keinen Fußbreit und nahm für den Glauben sogar den Weltuntergang in Kauf. Jetzt lächelte sie großherzig. »Wenn Gott das von dir verlangt, dann solltest du gefälligst auf ihn hören.« Liebevoll nahm sie die Hand der Hornstein und geleitete sie zum Kreuzgang. »Komm, lass es uns beim Gebet in der Klosterkirche herausfinden. Wenn Er sich offenbart, werde ich auf diesem Weg deine Begleiterin sein, selbst wenn du den Schleier wegwirfst. Aber zuvor erzählst du mir alles von deinem Leiden, einverstanden?«

Es klang wie ein Befehl.

Andächtig blieben sie im Verweilbezirk der Klausur hinter den Arkaden stehen. Sankt Klara war eng und finster und wirkte fast wie ein Gefängnis. Um dem zu entrinnen oder wenigstens Teil der Gemeinschaft zu werden, musste sich Johanna offenbaren. Jetzt und hier. Also legte sie die Maske des Starkseins ab und schüttete ihr Herz aus. »Vater war einst bischöflicher Verwalter in Füssen. Er nahm mich oft auf Reisen mit. Wir kamen viel herum. Es ist noch gar nicht so lange her, da pflegte man zu den Protestanten ein gutes und freundliches Verhältnis. Sie sind ja auch Gotteskinder.« Noch machte sie gute Miene zum bösen Spiel und labte sich an den Erinnerungen an ihre Kindheit. Doch während sie weiter erzählte, verfinsterte sich ihr Blick. »In Memmingen wurde Vater eines Tages auf den Sohn eines protestantischen Handwerkers aufmerksam. Seine Familie war verarmt. Vater erkannte sein Talent für Zahlen und nahm ihn bei sich in die Lehre. Dieser Protestant war Hans Schwab. Da wir etwa im selben Alter waren, verstanden wir uns auf Anhieb.« Johanna lächelte gequält und starrte vor sich hin. »Schließlich wurde Liebe daraus. Natürlich durfte es nicht sein. Als Vater es erfuhr, setzte er Hans kurzerhand auf die Straße. Mich verbannte er ins Kloster, wo ich heute noch … leide. Ich ergab mich in mein Schicksal, aber Hans kämpfte wie ein Löwe, erzwang meine Nähe und wurde schließlich Ökonom im nahen Alpirsbach. Ich hatte in Wittichen längst meine Profess abgelegt, als er eines Tages plötzlich auftauchte. Ja, es ist wahr, was sie mir vorwerfen, alles. Und noch viel mehr! Von Anfang an tarnten wir unsere Zusammenkünfte unter dem Deckmantel des Geschäftemachens. Doch wir konnten nicht voneinander lassen. Heimlich schlich er sich ins Kloster, er kam jede Woche mindestens einmal … und wir haben uns geliebt …«

Plötzlicher Lärm unterbrach Johanna. Er drang von der Straße herein und brachte das Kloster binnen weniger Augenblicke in helle Aufregung. Juliane kannte die Stelle, wo sie am besten in Erfahrung bringen konnte, was sich vor den Mauern abspielte. In Windeseile erstiegen sie das Rondell, den Turm bei der Stadtmauer, wo sich schon besorgte Klarissenschwestern versammelt hatten.

Sie konnten nicht fassen, was sie da sahen!

Vom Bickenberg bis hin zur Wanne erschienen Reiter, die sich auf die Stadt zu bewegten. Bald folgten weitere und immer mehr, bis sich zuletzt am Horizont die ganze feindliche Armada zur Schlachtordnung positionierte …

Die Stimmung zwischen den Mönchen, die mit dem Eselkarren über die holprige Straße zogen, war gedrückt. Dabei zeigte der Himmel nach kurzer Verschnaufpause einmal mehr seine sonnige Seite.

Heute ließen Jakobus und Rudolf kein gutes Haar aneinander, was bei den vergangenen Ereignissen auch kein Wunder war. Der Tribun blies Trübsal. Er fühlte sich schlecht, war unruhig, und es gelüstete ihn nach einem erquickenden Morgentrunk. Aber Rudolf würde diesmal genau hinsehen, denn der Abt hatte ihn höchstpersönlich zum Aufpasser bestellt. Bestimmt würde der Rutene seine Pflicht mehr als gründlich erfüllen, um seinen eigenen Leumund aufzupolieren, so glaubte Jakobus, schließlich stand er selbst unter der Kuratel des Alten. Was Jakobus nicht wusste: Der Geläuterte fühlte sich in der Haut des braven Mönchleins auch nicht wohl. Er atmete schwer, und der Sinn stand ihm nach einem ganz besonderen Amüsement.

»Herrgott, was schnaubst du denn so?«, nörgelte Jakobus, nachdem ihm das Gehechel seines Bruders allmählich auf die Nerven ging. Just in diesem Moment überfuhren sie ein Schlagloch, und der Tribun hatte den Eindruck, als hätte der Rutene eine Regung gezeigt. Doch es war nur die Erschütterung des Karrens gewesen, der seinen Kopf schwanken ließ. Innerlich rang Rudolf mit den Verlockungen, die ihm der Teufel vorgaukelte. Seit den frühen Morgenstunden waren sie bereits unterwegs. Sie hatten Mönchweiler gestreift. Peterzell lag vor ihnen. Vorhin waren ihnen auf freier Flur gut gewachsene Landfrauen und Mägde begegnet. Mit einer Kinderschar schnitten sie die Ähren vom Feld. Da hatte Rudolf noch voller Enthusiasmus zugeschaut. Die Weibsbilder bückten sich tief und wandten ihm ihre Kehrseiten zu. Nicht selten verrutschte beim Verladen der Garben eine Bluse oder ein hochgeraffter Unterrock zeigte Bein. Ohne Zweifel: Die bäuerliche Arbeit war schweißtreibend und hart, doch nicht minder litt der Mönch, der schon vom bloßen Anschauen der Frauen schwitzte.

Seitdem brachte Rudolf vor Erregung den Mund nicht mehr zu.

Mit Abschluss der Ernte wurde für gewöhnlich der Zehent durch den Klerus erhoben. Abt Georg war eigens dafür nach Furtwangen gefahren, um die dortigen Untertanen an ihre Abgabepflicht zu erinnern. Den Brüdern bürdete er den beschwerlichen Weg nach Sankt Georgen auf, was sie wohl als Strafe für die vergangenen Missetaten verstehen mussten. Bei Gott, obwohl der Karren leer war, hatten sie wahrhaftig eine Zentnerlast zu schleifen. Ihr Gang in das protestantische Dorf erinnerte Jakobus ein bisschen an den des Stauferkaisers Heinrich, der in Canossa hatte Buße tun müssen.

Ob die Untertanen, die Jakobus vor Tagen aus ihrer Kirche gejagt hatten, diesmal besseren Willens waren?

Eine ganze Weile schwiegen sie. Das Waldstück, das sie durchfuhren, gewährte Rudolf Aufschub, und er konnte seine Gedanken ordnen. Nein, er durfte dem Trieb nicht mehr nachgeben und in Zukunft stark bleiben. Das war er sich und Georg schuldig. Aber wie sollte das gehen? Die Gedanken wurden viel zu oft zur Geißel seines Körper und er verlor fast den Verstand darüber.

Jakobus brach endlich das Schweigen: »Ausgerechnet jetzt, da der Herr von Gültlingen* seine Kriegsmacht zur Einschüchterung darbietet, schickt uns der Alte los. Wer weiß, vielleicht ist seine Armada ja noch in der Nähe, und das gefräßige Monster wartet nur darauf, uns zu zerpflücken«, sinnierte Jakobus über die zurückliegende Begebenheit nach, bei der die Württemberger durch den Aufmarsch über der Anhöhe vor dem Bickentor, von wo man zu dem Dorf Schwenningen gelangen konnte, eine Unterredung beim Villinger Magistrat erzwangen. Ganz beiläufig hatte ihnen Gültlingen mit diesem Akt einen Heidenrespekt eingeflößt.

Na endlich. Das angeschnittene Thema lockte selbst Rudolf aus der Reserve: »Eben. Das ist ja der Grund!«, gab er patzig zurück. »Abt Georg will noch schnell alles zusammenraffen, bevor man es ihm wieder wegnimmt. Wie man sieht, will dieser Gültlingen Villin-

---

* Jakob Bernhard Ritter von Gültlingen, Generalproviantmeister (Generalkommissar) und Obrist, Kommandeur der Landreiterei. Bis 1634 in württembergischen Diensten.

gen mit Gewalt zur Rückgabe der württembergischen Gebiete zwingen.«

Die Angst und auch die Abstinenz hatten Jakobus Gesichtsfarbe erbleichen lassen. Einzig die Knollennase leuchtete. Er mühte sich auf dem Kutschbock hoch und hielt sich aufrecht stehend an der Ladefläche fest, um sicherzugehen, dass nicht doch ein paar Soldaten die Gegend unsicher machten. Endlich hatten sie das Waldstück hinter sich gebracht und ratterten wieder über freies Feld. Eine Handvoll Bauern kamen ihnen mit Rechen und Sensen entgegen. Rudolfs Laune besserte sich schlagartig, da ihm eine in die Jahre gekommene Bäuerin mit Weidekorb fröhlich zuwinkte.

Natürlich erwiderte Rudolf den Gruß, und da Jakobus nicht freiwillig anhielt, griff er ihm in die Zügel. Der Karren stoppte, und der Tribun kippte schier über der Deichsel nach vorn. Ohne dazu eingeladen worden zu seinen, schwang sich das Weib hinten auf und zwinkerte Rudolf buhlerisch zu. »Was ist, mein großer Mönch? Soll ich dir heute mal wieder mein Stoppelfeld zeigen?«, säuselte sie, und da ihr Jakobus' verdattertes Gesicht auffiel, kicherte sie wie ein altes Huhn.

Das war dem leidgeprüften Rutenen zu viel. Im Nu verwarf er all die guten Vorsätze, die er eben noch reuig geknüpft hatte, und nickte selig wie ein kleiner Bub.

»Na dann komm«, begann sie zu locken, und kaum hatte sie den Mund zugemacht und die schwarzen Zahnstummel verhüllt, schnappte der Benediktiner ihre Hand, und die Turteltäubchen sausten in Windeseile davon, um sich ins hochstehende Kornfeld zu werfen.

Verzweifelt, so ganz allein auf sich gestellt zu sein, schwang Jakobus die Peitsche. Da half nur noch eines. Er hob die Kutte und kramte unter dem Strumpfband eine Feldflasche hervor. Das gute Kirschwasser half ihm stets über die Sorgen hinweg. Derart beschwingt kam Jakobus dennoch nicht weit. Unmittelbar vor dem Klosterort – der Turm der Abteikirche ›Zu unserer lieben Frau‹ mahnte bereits in der Ferne – stellte sich ihm ein bärtiger Mann mit zwei Halbwüchsigen in den Weg.

Anfangs lief es ihm kalt den Rücken hinab. Aber der vermeintliche Überfall entpuppte sich schnell als Empfangskomitee. Er traute seinen Augen kaum und erkannte in ihnen schließlich das verloren geglaubte Grafenkind, Novizin Jakobea und den Schwabenhans.

»Du bist furchtlos«, entgegnete der Alpirsbacher amüsiert und hielt den Esel am Geschirr fest, »wenn man bedenkt, dass die Bauern dich – den Zehenteintreiber – schon wütend erwarten.« Er grinste und hoffte, damit den Benediktiner, der in Schreckstarre gefallen war, aufzumuntern. »Wir wollen dich aber nicht alleine lassen und verhindern, dass sie dich windelweich klopfen. Unterdessen kannst du dir ja überlegen, ob du dein Vorhaben, die guten Leute zu schröpfen, nicht lieber aufgeben willst?«

»Himmel, Herr Onophrius Singer, Ihr habt uns vielleicht erschreckt!«, zählte Sophie dem Bauernführer noch einmal all die Gefühlswallungen auf, die sie nach der Gefangennahme durch seine Männer durchlitten hatten. Es kam einer Dankesrede gleich. Dabei war es gar nicht so einfach gewesen, zu dem bärtigen Recken mit dem kreisrunden Spitzhut durchzudringen. Wie ein kleiner Fürst wurde er von seinen Leuten abgeschottet.

Mit dem Bauernhaufen des Vogts von Tengen waren sie inzwischen in die Tiefen des Schwarzwaldes eingetaucht. Wie verabredet hatte sie Apolonia und Magdalena am Thurnerpass Kapitän Butzer übergeben. Dort kampierte auch Singer mit seinen Hundertschaften, was ziemlich bedrückend auf sie gewirkt hatte. Doch noch viel mehr wirkte die Freundlichkeit nach, mit der sie im Lager empfangen wurden, nachdem ihre Identität geklärt war und man ihnen das geraubte Gut wieder aushändigte. Neben Butzer half dabei ein alter Bekannter kräftig mit: Es war Rochus, der Sohn des Rossberghof-Bauern!

Der wortkarge Anführer nickte kaum merklich, nachdem Sophie ihre Rede beendet hatte. Er nahm die junge Frau nicht wirklich wahr. Starr richtete er den Blick geradeaus, wo der dichte Wuchs der Bäume allmählich lichter wurde und das Tageslicht einbrach. Wie es aussah, hatten sie die Ausläufer des Schwarzwalds erreicht. Hier befanden sie sich auf der Hochebene der Baar.

Donaueschingen war nicht mehr weit.

»Wir fürchteten schon, es wäre aus mit uns«, fuhr Sophie schließlich fort. Wenn der Singer schon nichts sagte, musste wenigstens sie reden. Wieder nickte Onophrius und zurrte den Riemen seiner Muskete zurecht. Bis an die Zähne war er bewaffnet. Neben Pistolen und Messern baumelte ein scharfes Beil in der Gürtelschlaufe.

Langsam versiegte Sophies Redeschwall, und sie fühlte sich zunehmend unerwünscht. Sie versuchte es ein letztes Mal mit einem »Also, wenn das kein Zufall war?«, auf sich aufmerksam zu machen und war schließlich froh, dass Rochus sie am Arm zur Seite zerrte. »Zufälle gibt es immer wieder, Sophie«, flüsterte er ihr ins Ohr. »Manche nennen es Wunder!« Der Waldbauernjunge grinste und stupste Sophie aufmunternd an. »Mann, du bist ja ein richtig hübsches Ding geworden, so ohne Nonnenschleier. Sag mal, du willst wirklich keine Ordensfrau mehr sein?«

»Soll das jetzt ein Antrag werden?« Sophie schüttelte den Kopf. »Nein, Rochus, lass mal. Tu einfach so, als hätte ich den Schleier noch um.« Sie kämpfte mit der Verwunderung über den Singer und kam sich ein bisschen dumm vor. Ganz anders Rochus. Er machte kein Hehl daraus, wie glücklich er war, einer alten Gefährtin wieder zu begegnen, und redete wie vorhin Sophie einfach darauf los: »Du musst verstehen, der Hauptmann brütet schon seit Tagen über dem Schlachtplan. Die Zeit ist reif, die Reste der Schweden und Schweizer aus dem Hegau hinauswerfen.« Es schien, als sei Rochus völlig von der Kriegsbegeisterung infiziert worden. Was auch kein Wunder war. Bislang hatte es noch keine größeren Gefechte gegeben, Saufgelage und Müßiggang waren an der Tagesordnung. Zudem hatten ihnen die kleinen Scharmützel mit der Landwehr Mut gemacht, denn dort hatten die Hegauer und Schwarzwälder Bauern ausschließlich Siege davongetragen.

»Ah, da bist du ja!«, rief Christian von seinem Pferd herab, der Sophie unter all den Männern endlich ausmachte und herangaloppierte. Er klang schon ein wenig besorgt. Sophie wandte sich um, und als sie ihn erkannte, lächelte sie erleichtert. Ohne zu fragen, streckte er die Hand aus und zog sie einfach vor sich auf den Sattel. Anfangs guckte Sophie verdutzt aus der Wäsche, doch bald gefiel ihr das Gefühl der Geborgenheit, das sie beim Anlehnen an Christians starker Brust empfand.

Er versuchte, den leisen Anflug von Eifersucht zu überspielen. »Kaum bist du alleine und schon bandelst du mit einem der Kämpfer an. Ich dachte mir, ich schau mal besser nach, denn ich habe mir ja zur Aufgabe gemacht, dich zu beschützen.«

»Machst du Witze? Das ist doch nur Rochus, ein alter Bekannter aus Kindertagen.« Sophie genoss die Sonnenstrahlen, die jetzt auf ihrer Nasenspitze tanzten. Sie lehnte sich an ihn und richtete ihren Blick zum Himmel. Wie schön er doch war, so azurblau und mit Wolken verziert. Am fernen Horizont glitzerte das Bergpanorama der Alpen silbern und trieb sie voran. »Welchen Weg werden wir gehen?«, fragte sie verschlafen.

»Hohenstoffeln erhebt sich über drei Berggipfeln«, erklärte Christian. »Eigentlich sind es ja drei Schlösser, die heute allesamt dem Freiherrn von Hornstein gehören. Halte nach derartigen Formationen Ausschau. Sie sind Onophrius' Ziel. Aber es wird kein Spaziergang werden. Wie es heißt, hat Oberst Rau* einen neuerlichen Versuch unternommen, die Burg einzunehmen. Der Singer will das verhindern. Doch der Augenblick ist günstig. Die Hauptmacht der Schweden unter Bernhard von Weimar

* Johann Michael Rau (1599–1652), Obrist in württembergischen Diensten

hat sich vor Nürnberg versammelt. Sobald König Gustav Adolf aus der Umschließung durch Wallenstein ausschert, wird es dort zur großen Schlacht kommen. Und während der Generalissimus die Schweden hinhält, will der Hauptmann einstweilen hier sein Bestes tun und für den großen Sieg den Weg bereiten.«

Sophie schlief an seiner Brust ein. Sie träumte, und irgendwie kam dabei die Frage auf, wer dieser Reiterknecht wirklich war, dem sie plötzlich so blind vertraute. Irgendwann hörte sie wieder seine Stimme: »Schau doch, Sophie, die Hügelkette!« Er klang besorgt.

Sophie kämpfte sich langsam aus dem Schlummer. Ihre verschlafenen Augen folgten Christians ausgestrecktem Arm, der auf den Berg in der Nähe hindeutete, an dessen Fuß sich eine stattliche Armee formierte, die es mit der Singers von Tengen leicht aufnehmen konnte. Sie begriff zunächst nicht und stellte die Frage, die sie im Schlummer so sehr beschäftigt hatte: »Sag mal Christian, wer … ist eigentlich dieser Wir, von dem du bei unserer Abreise in Freiburg gesprochen hast – wer steckt außer dir noch hinter der Sache?«

Christian druckste herum. Er konnte den Blick nicht von dem Heerlager an dem Weiler abwenden und antwortete unüberlegt, dachte er doch nicht im Traum daran, welche Auswirkungen die Wahrheit haben würde. »Elias Finckh und ich. Warum?«

Das Bild des ritterlichen Mannes, das Sophie im Geist von ihm gezeichnet hatte, zerplatzte mit einem Schlag. Ihr Blut kam in Wallung, und sie erwachte mit all ihren Sinnen. Unglauben, Enttäuschung und Wut standen ihr im Gesicht. »Du steckst mit diesem Schurken unter einer Decke? Dieser Kerl hat nicht nur Johanna und Renate auf dem Gewissen, sondern auch mein bisheriges Leben einstürzen lassen!« Sophies Augen funkelten.

Der Reiterknecht wollte sie beruhigen und umschloss ihren Bauch, was gegen das Widerstreben des Mädchens gar nicht so einfach war.

»Loslassen, sage ich!« Sophie konnte die innige Nähe nicht mehr ertragen. Ungeachtet dessen, was vor ihnen lag, stieß sie den Ellenbogen zurück und konnte sich so aus der Umklammerung befreien …

Während sich im Hegau die Bauern erhoben, erlag im Westen die Reichsstadt Offenburg dem schwedischen Druck. Daraufhin huldigten die Fürstenbergischen Städte im Kinzigtal dem Herzog von Württemberg. Die Rache über das erzwungene Restitutionsedikt sollte grausam werden! Die protestantischen Bauern drohten sogar, über den Besitz ihrer katholischen Nachbarn herzufallen. Dabei wagten sie, für die bevorstehende Verheerung *sogar einen bestimmten Tag anzugeben …*

Und dieser Tag war heute: Pater Johannes hörte den Rammbock ans Klosterportal donnern. Immer wieder krachte es, und das Splittern von Holz ließ ihn ahnen, dass das Ende des Klosters gekommen war. Schnell versuchte er noch, Barbaras Habseligkeiten in den Hanfsack zu stopfen, auch die Ampel mit ihrem Gehirn und dem Schädelknochen. Dann brach der Riegel, und die

Soldateska strömte in den Klosterhof. Tränen überschwemmten sein Antlitz, er weinte wie ein Kind. Im letzten Moment gelang ihm über die waldige Böschung südwestwärts die Flucht. Bald stand das Kloster in Brand, die Flammen züngelten wie Schlangenzungen aus dem Dachstuhl der Abtei und griffen schnell auf das benachbarte Kirchenschiff über. Einige der Marodeure hatten den Fliehenden entdeckt und hefteten sich an seine Fersen. Die Stunde des Wiedersehens mit den geliebten Seelen, mit Barbara und seinem Sohn im Jenseits, war nur noch eine Frage von wenigen Momenten. Er hörte die Rufe der Verfolger und spürte ihre Nähe. Schließlich riss ihn ein kräftiger Hieb zu Boden, obwohl sein unbändiger Wille ihn zum Weiterlaufen aufforderte. Über die blühende Böschung ergoss sich das Blut. Unbeschreibliche Schmerzen peinigten ihn und raubten ihm die Besinnung. Noch ließen sie ihn nicht ins Licht treten, und das gab ihm die Gelegenheit, sein Leben vor dem geistigen Auge vorbeiziehen zu lassen. Er wehrte sich noch dagegen, der irdischen Welt den Rücken zu kehren. Verzweifelt krallte er sich an Barbaras Reliquie und den Kirchenschätzen fest. Doch gierige Hände stahlen ihm auch das.

Jetzt war er bereit.

Johannes fieberte dem Gnadenstoß entgegen. Und während der Gewehrkolben niedersauste, versagte dem gebrochenen Herzen rechtzeitig der Dienst. Das Lebenslicht des Franziskaners erlosch, und die erlöste Seele stieg mit den aufgeschreckten Vögeln in den Himmel auf.

Am Abend hatten sie sich alle am Lagerfeuer versammelt. Für das Militär war Kloster Sankt Georgen ideal. Hoch über dem Brigachtal gelegen, von einem Mauerring umschlossen und im Norden und Süden von dichten Wäldern geschützt. Zur weiteren Befestigung wurden im Germanswald mächtige Weißtannen gefällt und im Brigachtal ein Palisadenwall errichtet, der dazu diente, die Straße abzuriegeln. Auch zahlenmäßig hatte Oberst Rau mächtig aufgerüstet und eine ganze Kompanie Musketiere und die Landwehr aus der Nachbarschaft herkommandiert. Neben einigen Dutzend einheimischer Bauern bevölkerten nun annähernd 400 Soldaten den Weiler.

Die Schlacht, die bei der »Alten Veste« auf Nürnberger Gebiet geschlagen worden war, beherrschte das Gespräch. Der Befehlshabende Offizier Hauptmann Maisenbach gab zum Besten, was er vom Hörensagen wusste: »Im Dauerregen haben die verdammten Lunten nicht gezündet, und die schweren Kartaunen versanken im Morast«, haderte er, und schließlich resümierte er seufzend: »Letztlich musste der König die Schlacht abbrechen. Er ließ seine Armee vor Wallenstein noch einmal in Schlachtordnung aufmarschieren, um ihm seine Hochachtung zu erweisen. Der Friedländer hat unseren Verbündeten das erste Mal an den Rand einer Niederlage gebracht. Nun ist er nach Sachsen abgerückt, und Gustav Adolf folgt ihm auf dem Fuß.«

Geistesabwesend stocherte der Schwabenhans mit seinem Degen in der Glut und meinte darauf: »Dann wird hier so schnell keine Unterstützung ankommen. Wollen wir mal hoffen, dass die Villinger uns in Ruhe lassen und es friedlich bleibt. Ich will in die Stadt, koste es, was es wolle.« Das silberne Amulett an Schwabs Hals begann zu kreiseln. Niklas starrte darauf und konnte die Miniatur einer Nonne erkennen, die ihn an das Porträt Johannas von Hornstein erinnerte, das im Flur zum »Schwestern Bau« neben anderen Gemälden des Malers Karl Stetter hing. Skeptisch nahm Niklas den bärtigen Mann ins Visier, der sie von Freiburg bis Sankt Georgen begleitet hatte. Unweigerlich kam ihm die Nacht, in der die Äbtissin verstarb, in den Sinn. Da war doch der Reiter gewesen, der sein Pferd mit dem Wappen von Alpirsbach im Klosterstall untergebracht hatte. Nun, bislang machte der Schwabenhans auf ihn einen warmherzigen und fürsorglichen Eindruck. Während der Reise hierher hatte er stets auf sie achtgegeben. Er musste ihn eigentlich nicht fürchten. Niklas' Gedanken reisten zurück zu den Ereignissen der letzten Tage.

In der Heimat war es unsicher geworden. Obwohl ihr Ziel Villingen hieß, landeten sie in Sankt Georgen. Denn im Brigachtal waren sie einer völlig aufgebrachten Menge in die Arme gelaufen, die sich mit dem Singer von Tengen verbinden wollte. Sie erfuhren, dass sich die Donaubauern im Pfaffental in großer Zahl versammelten, um den Feind anzugreifen. Als ferner Kanonendonner zu vernehmen war, eilten die Leute ihren Bundesgenossen zu Hilfe. Überall verabredeten sie sich durch das übliche Sturmläuten. Hätte der Schwabenhans nicht so klug entschieden und den Umweg durch den Eichenwald über einen unscheinbaren Weiler gewählt, hätte es schlimm enden können. Niklas konnte ihre Wut gut nachvollziehen, denn er hatte die Gräuel, die die Württemberger beim Abzug angerichtet hatten, mit eigenen Augen gesehen. Auch in die bedauernswerten Gesichter der Gepeinigten hatte er geblickt. Allerorts lagen halb zerhauene Kadaver von Nutztieren herum, die von den Soldaten aus reiner Blutgier zerstückelt worden waren. Die schmackhaften Teile hatten sie verspeist, der Rest verweste unter der sengenden Sonne. Derart verödete Fluren und Straßen – ein wahrer Festschmaus für Maden, Fliegen und Würmer, Nährboden von Krankheiten – hatte bei ihnen unaussprechlichen Ekel ausgelöst.

Verwundert blinzelte Niklas in das knisternde Feuer. Es dauerte einige Momente, ehe er begriff, dass er aus dem Grauen seiner Erinnerungen wieder in der Wirklichkeit aufgetaucht war. Jakobea rückte näher heran, sodass ihre Körper fast verschmolzen und sie Schulter an Schulter, Hüfte an Hüfte aneinanderklebten. Wie wenn sie den Leidensweg noch einmal gemeinsam mit ihm im Geiste gegangen wäre, hakte sie sich Hilfe suchend bei ihm ein. Er schenkte ihr ein verschmitztes Lächeln und wandte seinen Blick in den Nachthimmel hinauf.

Nein, auch hier hielt das Wetter nicht. Noch hatte es nicht zu regnen begonnen wie im Fränkischen, aber es war absehbar, dass der Himmel demnächst aufbrechen würde. Gewaltige Regenwolken formierten sich. Sonderbar beängstigend und gleichsam vertraut empfand er den Umstand, dass sie mit ehemaligen Kriegsgegnern zusammensaßen. Sprache und Dialekt waren bis auf kleinere Unterschiede dieselben. Auch teilten sie wie selbstverständlich Speis und Trank. Unter den Musketieren hatte er auch Katholiken ausgemacht, denen Bruder Jakobus die Beichte abnahm. Doch nun gesellte sich der Mönch lieber ans Feuer zu den Offizieren, da er sich dort besser aufgehoben fühlte.

Schwab duldete keine Spötteleien gegen den Benediktiner. Er, der selbst eine Art Mischwesen war – evangelisch getauft, zum Katholizismus konvertiert und anschließend ins protestantische Lager gewechselt – hielt schützend die Hand über ihn. Und dass sein Wort zählte, rechtfertigte allein die Entscheidung des Generalkommissars Gültlingen, der den Alpirsbacher zum Verwalter Sankt Georgens ausgerufen hatte – ob das Abt Georg nun gefiel oder nicht!

Mmh! Wie köstlich der Braten duftete, der über dem Feuer schmorte. Niklas nahm die Hasenkeule, die ihm Schwab reichte, dankend an und biss ein Stück heraus. Das silberne Medaillon, das nun im Feuerschein schimmerte, machte ihn erneut neugierig und er versuchte das Mosaik in seinen Erinnerungen zusammenzufügen.

Jakobea von Tannenberg taute langsam auf. Als säße sie auf einem Ameisenhügel, rutschte sie auf ihrem Platz hin und her. Auch sie hatte ein Stück vom Braten bekommen und sprach nun mit vollem Mund: »Sagen Sie, Herr Kapitän, warum seid Ihr eigentlich hier? Ich meine, Sankt Georgen ist doch ein katholisches Kloster …«

Sie erntete schweigende Verwunderung.

Auch Niklas beäugte sie verblüfft. Hübsch war sie anzusehen, ohne Zweifel, wenn sie einmal den Schleier und das Brusttuch abnahm so wie heute Nacht. Ohne das religiöse Utensil wirkte sie wie die Geborene von Tannenberg, deren adligem Geschlecht sie entstammte, und nicht wie die armselige Braut Christi, zu der sie gemacht wurde. Ihn beeindruckte aber auch der Mut, mit dem sie den Offizier direkt mit den Missständen konfrontierte. Aufmerksam zerkaute Niklas den Bissen und ließ den Blick zwischen dem Mädchen und Maisenbach hin und her wandern. Letzterer nippte an seinem Schoppen und beobachtete sie verwundert über den Krug hinweg, während sie nachhakte:

»Kraft Gesetz befindet sich das Kloster seit wenigstens 1627 im Pfandbesitz Österreichs. Warum belegt Ihr es mit Euren Soldaten?«

»Das ist eine gute Frage, Fräulein von Tannenberg«, bemühte Hans Schwab zu vermitteln. Er setzte sich aufrecht hin, und durch die Erschütterung seiner Bewegungen kam das Amulett wieder in Bewegung. Niklas ließ es nicht mehr aus den Augen. »Sankt Georgen ist seit Jahrzehnten protestantisch geprägt«, erklärte Schwab. »An welchem Punkt der Geschichte willst du ansetzen, na?« Jakobea zuckte unschlüssig mit den Schultern und ließ Schwab nach einer kurzen Pause weiterreden. »Gewiss, früher war das Kloster katholisch, doch sein Schutzherr, der Herzog von Württemberg, wandte sich dem Protestantismus zu. Nie hatten die Erzherzöge von Österreich Rechte an Sankt Georgen besessen, erst das Edikt von der Rückführung der Klöster hat dies verändert.« Sein Blick heischte bei dem Mönch um Zustimmung. »Hab ich nicht recht, mein katholischer Freund?«

Bruder Jakobus schüttelte sich. Sie hatten eines der Bierfässer aus dem Klosterkeller geschleift und den Deckel aufgeschlagen. Er schöpfte den Krug randvoll und nahm im Stehen ein paar hastige Schlucke. Ob er den Widerspruch nur unterließ, weil er seine Gastgeber nicht erzürnen wollte? Jakobea wartete gespannt auf eine Antwort, und als die endlich kam, ruderte Jakobus mit dem freien linken Arm und winkte energisch ab. »Ach, hört mir bloß damit auf. Die Einwohner beharren standhaft auf ihrer Religion und wünschen mich lieber ins Nobishaus*, wo der Luzifer die Äpfel auf dem Sims brät, als dass sie einlenken würden.«

Für die komische, aber zutreffende Erläuterung der Zustände, heimste Jakobus schallendes Gelächter ein. Nicht einmal das Fräulein von Tannenberg konnte sich dem entziehen. Nur Niklas blieb ernst und fügte im Geiste das letzte Mosaiksteinchen ein. Jetzt fiel es ihm wie Schuppen von den Augen. Er würgte den Bissen hinunter und sprudelte los: »Ihr habt die Äbtissin auf dem Gewissen. Ihr ward nämlich in der Todesnacht im Kloster Wittichen. Woher habt Ihr die Miniatur, Johannas?«

Alle sahen den Verwalter auffordernd, ja beharrend an, den Vorwurf umgehend auszuräumen. Doch in dem Moment geriet das gesamte Lager in völligen Aufruhr. Im Brigachtal, unterhalb des Klosterwalls, entbrannten Tumulte. Wachmänner stürmten mit Fackeln herbei, und Hauptmann Maisenbach nahm Haltung an. Der Alpirsbacher blieb gelassen und aß gemütlich sein Mahl zu

* Fiktives Wirtshaus, wo sich die Verstorbenen bei einem luziferischen Wirt versammeln.

Ende. Während er mit einem Ohr der Meldung lauschte, ließ er den Jungen nicht mehr aus den Augen …

»Sankt Georgen schwebte in höchster Gefahr! Ein gewisser Oberst Äscher, der die Kommandantur von Villingen übernommen hat, ist mit seinem Trupp in Mönchweiler eingefallen. Acht Männer sind tot, zwölf wurden gefangen. Großsprecherisch ließ Äscher verlauten, dass er das Holzschlagen in seinen Wäldern nicht länger dulden würde. Wir sollen uns gefälligst nach Hause scheren.«

Dem Hauptmann glitt vor Schreck der Becher aus der Hand. »Bereithalten! Alles auf die Posten!«, schrie er und rannte mit den Offizieren los.

KAPITEL 15

Ein Rehkitz kreuzte die Strasse und schwupps, war es schon wieder hinter dem Buschwerk, das die Bachhalde säumte, verschwunden. Sophie hatte sich auf dem Brückenbogen niedergelassen. Hier stürzte die Biber einige Rutenlängen in die Tiefe. Doch der Wasserlauf, der sonst eine Mühle antrieb, war durch die Trockenheit der zurückliegenden Tage fast vollständig versiegt. Das letzte Gewitter war nur ein Tropfen auf den heißen Stein gewesen. Aber das Wetter schlug merklich um. Der Himmel hatte sich verfinstert, und die Sonne verschwand hinter einem grauen Wolkenvorhang. Sophie sah dem einsamen Kitzlein nach und empfand auf eine geheimnisvolle Weise Verbundenheit mit ihm. Wo wohl seine Mutter geblieben war? Vielleicht war sie der Jagdwut der Soldaten zum Opfer gefallen, die knapp eine Meile ostwärts ihr Quartier aufgeschlagen hatten? Ob wenigstens Sophie erfahren würde, wo ihre eigene Mutter geblieben war? Jedenfalls waren sie einer aussichtsreichen Spur gefolgt. Die Chancen standen also gut – auch für einen Sieg der Bauern! Denn ähnlich lautlos wie das Reh beabsichtigte auch Onophrius Singer das feindliche Heerlager zu umgehen. Er versammelte die Männer bei der Ortschaft Blumenfeld ganz in der Nähe seiner Heimatstadt Tengen. Und da er die Gegend bestens kannte, hatte er beschlossen, über das sumpfige Gelände des Binninger Rieds vorzudringen, um Rau in den Rücken zu fallen.

Jetzt, da das Waldtier verschwunden war und der Bauernhaufen allmählich aufbrach, wollte Sophie am liebsten das Rad der Zeit zurückdrehen. Der Schlag, den sie Christian verpasst hatte, hatte seine Spuren hinterlassen. Nicht nur, weil sie ihn damit körperlich verletzte, auch der Umstand, dass er sich nicht verabschiedete, zeigte ihr, dass sie ihn tief verletzt hatte. Christian gab es zwar nicht zu, aber Sophie war sich sicher: Wenigstens eine Rippe war gebrochen. Im Kampf würde das hinderlich sein und konnte im Zweifelsfall über Tod oder Leben entscheiden. Alle Entschuldigungsfloskeln mündeten in derselben Sackgasse. Nein, die Ausrede, wonach es dem Singer an Berittenen fehle, ließ sie nicht gelten. Natürlich, Christian war ein gut gedrillter Reiter und besaß weitreichende militärische Erfahrungen.

Es wurde Zeit. Allmählich verlor sie die Männer aus den Augen. Christian galoppierte dem bunt zusammengewürfelten Reiterhaufen aus altgedienten Söldnern, einfachen Metzgern und wohlhabenden Bauersleuten voran und schwenkte in südwestlicher Richtung um den Stoffeln herum, während der Hauptmann mit dem Fußvolk durch das nordöstliche Stumpfgebiet vorrückte. Sophie folgte den Frauen, deren Männer auch in die Schlacht zogen. Doch sie konnte die verwegenen Reiter selbstverständlich nicht mehr einholen und trat hängenden Kopfes vor allen andern den Rückweg an. Jetzt konnte sie nur noch warten. Der Gedanke, einen weiteren geliebten Menschen zu verlieren, peinigte sie. Das prächtige Blumfelder Schloss, der Amtssitz des Mainauer Vogts, verschwamm hinter dem Vorhang ihrer salzigen Tränen. Zum ersten Mal seit einer gefühlten Ewigkeit verspürte sie wieder den Drang, sich Gott hinzuwenden, um für Christian Beistand zu erflehen. Obwohl er in ihren Erinnerungen unversehrt auf seinem Pferd ritt, fühlte sie sich schuldig.

Bald vernahm man Gewehrfeuer.

Bange Stunden verrannen, bis es Gewissheit wurde, dass des Singers Plan aufgegangen war. Seine Leute überrumpelten die Wachen der Württemberger, ehe sie kapierten, was eigentlich geschah. Noch bevor sie zu den Waffen greifen konnten, hatten die Bauern das Lager gestürmt, und die Belagerungsarmee wandte sich zur Flucht. Bei nur wenigen Verlusten konnte Onophrius die gesamte Bagage der Protestanten erbeuten. Doch ausgerechnet die Reihen der Landreiter hatten sich gelichtet. In seiner Not hatte Rau noch einmal seine Musketiere formiert. Bevor sie selbst von den rasenden Bauern mit Säbel- und Axthieben niedergemäht wurden, rissen ihre Kugeln zahllose Reiter aus den Sätteln. Auch Christian wurde vom Pferd geschleudert. Er spürte die Feuchtigkeit, von der er nicht wusste, ob es Blut war oder Regen, das seine Kleider durchnässte.

Die letzten Atemzüge des zu Ende gehenden Sommers waren unstet. Es gab Phasen, da regnete es in Sturzbächen, danach fiel wochenlang wiederum gar kein Regen mehr, und die Sonne trocknete das Land erbarmungslos aus. Für die Gefallenen, die auf dem Schlachtfeld am Fuß des Hohenstoffeln verwesten, war das natürlich ein Unsegen. Der Gestank war bestialisch. Die Krähen holten sich ihren Teil und lieferten sich mit den Knechten, die die sterblichen Überreste bergen und eilig verscharren wollten, einen wahren Wettstreit.

Sophie hatte Christian nirgends finden können, weder unter den Toten noch unter den Lebenden. Ein wenig nährte das die Hoffnung, dass er unverletzt geblieben war. Sie haderte mit sich, Gott und der Welt. Viel zu hart war sie mit ihm ins Gericht gegangen. Sicher wusste Christian, was er tat, wenn er mit einem Mann wie Elias Finckh Umgang pflegte, und da brauchte es keine blöden Moralpredigten ihrerseits. So blieb ihr es jetzt alleine vorbehalten, den eingeschlagenen Weg, den sie mit Christian am Anfang ihrer Reise beschritten hatte, weiterzugehen. Der Regenschauer war kurz und heftig gewesen. Schon blinzelte die Sonne wieder zwischen den Wolken hervor. Sie roch den aufsteigenden Dunst, der von dem warmen Boden aufstieg. Der Aufstieg zum Stoffeln war beschwerlich, obwohl eine kühle Brise wehte, die ihr Haar wie Schnittlauch auseinander wehte und am Kleid rüttelte. Das Ziel, das Geheimnis ihrer Herkunft zu lüften, verlor sie nicht aus den Augen. Auch wenn es schwer fiel ganz ohne Christian.

Singers Leute plünderten wie die Vandalen. Sophie hatte die Leiber der Gefallenen liegen sehen. Wie grauenhaft diese armen Männer ihr Leben an diesem so traurigen Tag hatten lassen müssen? Auch Rochus, dessen Körper furchtbar entstellt war, hatte die Schlacht nicht überlebt. Das tapfere Herz des Waldbauern schlug nicht mehr. Vielleicht würde sein viel zu frühes Ende eines Tages einen Sinn haben? Doch heute konnte Sophie den nicht erkennen.

Auf gut Glück hatte sie den mittleren Pfad gewählt, denn sie wusste nicht, welches der Schlösser auf den drei Gipfeln auf welchem Weg zu erreichen war. Kein Wunder, dass sich die Feinde daran die Zähne ausbissen, wenn einen schon die vielen Zugänge verwirrten! Je höher sie kam, umso mehr erschwerte der Wind das Fortkommen. Der Schweiß floss in Strömen über Sophies Nacken, Stirn und Wangen. An dem Punkt, wo Nord- und Südgipfel sich verbanden, stieß Sophie auf Wallanlagen mit einem Tor im Zentrum. Es war der tiefste Punkt der Burg-Anlage. Sie erkannte einen jungen Mann in Kriegermontur und angedeutetem Musketierbart, der sie dem Anschein nach schon erwartete. Nein, Christian war es nicht. Dieser Jemand war nicht viel älter als sie selbst und besaß die unschuldigen Augen eines Jünglings. Und schon rief er entgegen: »Man hat mir erzählt, dass du kommst!« Er lächelte mit einer Hingabe, die Sophie irritierte. Das Kriegsglück, das ihm auch heute hold gewesen war, verlieh ihm eine Aura von Unbesiegbarkeit. Dennoch stand er mit beiden Beinen fest am Boden. Wie ein Bruder oder guter Freund bot er Sophie seinen Arm an, und sie hakte sich wie selbstverständlich ein. Er war schön und groß gewachsen, seine Stimme warm und wohlklingend: »Ich bin Ferdinand von Hornstein und heiße dich auf Hohenstoffeln willkommen.« Sophies Blicke schweiften hin und her, und da er ihre Unruhe bemerkte, deutete er nach Norden. »Dieser Weg ist der richtige. Der Palas, den ich bewohne, befindet sich auf Hinterstoffeln. Das einsame Schloss dort drüben, das sogenannte ›Neue Schloss‹ auf Vorderstoffeln, gehörte lange Zeit den Herren von Reischach. Es hängen hässliche Wandteppiche dort, die in ihrer eigenwilligen Farbgestaltung und Musterung einfach nicht zu ertragen sind. Es wird sicher noch eine Zeit lang dauern, bis ich mich daran gewöhnt habe.« Er lachte.

Sie passierten die Pferdeställe und Wirtschaftsgebäude, die offensichtlich von allen Burgen gemeinschaftlich genutzt wurden. Sophie blieb plötzlich stehen, weil sie Menschen stöhnen und jammern hörte. »Ihr habt die Verwundeten hier untergebracht?«

»Wir werden die Gemeinen so gut es geht versorgen. Aber es ist besser, wenn du nicht hineingehst. Du hörst die Schreie? Dann komm und hab Vertrauen, Sophie, du wirst gewiss finden, was du suchst … aber nicht hier.«

»Ist Christian dort oben?«, fragte sie voller Zuversicht und meinte das Ziel am Ende des Weges.

»Während ich mich erkundige, möchte ich dich an meine Tafel bitten. Aber ich entschuldige mich bereits im Vorhinein dafür, dass sie alles andere als reich gedeckt sein wird, da wir in den letzten Tagen fast ausgehungert wurden.«

Die Hoffnung auf ein ausgiebiges Mahl weckte Sophies Lebensgeister, und ihre müden Beine liefen von selbst. Für sein Alter besaß der Freiherr erstaunliche

Empathie und Selbstsicherheit. Er fühlte Sophies Unbehagen und bemühte sich, sie im Gespräch auf andere Gedanken zu bringen. »Wie ich hörte, bist du Nonne in Wittichen gewesen? Meine Tante Johanna gehörte lange Jahre ebenfalls diesem Orden an. Ich habe sie lange nicht gesehen. Vielleicht kannst du mir etwas über sie erzählen? – Gleich werden wir oben sein, schau …« Und er deutete auf den Palas, der sich jetzt auf dem Gipfel zeigte.

Die Aussicht auf Weiterdingen war wunderschön. Doch wenn man genau hinabschaute, konnte man die Zerstörungen gut erkennen, die zunächst von Widerholt und zuletzt von Rau herbeigeführt worden waren. Im Fest- und Speisesaal von Hinterstoffeln spürte man von den Kriegsschäden wenig. Trotz der unverputzten Mauern war der Raum gemütlich. Er wurde von einem wuchtigen Kerzenleuchter dominiert, der über der großen Tafel in der Raummitte hing. In der Ecke, gleich neben dem Erker, der den schönen Ausblick auf Weiterdingen bot, befand sich ein offener Kamin. Sophie konnte sich gut vorstellen, welche wohlige Wärme er an kalten Wintertagen spendete. Wappenschilde, Wandteppiche, Armbrüste und Hirschgeweihe schmückten die kahlen Wände. Der Tisch war – maß man es an Ferdinands Vorankündigung – doch recht gut gedeckt. Karpfen und Barsche vom nahen Bodensee gab es genauso wie Wildbret von Reh, Wachtel und Auerhahn. Der Hausherr reichte Sophie das Brot, und sie brach sich einen Brocken heraus. Noch hatte sie nicht erfahren, ob Christian hier war. Ihr Magen verschnürte sich vor lauter Aufregung, und sie konnte von den leckeren Sachen kaum etwas essen. Was eigentlich ein Jammer war, hatte sie doch schon längere Zeit nichts Derartiges genießen dürfen. Ein bisschen hatte das Burgleben Ähnlichkeiten mit dem Klosterdasein. Trotz der Annehmlichkeiten bei Tisch wirkte Hohenstoffeln kühl und beengend, selbst wenn der herrschaftliche Palas eine Größe von 60 Fuß im Quadrat und mehrere Stockwerke umfasste. Aber das war in Wittichen nicht anders gewesen. Es musste wohl an den Mauern liegen, die den Eindruck eines Gefängnisses vermittelten.

Wie es aussah, war dem jungen Herrn noch kein Eheweib vergönnt. Lediglich Gevatter Jakob, Mutter Benigna und der Hauptmann der Schlossbesatzung, Eckart von Bretten, leisteten ihnen Gesellschaft. Während sie an dem Brotranken kaute und etwas von dem Rehbraten aß, erörterten die Männer die Lage. Das Mädchen konzentrierte sich derweil auf die verschlossene Tür. Es lauschte nach jedem verdächtigen Geräusch, das vom Flur kann, denn es hoffte, der Diener würde jeden Augenblick zurück sein und ihr hoffentlich die gute Nachricht von Christians Verbleib überbringen.

»Der Singer zieht mit seinen Bauern nun gegen Hohenhewen«, erklärte von Bretten und beobachtete die Reaktion des jungen Adligen. »Er will die Verwirrung nutzen und die Burg schnell aus den Fängen der Württemberger reißen. Gelingt dieser Coup, beabsichtigt er, eine kurze Ruhepause in der Stadt Hüfingen einzulegen.«

»Was für ein Haudegen, dieser Singer! Das erinnert mich ganz an meine Jugendjahre«, gab Jakob die altbekannte Geschichte zum Besten, was dem Burgherrn ein amüsantes Lächeln abrang. Sophie mochte den glatzköpfigen Herrn mit Schnauzbart irgendwie. Er besaß Humor, lächelte nach jedem Satz über sich selbst und nahm das Irdische offensichtlich nicht so ernst, obwohl es doch so sorgenbeladen war. Aber bei einem Mann seines Alters, der sein Leben schon gelebt hatte, war das keine Seltenheit.

Sophie nahm den großen Wandteppich in Augenschein. Jakob von Stoffeln bemerkte den fragenden Blick und begann zu erklären: »Die Szenen auf dem Teppich geben Gauriels Geschichte wieder.« Er lächelte gutmütig und fuhr fort. »Um seiner Gattin zu gefallen, ein, wie ich finde, garstiges und überaus zänkisches Weib, stürzte er sich in zahllose Abenteuer, in deren Verlauf er sogar Mitglied von König Artus' Tafelrunde wurde. Sein Gefährte war ein meckernder Ziegenbock …«

Benigna runzelte die Stirn. Sie wirkte etwas schwermütig. Die Witwe des Eberhard von Hornstein war rein äußerlich eine gepflegte und kultivierte Dame. Durch den Schmerz über den frühen Tod ihres Ehemanns war ihr der Humor, der Jakob auszeichnete, abhandengekommen. Ihre Stimme klang rau und schleppend. »Gevatter, jetzt langweile das Fräulein nicht mit deinen abgeschmackten Anekdoten.«

»Nein, nein, lasst nur«, wehrte Sophie mit einer beschwichtigenden Handbewegung ab. »Ich finde das alles … ähm … ziemlich interessant.«

Von derartigen Lobeshymnen angespornt, ergänzte der Alte seine begonnene Geschichte sogleich mit heroischen Ausschmückungen. Er erhob sich stolz und zitierte, indem er den Versfuß nachdirigierte: *»Gauriel von Muntabel. Des Ritters mit dem Bock abenteuerliche G'schicht, welche Meister Konrad von Stoffeln* hat gedicht' und in Reime gebricht. Der war's ein werdender freier Mann, er zu Hispanien das Buch gewann. Sie aufeinander stachen, bis ihnen die Speer zerbrachen …«*

»Oh je, bei den Heiligen, verschon uns bitte mit diesem Unsinn.« Benigna nippte müde am Weinkelch und hielt sich die Ohren zu. »Ich sehe es kommen, ich werde den Teppich noch abhängen müssen.«

Ferdinand von Hornstein grinste und ließ dem Alten die Freude. Er widmete sich stattdessen Bretten zu, der eine Landkarte auf dem Tisch ausbreitete und Auffälligkeiten mit Punkten markierte.

»Was weißt du schon? Es ist ein grandioser Versroman, der aus der Feder meines Ururahns stammt, einem der größten – ach, was sag ich: vielleicht sogar *dem* größten – Dichter des Mittelalters.«

Seine Begeisterung rang der Burgherrin ein lautes Gähnen ab. »Also ich finde diesen Kram doch ziemlich inhaltslos, plump und was weiß ich noch alles …«, entgegnete sie und schüttelte genervt den Kopf. Umgehend spülte sie den Ärger die Kehle hinab.

---

* Konrad von Stoffeln, Dichter in der zweiten Hälfte des 13. Jahrhunderts.

Sophie wandte sich der Dame des Hauses zu, während der Gevatter sich grummelnd wieder auf seinem Stuhl niederließ. »Übrigens, ich soll Euch von Apolonia schön grüßen. Vielleicht beruhigt es Euch zu erfahren, dass sie inzwischen in Trochtelfingen in Sicherheit weilt.« Und wie das beruhigte! Selbst der Freiherr unterbrach für eine Weile die intensive Diskussion mit dem Hauptmann und nickte seiner Mutter wohlwollend zu. »Eure Schwester meinte«, erklärte Sophie weiter, »ich würde auf Hohenstoffeln vielleicht etwas über meine Herkunft erfahren und solle ruhig Fragen stellen.« Ihre aufgerissenen Augen schwenkten auffordernd in Jakobs Richtung und sahen ihn treuherzig an. »Verratet mir doch, werter Herr, ob die Tatzen auf dem Schild dort nun von Bären oder Löwen stammen?«

Der Freiherr von Stoffeln lümmelte beleidigt am Tisch. Doch die freundliche Frage des Mädchens richtete seinen verletzten Stolz wieder auf. Es gefiel ihm, wenn man sich seines Wissens bediente. »Eindeutig Löwentatzen!«, teilte er mit, und sein Antlitz leuchtete voller Begeisterung. »Ursprünglich bestand das Siegel der Herren von Stoffeln aus einem springenden Löwen. Diese alte Darstellung findet man auf einer Urkundenrolle des Kuno von Stoffeln, die wir hier im Haus aufbewahren. Im Lauf der Zeit verkümmerte aber der Löwe zu einer einzelnen Pfote. Das Schild derer von Stoffeln zieren eindeutig Löwentatzen – Punkt!«

»Zum Glück ist diese Weisheit Euch alleine beschieden, Gevatter«, maulte Benigna, verdrehte die Augen und nippte halb liegend am Wein. Man hörte am Zungenschlag, dass sie eigentlich längst zu viel hatte, weshalb sich Ferdinand zu Wort meldete. »Ich denke, Mutter, Ihr habt genug getrunken«, mahnte er und nahm ihr den Kelch aus der Hand.

»Es soll ein Muttermal geben, Herr von Stoffeln …«

Die Augen des Gevatters bekamen einen geheimnisvollen Ausdruck. Er räusperte sich und raunte Sophie zu: »Mit meiner älteren Schwester, Cleophea, kam der Stoffeln einst durch Heirat an die Herren von Hornstein. Wie es heißt, wurde früher das Muttermal an wenigstens einen Träger weitervererbt – dieser bekam die Burg in seinen Besitz! Cleophea war die Auserwählte meiner Generation – ich ging leider leer aus.« Er zog eine enttäuschte Grimasse.

Sophie rutschte vor Aufregung auf ihrem Stuhl hin und her. Das klang alles ziemlich spannend, und doch war sie mit ihren Gedanken bei Christian. Sie blickte zur Tür und fragte bange, da ihr das alles langsam unheimlich vorkam: »Wie … wie schaut es denn aus … ich meine, das Muttermal?«

Der Alte ließ sich vom Diener die Schreibutensilien bringen. Er kritzelte ein Motiv auf das gebrachte Papier und schob es über die Tischplatte. Sophie traute ihren Augen nicht. Das sah wie eine bessere Kinderzeichnung aus. Die Verwunderung über den Alten hätte wohl noch größere Auswüchse angenommen, wäre nicht im selben Moment die Tür aufgesprungen und der Bote eingetreten. Er beugte sich tief zu dem jungen Freiherrn herab und flüsterte ihm ins Ohr. Sophie beobachtete genau, wollte von den Lippen lesen und hoffte, dass sie endlich etwas von Christian erfuhr.

»Der Name des Reiters ist … Christian«, erklärte von Hornstein anteilnehmend und freute sich, weil er sah, wie Sophie ein Stein vom Herzen fiel. Doch nach einer kurzen Pause fügte er hinzu: »Du musst für den jungen Mann beten!«

Wie ein hinterhältiger Räuber nahm der Baron der Finsternis das Land in seinen Besitz. Es war lange hell gewesen, eine laue Sommernacht, doch dann brach die Dämmerung jäh herein. Das Leben kam zum Erliegen. Sogar die Soldaten, die in der Dunkelheit normalerweise auf Raubzug gingen, erholten sich von den vergangenen Mühsalen. Für Sophies alten Gefährten, der sich Stille nannte, war die seltsame Atmosphäre dieser Nacht wie geschaffen, um sich heimlich ins Turmzimmer zu schleichen. Ein vermoderter Wandteppich auf kahlem Stein, ein trübes Spiegelglas über der Kommode und ein wuchtiges Himmelbett. Eigentlich hätte ihre Schlafstätte nicht gemütlicher sein können, wären da nicht die Schatten der Nacht gewesen, die nur darauf lauerten, dass ihr die Augen zufielen. Solange es irgendwie ging, wollte sie wach bleiben. Die Erinnerung an Christian, den sie vor dem Zubettgehen am Krankenbett besucht hatte, half ihr dabei.

Das Heer der Lichter, das sie auf dem Fußboden entzündet hatte, sollte sie vor dem Dämon beschützen. Gedankenverloren blies Sophie das Schwefelholz aus und legte es auf die Kommode, wo neben dem Spiegel noch eine Talglampe brannte. Nun bequemte sie sich aufs Bett, zog die Beine an den Körper und umarmte die Knie vor der Brust. Jakobs Zeichnung lag neben ihr auf der Matratze. Dass sie alleine ohne Hilfe dem Geheimnis des Muttermals ein Stück nähergekommen war, machte sie stolz und würde auch Christian sicher gefallen – obwohl sie womöglich in eine Sackgasse geraten war.

Noch war der Reiterknecht sehr schwach. Er lag krank darnieder, hatte hohes Fieber, obwohl das Projektil im Rücken entfernt werden konnte. Die nächsten Tage würden zeigen, ob er für diesen Kampf stark genug war, so hatte der Feldscher erklärt. Nachtragend war Christian nicht. Er wollte gar nichts mehr von dem Vorfall wissen und wischte ihre Entschuldigungen lächelnd fort. Mit dem Zeigefinger zeichnete sie jetzt das komische Geschöpf auf dem Papier nach. Ob der Alte wirklich wusste, was er da erzählte? Benigna hatte bestimmt allen Grund zur Skepsis. Jedenfalls hatte Jakobs Geschichte durch das Bildnis auch bei ihr erste Risse bekommen, und sie musste sich eingestehen, dass sein Geltungsdrang zuweilen doch übertriebene Auswüchse annahm. Außer ihr mochte ihm wohl keiner sein Ohr leihen. Ferdinand hörte ihm nicht zu, und Benigna ertränkte die Verbitterung darüber im Wein. Aber was, wenn das komisch gemalte Bild mit dem Mal auf ihrem Rücken übereinstimmte? Dann wäre Jakob kein Narr, sondern ein Weiser! Sophie schlug die Beine unter und beobachtete sich im Widerschein des Spiegels. Zögernd entwirrte sie die Schnüre ihrer Tunika vor der Brust und ließ das Oberteil langsam über den Arm gleiten. Noch nie hatte sie sich so gesehen. Heute war sie stolz, eine Frau zu sein, mit allen Vor- und Nachteilen. Lange genug hatte man sie das nicht sein lassen. Das Mädchen mit dem Weizenbüschelhaar hatte sich entwickelt, das Haar zwar kurz, doch die Hüften weiblich, und der Busen geformt wie süße Birnen. Die Zeit der Wahrheit rückte näher. War sie nun eine Verwandte und nach deren altem Ritual die eigentliche Erbin des Stoffeln? Oder war sie nur einem Verrückten aufgesessen? Sie nahm das Blatt zur Hand, stieg vollends aus den Kleidern und trat splitternackt vor das Spiegelglas. Etwas umständlich versuchte sie, das Original mit der Federzeichnung zu vergleichen. Es war schon ein spannender Moment, und während sie die beiden Bildnisse verglich, sang sie das Lied aus Kindertagen:

»Still mein Kind, so schlaf endlich ein,
heute Nacht will ich bei dir sein
Not und Angst, ich scheuche euch fort,
wenn ich öffne die himmlische Pfort'.«*

Mit welcher Präzision der Alte den Löwen, der zugegebenermaßen wie ein Ziegenbock aussah, wiedergegeben hatte, beeindruckte sie. Jeder Strich und jeder Bogen war am richtigen Platz und stimmte mit Sophies Muttermal überein. Sie waren fast deckungsgleich! Ihr Empfinden darüber war schwer zu beschreiben. Die alten Geister jedenfalls schienen davor irritiert Reißaus zu nehmen.

---

* Vollständiges Wiegenlied siehe Anhang

Die Angst, die in dieser Nacht von dem Turmzimmer Besitz ergreifen wollte, löste sich auf und verglühte in dem Lichtermeer zu ihren Füßen. Sie, Sophie, war eine wahrhafte Freifrau von Stoffeln und eine Nachkommin von Meister Konrad, dem Verfasser des Ritters mit dem Bock!

KAPITEL 16

BESORGT RIEB PATER JAKOBUS den Handballen über die kreisrunde Tonsur und rümpfte misstrauisch die Knollennase. »Verflixt, das Gewitter wird uns bald einholen«, murmelte er, nachdem er eine Weile den Himmel und die aufgescheuchten Vögel studiert hatte. Unbeirrt schob der Wind die Wolkenformationen aus dem Hegau heran und quetschte sie über ihren Köpfen zusammen wie durch eine riesige Butterpresse, sodass kein Lichtstrahl mehr durchdrang.

Der Gedanke, überfallen zu werden, war nicht ganz abwegig. Denn die Tamboure und Pfeifer der Kompanie machten einen Höllenlärm und es den Feinden nicht gerade schwer, sie zu lokalisieren. Jakobus war unruhig. Er beobachtete jedes Detail haargenau. Der Flurstreifen, durch den sie gingen, wurde links und rechts durch ein Waldstück begrenzt und war gerade so breit, dass fünf Männer nebeneinander in Reih und Glied marschieren konnten. Am frühen Morgen hatte Hauptmann Maisenbach den Rückzug angeordnet. Sein Ziel hieß Sulz. Dort sollte er auch die beiden Kinder, Jakobea und Niklas, vorübergehend in Sicherheit bringen. Denn in einem Kampfgebiet war es nicht nur für sie, sondern auch für das Schützenaufgebot zu gefährlich geworden, das mit der Situation in Sankt Georgen langsam überfordert und durch eine schwedische Reitereskadron* abgelöst wurde. Nach dem nächtlichen Angriff auf Sankt Georgen war der Kleinkrieg um die Stadt Villingen entbrannt und wurde mit aller Härte geführt. Auf jeden Angriff folgte umgehend ein noch verheerenderer Gegenschlag.

Das Fräulein von Tannenberg fürchtete besonders das Ungewisse, das vor ihr lag. Zum Glück war Niklas an ihrer Seite. Es war ihr inzwischen zur Gewohnheit geworden, sich in seiner rechten Armbeuge einzuhaken. Dort fühlte sie sich am wohlsten. Von ihm hatte sie nichts zu befürchten. Sein Blick hatte etwas Weiches und Gutherziges. Nicht so die Männer des Zugs, denen es nach den Wochen der Entbehrung nach einem Weib gelüstete. Unfreiwillig war sie heute zu einem solchen Objekt der Begierde geworden. Da ihr Ziel im protestantischen Württemberg lag, musste Jakobea sich entsprechend kleiden, ob sie wollte oder nicht. Der Miederrock, durch die schlichte Farbe des Johanniskrauts rot gefärbt, war eine Augenweide. Zwar hatte sie das Koller, nicht aber den weißen Schleier abgelegt. Dahinter konnte sie sich vor den lüsternen Blicken schützen.

Allmählich musste sich der Benediktiner sputen, um nicht den Anschluss zu verlieren. Viel zu viel Zeit hatte er verplempert. Jetzt stolperte er in seiner Hast schier über seine eigenen Füße. Endlich schloss er auf und gönnte sich zur Belohnung einen kräftigen Schluck aus dem Weinschlauch. Aber seine Sorge konnte er damit

---

* Eskadron: Taktische Einheit der Kavallerie. Ein schwedisches Reiterregiment (R) umfasste zwei Eskadronen (E), die aus je vier Kompanien (K, á 125 Mann) bestanden. Truppenstärke eines E. = 4K. × 125 = 500 Reiter.

nicht gänzlich ertränken. Angstvoll blickte er sich um. Der unglückliche Varus kam ihm in den Sinn. Er hatte einst im Teutoburger Wald all seine Legionen verloren …

»Es wird schon werden«, sprach Niklas ihm Mut zu, schließlich hatte der Rottweiler Vogt ihnen freien Durchzug zugesichert. Das hatte ihm der Schwabenhans mit auf den Weg gegeben. Er wusste nicht, wieso, aber er nahm ihm auch ab, dass ihn an Barbara von Frundsbergs Tod keine Schuld traf. Rein zufällig sei er damals im Kloster gewesen wegen dringender Flößer-Angelegenheiten. Das Amulett sei ein Geschenk von Johanna und sein Glücksbringer …

»Sag mal, Niklas, warum ist dein Bündel eigentlich so schwer?«, fragte Jakobea und sah das Säcklein, das Niklas über der Schulter an seinem Wanderstock eingehängt trug, interessiert an. »Trägst du Steine mit dir herum?«

»Gewissermaßen!« Niklas zeigte seine blitzenden Schneidezähne.

»Entschuldige.« Sie ging auf Abstand und sah ihn verwundert an. »Das finde ich jetzt schon ein wenig merkwürdig. Du schleppst zentnerschwere Steine mit dir herum! Warum tust du das?«

»Es sind Koboldsteine!«, erklärte Niklas flüsternd hinter vorgehaltener Hand.

Jakobus spitzte die Ohren. Er war auf das Gespräch aufmerksam geworden. Eifrig saugte er den letzten Rest aus dem Schlauch, ganz erpicht, mehr über die Steine zu erfahren. Niklas war redselig geworden, und er berichtete voll Stolz über seinen Fund. »Ich kenne da eine mächtige Lagerstätte, mein Bergmeister hat sie mir gezeigt. Er glaubt, dass man aus dem unbrauchbaren Kobold durch ein geheimes Verfahren ein blaues Pulver gewinnen kann, das man in Gold aufwiegt …«

»Und ich sage dir, Jungchen, dieser Mann hat recht!«, meinte der Mönch mit hörbarem Zungenschlag und hieb Niklas auf die Schulter.

»Sag bloß, du kennst das Verfahren, mit dem man das Pulver aus dem Stein löst?«

Jakobus druckste herum. »Nun, ähm … mein guter Freund in der Destillerie hat mir davon erzählt.«

»Du bist doch Mönch und kein Alchemist!«, klagte Jakobea den Ordensbruder des Frevels an. »Die alleinige Wahrheit findest du in Gottes Wort.«

Jakobus zog gelangweilt die Brauen hoch. Er spürte Schwindel, und die kurze Moralpredigt bereitete ihm Kopfschmerzen. Irgendwie schwankte alles um ihn, die Bäume, die Soldaten und die beiden Halbwüchsigen. Niklas rüttelte sein Bündel, sodass die Steine rasselten. Er wollte den Mönch auf die Probe stellen. »Dann erzähl mal …«

Jakobus überlegte lange, und nachdem er wieder klar wurde, streifte er die Novizin mit einem belehrenden Blick. »Verzeih mir, liebe Schwester, aber die Wahrheit liegt für mich im Wein und sonst nirgendwo. Das blaue Wunder ist beileibe kein Teufelszeug, denn anderswo stellen sie die Farbe schon seit Jahrzehnten her – im fernen China sogar schon länger. Soweit ich mich erinnern kann, röstet man das Steinmehl. Danach gibt man Schwefel, Salpetersäure und Sodawasser hinzu …« Er rieb grübelnd über seine Glatze. »Also über die Reihenfolge bin ich mir jetzt nicht mehr sicher. Hm … jedenfalls gießt man Wasser darauf, das man unter großer Hitze verdampfen lässt. Am Schluss vermengt man alles mit Kalk, um das Kobaltblau, wie man es nennt, auszufällen.«

Ausgerechnet jetzt, da Jakobus die richtige Formel einfiel, entlud sich die Atmosphäre mit einem heftigen Donnerschlag.

Niklas, Jakobea und der Mönch fuhren zusammen.

»Himmelherrgott, da haben wir das Sauwetter!«, schimpfte Jakobus, doch er irrte. Es war kein Donner, der die Luft zerriss. Es waren Musketenschüsse! Aus den Verstecken im Wald krakelten Hunderte von Kehlen wie blutrünstige Bestien. Zwischen den Stämmen und Büschen loderten helle Zündfunken. Man hatte den Eindruck, als würde das ganze Gehölz wie ein riesiger Bernstein glühen. Die drei warfen sich geduckt ins Gras. Die ersten Salven verpufften, und Pulvernebel breitete sich über der Wiese aus. Kreuz und quer irrten die Musketiere durcheinander, traten auf tote oder verwundete Kameraden. Aber den Gegner konnten sie nicht sehen.

Schreie, Angst und Entsetzen. Das war der Moment, an dem der unsichtbare Feind das Feld stürmte. Ein starker Haufen Landvolk, worunter sogar Weiber waren. Mit Mistgabeln, Dreschflegeln, Äxten und Schwertern machten sie mit allen, derer sie habhaft wurden, kurzen Prozess*.

---

* Dieses Gefecht hatte sich wirklich in einem Waldstück nahe Seedorf ereignet. Es war ein Vergeltungsschlag für die Raubzüge der Württemberger, die in den katholischen Orten Vieh stahlen. Hauptmann Maisenbach überlebte und rettete sich mit wenigen Getreuen nach Sulz am Neckar.

Verzweifelt versuchten die Offiziere, die Formation zu halten, doch die Kompanie war längst aufgerieben und zerstreut.

Niklas riss Jakobea am Ärmel hoch und machte auch dem Mönch Beine. Gemeinsam rannten sie auf dem schmalen Flurstreifen in entgegengesetzter Richtung davon. Einige Male blickte er sich um, wo das ungleiche Gemetzel in vollem Gange war. Unter den Angreifern glaubte er, den Einäugigen im langen Mantel erkannt zu haben. Aber da war er sich nicht so sicher, denn dieser Kerl war so etwas wie ein Gespenst geworden, das ihn sogar in seinen Träumen heimsuchte.

Mit riesengroßen Schritten nahte der Herbst. Nachdem das schwere Unwetter abgeflaut war, sanken die Temperaturen in den Keller. Seither regnete es in einem fort.

Auf Hohenstoffeln wurde es langsam ungemütlich.

Sophie hatte gerade frisches Pfennigkraut aufgegossen und drückte mit der Waschschüssel vor der Brust unangemeldet Christians Zimmertür auf. Der Raum hatte in etwa dieselbe Ausstattung wie ihr eigenes Turmzimmer. Doch im Gegensatz dazu gab es hier ein Fenster. Wegen des Dauerregens war allerdings wenig zu erkennen außer den langen Wasserfäden, die am Glas hinabperlten.

»Wie schön, dass es dir besser geht«, strahlte Sophie, als sie Christian beim Betreten wach und fröhlich antraf. Er saß am Bettrand und hatte sich über die Knie vorgebeugt.

»Wie wahr. Das Fieber ist gesunken, und die Wunde scheint zu heilen«, entgegnete er über ihr Erscheinen überrascht. Mit aufgeschnürtem Hemd wartete er bereits auf die Behandlung durch den Feldscher. Doch wie es schien, schickte der heute eine Vertretung.

Sophie stellte die dampfende Schüssel auf der Kleidertruhe ab, tauchte einen Waschlappen ein und wrang ihn aus. Dann gab sie Christian das Zeichen sich freizumachen, der jedoch lange zögerte. »Es gibt Neuigkeiten«, begann sie zu erzählen. »Der Singer konnte den Hohenhewen gewinnen.« Sie ließ sich neben ihn nieder und half ihm aus dem Hemd.

»Das ist eine fantastische Nachricht! Jetzt müssen wir nur noch auf die Ligatruppen warten.«

Obwohl so begeistert von ihm unterbrochen, behielt Sophie die emotionale Zurückhaltung bei. Sie hatte auch allen Grund dazu, und während sie Christians Narbe genauer untersuchte, fiel sie ihm ins Wort. »Den Sieg musste der Vogt von Tengen teuer bezahlen. Als Oberst Rau erfuhr, dass seine Schützenkompanie auf Rottweiler Gebiet in einen Hinterhalt gelockt und vernichtet wurde, ließ er zur Vergeltung Hüfingen einschließen. Onophrius' Leute hatten keine Chance. Zu Hunderten wurden sie niedergemacht. Rau droht jetzt Rottweil mit Überfall.«

»Dann werden sie den Hohenstoffeln auch nicht verschonen«, entgegnete Christian mutlos.

Sophie legte ihre Hand auf seine Brust und betupfte mit der anderen das Eintrittsloch der Bleikugel mit dem Aufguss. Sie nahm dabei seinen aufregenden Körpergeruch wahr und fühlte seine umwerfende Präsenz. Sie bekam weiche Knie. Liebend gerne hätte sie den Mann noch inniger berührt und liebkost. Puh, was für eine Marter! Streng wies sie sich innerlich zur Ordnung. »Ja, es wird hier bald noch ungemütlicher werden. Ein Bote meldete dem Freiherrn heute ein finnisches Regiment, dessen Obristen sie ›Finesse Forbesse‹* nennen. Sie meinen, dieser schwedische Feldherr mit dem besorgniserregenden Spitznamen könnte in wenigen Wochen hier aufkreuzen.«

Vor lauter Tatendrang wollte Christian aufstehen, was Sophie dran hinderte, ihren Kopf an seine Schulter zu lehnen. Doch mit ihrer einfühlsamen Art konnte sie ihn beschwichtigen und zwang ihn sitzen zu bleiben. »Nur Ruhe, noch haben wir Zeit, und die solltest du bitte nutzen, um wieder vollkommen gesund zu werden. Außerdem wollte ich dir noch etwas anderes erzählen, sobald es dir besser geht, und das tut es doch offensichtlich.«

Er nickte bestimmt.

Sophie stellte sich vor die Truhe und blickte auf den Grund der Schüssel, um ihre Empfindungen zu ordnen und wieder zur Besinnung zu kommen. »Die Wunde nässt nicht mehr, und auch die Farbe hat sich verändert. Sie verblasst, und die Schwellung geht zurück.«

»Das wolltest du mir sagen?«, fragte Christian enttäuscht und behielt sie im Auge.

Sophie wusch das Tuch aus und lächelte über die Schulter zurück. »Aber nein«, sagte sie sanft und schwang voller Begeisterung plötzlich herum. »Alles ist wahr! Ich

---

* Arvid Forbes (1598–1665). Schwedischer Obrist über ein Regiment Finnen.

habe hier meine Familie gefunden. Das beschriebene Muttermal stimmt mit dem Wappentier derer von Stoffeln überein.« Sie trat auf ihn zu, ging in die Knie und ergriff seine kraftlose Hand. »Demnach wäre ich ein Mitglied dieser Familie. Gevatter Jakob kann sich keinen Reim darauf machen, wer meine Eltern sein könnten.« Sie blickte verträumt zu ihm hoch. »Christian, würdest du mit mir zusammen weiter nach ihnen suchen?«

»Sophie, denk doch mal nach! Ich meine, alles liegt doch auf der Hand!«

»So, tut es das?« Das Mädchen kräuselte die Nase und durchbohrte ihn mit Blicken.

»Hast du dich nie gefragt, warum sie Johanna verhaften ließen?«

»Nicht wirklich, nein.«

»Dann sage ich es dir: Sie ist die Tochter Eberhards von Hornstein, dem alten Burgherrn, und die Enkelin von Cleophea von Stoffeln, der Schwester von Jakob, den du ja kennengelernt hast. Johanna unterhielt über Jahre hinweg ein Liebesverhältnis mit dem Alpirsbacher Ökonomen. Wenn das mit dem Muttermal stimmt, dann bist du, Sophie, die Frucht ihrer Liebe! Wir müssen Johanna finden, vielleicht trägt sie dasselbe Muttermal – es wäre der Beweis für meine Vermutung.«

Sophie straffte den Rücken, fischte den Waschlappen aus der Schüssel und wrang ihn so kräftig, bis kein Tropfen mehr kam. »Ich soll Johannas Kind sein? Das ist ja mal 'ne Hiobsbotschaft. Eine tolle Mutter, die ich da habe, die so ein kleines, unschuldiges Ding in die Katakomben sperrt. Weiß Gott, ich hätte sterben können –

was ich auch wollte! Es geschieht ihr ganz recht, wenn sie im Arrest sitzt!« Aus lauter Selbstmitleid und Wut wollte sie weinen, doch es kamen keine Tränen. Christian erklärte weiter:

»Elias Finckh ist ein pflichtbewusster Mensch und trachtete nie nach deinem Leben. Er war ausschließlich für Wratislaus als Ermittler tätig. Er sollte das Übel im Kloster aufdecken und die Schuldigen zur Anzeige bringen. Mit dem Tod des Kindes, oder der Kinder – darüber bin ich noch im Ungewissen, hat er nichts zu tun. Im Gegenteil, sie erpressten ihn wie einst Matthias Tinctorius, den sie im Sommer auf dem Scheiterhaufen verbrannten.«

»Und wer soll dieser Tinctorius gewesen sein?«

»Ein enger Vertrauter und Freund Wratislaus'. Nach dem Tod des Grafen hatten Jakob Ludwigs Leute leichtes Spiel, und sie beseitigten den unangenehmen Tinctorius einfach, indem sie ihn als Hexer denunzierten. Finckh wusste, dass ihm dasselbe Schicksal drohte. Er wandte sich deshalb an Wilhelm Ingold, meinen Herrn, um die Situation auszuloten. Doch er traute ihm nicht, und Finckh, der inzwischen völlig ernüchtert ist, kooperiert wohl neuerdings mit den Württembergern.«

»Was ist mit Niklas? Ist er wirklich der Sohn der verbotenen Liaison der Helene Eleonore mit Friedrich Rudolf von Fürstenberg? Das Übel der ganzen Verschwörungen also?«

»Ich weiß nicht, was damals im Kloster geschah! Es starben Kinder, aber ich kann nicht sagen, welche überlebten und welche nicht. Jedenfalls hat die Geschwätzigkeit der Franziskaner die alten Geister gerufen. Selbst Maximilian von Schwendi hat sich verdächtig gemacht, indem er seine Finger nach dem Hohenlandsberger Erbe ausstreckte. Auch er würde das Grafenkind sicherlich lieber tot als lebendig sehen.«

Entsetzt ließ sie den Lappen ins Wasser plumpsen, dass es nur so spritzte. »Der Stoß, den ich dir vor dem Angriff auf das feindliche Lager vor lauter Enttäuschung verpasst habe, tut mir unsagbar leid. Es hätte dir fast das Leben gekostet!«

Der Reiterknecht lächelte und streckte versöhnt seine Hand aus. »Na komm schon, lass es uns vergessen. Ich hatte eben das Pech, dass mich ein blöder Querschläger erwischte.«

Sophie wandte sich freudig um, doch ihr Blick erstarrte. Was, nur ein Handschlag? Viel lieber wäre sie an seine starke Brust geflogen und hätte sich zärtlich in die Arme schließen lassen. Sophies schwacher Händedruck sprach Bände darüber, wie enttäuscht sie war. Einem Mann wie Christian stand der Sinn wohl nach einem richtigen Weib! In Gedanken schmiedete sie schon einen Plan, wie sie ihn überlisten würde: Warte, mein Freund, ich werde es dir schon noch beweisen …

Am Morgen erhob sich vor dem Bickentor ein höllischer Lärm. Juliane und Johanna hetzten die Stufen zum Rondell hinauf, um zu schauen, was vor den Toren vor sich ging. Ihre Nerven waren bis zum Zerreißen gespannt. Sie fühlten sich den weltlichen Mächten hilflos ausgeliefert und befürchteten jeden Tag das Allerschlimmste. Von allen Bewohnern der Stadt schwebten die Frauen von Sankt Klara am meisten in Gefahr. Die feindlichen Soldaten hatten verlauten lassen, was sie mit ihnen anstellen würden, sobald sie Villingen erstürmten. Deshalb stattete der Guardian Ludwig Amusis den Klarissen kürzlich einen Besuch ab und redete dahingehend auf sie ein, dass es für sie besser wäre, sich vorsorglich nach einem anderen Haus umzusehen, falls die Feinde beabsichtigen, Villingen vom Bickenberg her anzugreifen. Direkt an der Stadtmauer hatten sie jede bauliche Maßnahme aus nächster Nähe miterlebt, die Oberst Äscher zur Verteidigung einleitete. Kürzlich waren die Dächer im Gefahrenbereich abgedeckt, das Gebälk abgehoben und stattdessen Schanzkörbe aufgestellt worden. Am meisten fürchtete man die Feuerkugeln. Eimerweise musste Wasser auf die Speicher geschleift werden. Kübel, Zuber, Waschgelten* und dergleichen wurden aufgestellt und bis an den Rand gefüllt. Noch immer schmerzten Johannas Arme und Beine von der elenden Schufterei. Gott sei Dank hatte ihnen der Regen ein Stück der harten Arbeit abgenommen.

Ob es jetzt schon losging?

Johanna beugte sich über die Zinnen und spähte zum Bickenberg hinüber. Auch heute zeigte sich dort die gegnerische Reiterei trotz Katzenhagels. Sie scheuten keine Mühen, die Villinger in ihrem Bestreben, die Stadt zu verteidigen, zu entmutigen und zu verunsichern. Doch

* Wanne, in der das kochende Wasser aus dem Kessel in das Waschfass gebracht wurde.

heute übertrieben sie diesen Eifer. Bis auf Pistolenschussweite kamen sie an die Stadtmauer herangeprescht, sodass die Nonnen ängstlich die Köpfe einzogen.

Ein edler Reiter auf einem schönen Schimmel scherte aus. Todesmutig trabte er an der Brigach, nahe am Stadtgraben, entlang, beschleunigte sogleich im Galopp, bremste, drehte um, ließ das Ross auf der Stelle tänzeln und rief zum Turmwächter Spott- und Schimpfworte hinauf. Johanna erkannte, dass er eine Amtskette mit angehefteten Talern umgehängt trug. Übermütig, wie er war, fühlte er sich unverwundbar. Er konnte ja nicht ahnen, dass die Villinger Schützen die Wehrgänge bereits besetzt hatten und Äscher hinter dem Bickentor mit 40 tüchtigen Kämpfern und brennenden Lunten lauerte.

»Der glaubt, wohl alles wagen zu dürfen!«, klagte Juliane über die verleumderischen Worte. Bitter sah sie Johanna an und legte die Hände zusammen. Während sie das Wortgefecht über sich ergehen ließ, sandte sie inbrünstige Gebete an den himmlischen Richter. »Gott ist ein starker und mächtiger Held, keiner kann sich ungestraft gegen ihn stellen!«

Plötzlich löste sich beim Kaiserturm ein Schuss. Der dortige Wachposten hatte die Nerven verloren. Aber seine Kugel traf genau den Richtigen, und der Radaumacher kippte vom Pferd. Da sich sein Stiefel im Steigbügel verhakte, wurde sein lebloser Körper über Stock und Stein bis zur Bickenkapelle zurückgeschleift. Dort kam er zum Stillstand. Johanna grübelte über die mögliche Ursache, die den Sturz des Reiters genau hier erklären konnte. Hatte Gott an der Brigach eine himmlische Grenze gezogen, die bedeutete, bis hierhin dürft ihr kommen, und nicht weiter? In diesem Moment stürmte Äscher das Feld. Mit ohrenbetäubendem Gebrüll und »Sancta Maria«, die Heilige Jungfrau, rufend, überrumpelten seine Männer den Feind und schossen die Pulverpfannen leer. Ihre Salven zerrissen die Landreiter auf den Pferden wie Strohpuppen. Nur wenigen gelang die Flucht.

Johanna hatte alles beobachten können. Der unbändige Zorn, mit dem die Ungläubigen von den hiesigen Soldaten gelyncht wurden, erschreckte sie. Ein jämmerliches, doch gerechtes Ende, das die Übermütigen da ereilte. Juliana indes verweilte im Zwiegespräch mit dem Dreifaltigen Gott. Sie vertraute dem himmlischen Gericht und flehte auch die Gottesmutter um Hilfe an: »Oh Himmelskönigin, hilf uns, dass die Gegner sich über uns weder erheben noch erfreuen können!«

Für Johanna erschien es wie ein Wunder. Die immense Kraft, die Juliane aus Religiosität, unterwürfigem Gehorsam, Tugendhaftigkeit und aufopferungsvoller Treue schöpfte, war keine Einbildung, sondern wahrhaftig. Und sie, Johanna, hatte es mit eigenen Augen gesehen: Gott hatte seine Hand im Spiel gehabt. Johanna wurde ganz warm ums Herz, und sie fühlte, wie sich in ihrem Gemüt etwas zu regen begann …

Energisch bahnte Johanna ihren Weg durch die Kinderschar. Sie kam vom Kaufhaus zurück und trug einen Weidenkorb unter dem Arm. Die anderen Waren, Kornsäcke und Weinfässer, wollte der Krämer heute zum Bickentor vor die Klosterpforte karren. Es war gar nicht so einfach, dem Getümmel, das sich auf der Oberen Straße anbahnte, zu entkommen. Johanna schob mit Armen und Beinen und setzte zusätzlich die Ellenbogen ein. Doch alles half nichts. Kapitulierend musste sie schließlich stehen bleiben. Die Kinder, rotzfrech und vorlaut, umzingelten die arme Nonne mit lautem Geschrei. Nachdem der Kreis um sie geschlossen war, warf der Bengel, der bei der Nonne in der Mitte stehen geblieben war, Silbertaler in Form von Papierschnipseln in die Luft. Johannas Habit wurde damit beregnet. Und sie tanzten alle Ringelreihen und sangen im Takt dazu:

»Silbertaler Schertle, hat ne protzige Kett' getragen, die ihm von Gott den Bauch zerschlagen, Silbertaler Schertle!«

In der Tat: Der Schuss, der den württembergischen Soldaten niedergestreckt hatte, traf einen Taler der Amtskette, zerbarst ihn in Hunderte Splitter, die in den Körper eindrangen und dem Mann die Eingeweide zerfetzten. Unmittelbar darauf, nachdem die Reiter davon gejagt worden waren, zog eine Horde von Kindern zur Wanne, um die herumliegenden Toten zu bestaunen. Hauptmann Schertle, so hieß der Gefallene, hätte den Schuss wohl überleben können, hätte er die protzige Kette nicht getragen.

So geschah dem arroganten Herrn ganz recht.

Jetzt, da das Spottlied beendet war, löste sich die Bande so schnell, wie sie gekommen war, wieder auf und rannte unter ohrenbetäubendem Geschrei Richtung Marktbrunnen, wo sie sich neue Opfer ausguckten. Johanna war noch ganz benommen. Fast hätte sie den Korb stehen gelassen, mit dem sie das Silbergeschirr von Sankt Klara dem Krämer zum Tausch gegen Nahrungsmittel feilgeboten hatte.

Mit den Fingern strich sie über den papierbeschneiten Habit und blickte verträumt den Kindern nach. »Lausbuben, elende!«, kam es ihr über die Lippen. Obwohl ein bisschen verärgert, konnte sie sich ein amüsiertes Lächeln nicht verkneifen. Niklas kam ihr in den Sinn, der in der Schar gewiss zuvorderst gewesen wäre. Die Erinnerung an die Kinder zerriss ihr fast das Herz. Sie hoffte, dass sie wohlauf waren, auch wenn man aus dem Kinzigtal nichts Gutes hörte. Vielleicht würden ihre Gebete Früchte tragen? Juliane hatte ihr gezeigt, was ein solches bewirken konnte. Der Silbertaler Schertle, wäre sein Körper nicht so elend zerlöchert worden, hätte gewiss sein Lied singen können. Die unermessliche Kraft des Himmels, sollte sie ihr je gewogen sein, könnte die Kinder noch in diesem Leben zu ihr führen. Aber dafür bedurfte es Gehorsam, Demut und unzählige Anrufungen wie den »großen Psalter«, den »Kindlein Jesu Psalter«, 1.000 ecce homo, die 24.000 Ave Maria und andere große Gebete.

Die Glocken vom Münster »Unserer Lieben Frau« verkündeten die zweite Stunde des Tages. Johanna beeilte sich, denn Juliane und der Konvent warteten schon. Der Maurer war heute mit der Erweiterung des Krugkellers fertig geworden. Er hatte eine neue Wand gezogen, wohinter die sakralen Gegenstände, die Zinsbriefe, das verbliebene Silbergeschirr und die Habseligkeiten jeder einzelnen Nonne eingemauert werden sollten. Ludwig Amusis hatte dazu geraten angesichts der Kriegsgefahr. Heute war aber auch der Tag, wo man allen Grund zu neuen Hoffnungen haben sollte! Der Magistrat hatte zwei Gesandte nach Stuttgart abgeschickt, um beim Herzog für ihre Stadt um Schonung zu bitten. Gleichzeitig war Oberst Äscher mit dem Regiment nach Nordstetten und Vockenhausen ausmarschiert, weil er die Ernte, die aus mehreren Wägen bestand, einholen wollte.

Ob ihnen das Glück hold war?

Nein! Denn weder die Gesandten, die bereits in Rottweil aufgehalten und umkehren mussten, noch der Obrist konnten die in sie gesteckten Erwartungen erfüllen. Äscher war durch den Meier der genannten Höfe verraten und in eine Falle gelockt worden. Der böse Mann winkte mit dem Hut, als Äscher nahe genug herangerückt war. Nur wenige Württemberger zeigten sich und machten den Obristen glauben, es mit einem unterlegenen Gegner zu tun zu haben. Werner Äscher wollte sich die Chance natürlich nicht entgehen lassen und blies zum Angriff. Doch dann schnappte die Falle zu! 2.000 Württemberger stürmten aus dem Waldversteck, umzingelten das städtische Fähnlein und drohten, es gänzlich zu vernichten. Aber die Villinger wehrten sich tapfer, schlugen eine Bresche in die gegnerischen Reihen und flohen.

Die Verluste waren gewaltig: 75 Männer blieben im Felde. Zudem musste man das Sommergetreide stehen lassen. Aber auch der Württemberger hatte furchtbare Verluste erlitten. Wie man hörte, führten sie vier voll beladene Wagen mit Toten vom Kampfplatz fort!

Zum hundertsten Mal erklang dieselbe Melodie in Sophies Gehirn wie ein immer wiederkehrendes Echo: »Still mein Kind, so schlaf endlich ein …« Dabei war an Schlaf gar nicht zu denken. Sophie wälzte sich auf ihrem Himmelbett hin und her und schrie gegen den Fluch an: »Nein – aufhören!« Mit einem Satz saß sie aufrecht und ballte kampflustig die Fäuste. In dieser Nacht dürfte der Dämon nicht ihrer habhaft werden. Deshalb entschied sie aufzustehen, obwohl draußen noch tiefste Finsternis herrschte. Die Kerzen waren längst heruntergebrannt. Neue gab es nicht. Nur das Talglicht auf der Kommode flackerte noch und spendete ein wenig Helligkeit. Dort lag auch die Zeichnung. Sophie klappte das gefaltete Papier auf, drückte es gegen die Brust und schloss nachdenklich die Augen. Sie grübelte eine Weile, und als ihr die Erleuchtung kam, schlug sie die Lider voller Leidenschaft auf. Nein, die grässlichen Haare wären ohnehin nicht zu bändigen gewesen, es musste demnach auch so gehen, denn sie hoffte, mit ganz anderen Vorzügen zu glänzen. Sie nahm die Lampe und eilte damit den Treppenturm hinab. Auf dem schmalen Korridor angekommen, glommen dort Kienspäne. Ihr rußiger

Geruch stieg Sophie aufdringlich in die Nase. Die Herrschaft schien demnach noch wach und sich in der Kemenate zu wärmen, wo sie jetzt das Feuerholz im offenen Kamin knistern hörte. Nein, über den Ritter mit dem Bock wollte sie heute nicht plaudern, denn heute wollte sie selbst aktiv werden und Christian beweisen, dass sie eben kein kleines Mädchen mehr war, sondern eine Frau! Sie drehte sich rasch um, sodass das Kleid um ihren Körper wehte, und schritt zielbewusst den Flur entlang. Der hämmernde Puls durchschlug schier ihren schmächtigen Brustkorb. Barfuß, wie sie war, und unter dem Einfluss des Herbsts, fühlte sich der Steinboden wie eine Eisscholle an. Das schrie geradezu danach, in Christians Zimmer eintreten. So nahm sie allen Mut zusammen, holte tief Luft und klopfte an.

»Christian, bist du wach?«, hauchte sie, ohne den fordernden Unterton zu kaschieren. Da niemand antwortete, klopfte sie gleich noch einmal – diesmal fester, nachdrücklicher und siehe da, etwas bewegte sich und rumpelte heran. Flüche waren zu hören. Augenscheinlich hatte sich Christian irgendwo angeschlagen. Die Tür ging auf, und ein verschlafenes Augenpaar schielte heraus.

Sophie lächelte sanft und ließ ihre Zähne aufblitzen.

Nicht so der Reiterknecht. Der machte ein unausgeschlafenes Gesicht und fuhr sie mürrisch an: »Na hör mal, Sophie! Es ist Schlafenszeit …«

Das Mädchen knickste entschuldigend, behielt aber den Unschuldsblick bei. »Zu viele Gedanken im Kopf. Unmöglich, zur Ruhe zu kommen«, entgegnete sie kurz angebunden im Stil einer abgefassten Geheimbotschaft, und schlüpfte, ohne dazu aufgefordert zu sein, unter seinem Arm hindurch ins Zimmer.

Christian verschloss die Tür, verschränkte die Arme und sah sie streng an. »Du schaust aus, als hättest du dich geängstigt. Ist denn irgendetwas geschehen?«

Sophie drehte sich im Kreis, als wäre sie das erste Mal da und müsste sich zunächst noch orientieren. Dann blieb sie stehen und streckte ihm die Hand mit dem Zettel hin. »Hier!« Das war alles, was sie sagte. Die Talglampe stellte sie kurzerhand auf die Truhe. Nachdem Christian das Papier an sich genommen hatte, faltete sie die Hände in den Schoß und neigte den Kopf zur Seite.

»Was soll ich denn damit anfangen?«, fragte Christian verwirrt.

»Öffne und vergleiche«, sagte sie gedämpft und sah ihn herausfordernd an.

Während Christian die Zeichnung in Augenschein nahm, entwirrte Sophie die Schnüre ihrer Tunika und ließ den Stoff ungeniert zu Boden gleiten. Völlig nackt, sich seitwärts abwendend, ging sie in Pose: Den linken Arm beugte sie über die Brust und fasste über die rechte Schulter – um sich wenigstens etwas zu bedecken. Dann schob sie das Bein leicht vor und verbarg mit der freien Hand ihren Schoß. Den Blick senkte sie verschämt.

Christian schwante bereits, was ihn erwartete. »Mit was soll ich das denn vergleichen?« Zögernd sah er auf, und siehe da, vor Schreck klappte ihm die Kinnlade runter. Er hüstelte noch. »Mit dem echten Muttermal? Und dafür zeigst du dich *so?*«

»Wie denn sonst?«, platzte sie heraus, nicht ohne einen gewissen Grad von Vorwurf und Ernüchterung mitschwingen zu lassen. Doch was sie ihm nicht offenbarte – die Unsicherheit überwog. Es fehlte eine Winzigkeit, und sie wäre schluchzend aus dem Raum geflüchtet. Doch da gab es ja noch ihre alte Weggefährtin, die Stille, die in ihrem Turmzimmer nur darauf wartete, sie zu verschlingen. Das war wohl der Grund, weshalb sie ihre Courage zurückgewann. Zitternd kehrte sie sich um, sodass er ihren Rücken betrachten konnte. Sie horchte mit allen Sinnen, denn die Sorge, von ihm abgelehnt und gar als unkeusches Mädchen gebrandmarkt zu werden, blieb allgegenwärtig. Zum Glück wusste sie nicht, welche Stellen am Körper der suchende Blick des Mannes am meisten berührte. Langsam näherte sich Christian und strich das Papier auf Sophies rechter Schulter glatt. Noch bereitete es ihm Mühe, sich auf das Wesentliche zu konzentrieren. Für einen Kerl wie ihn eine wahre Herkulesaufgabe! Viel zu sehr gefiel ihm, was er da sah und ertastete. Sophies Gliedmaßen waren wohlproportioniert, und unter seiner kräftigen Hand wirkten sie noch zerbrechlicher. Am liebsten wäre er jedem einzelnen Wirbel mit dem Zeigefinger hinabgefolgt, doch er besann sich und zeichnete stattdessen zärtlich das Muttermal nach.

Sophie atmete schwer. Ihre Beine drohten nachzugeben, ihr Verstand verwirrte sich. Insgeheim ersehnte sie den erlösenden Kuss und noch mehr Berührungen, doch nichts dergleichen passierte. Im Gegenteil. Die schöne Stimmung zerplatzte jäh. Christian schob sie grob zur

Seite und sah über sie hinweg. Hastig legte er ihr seinen Mantel um. »Hier, damit du nicht frierst«, meinte er entnervt. Erschöpft sackte er auf sein Bett und versuchte sich zu entspannen. »Die Ähnlichkeit ist verblüffend, ebenso wie deine Schönheit!«

In Sophies enttäuschter Miene ging die Sonne auf. So etwas Schönes hatte noch nie jemand zu ihr gesagt! Davon ermutigt ließ sie sich auf die Bettkante neben ihm nieder und schlang die Arme um seinen Hals. »Christian?«, flüsterte sie, was so klang, als wollte sie ihn um etwas bitten.

Er sah gespannt hoch und wartete, bis sie weiterredete.

»Lass uns gemeinsam gehen, gleich morgen und solange noch Zeit dafür ist. Eine weitere Belagerung kann für den Stoffeln nur in einer Katastrophe enden. Ich aber will leben und das letzte Stück Wahrheit finden, verstehst du?«

Noch immer zeigte Christian keine Reaktion. Gefangen in ihren Armen, sagte er kein Wort.

»Hilf mir! Es lässt mir keine Ruhe, warum sie mich eingesperrt haben. Der Dämon überfällt mich jede Nacht, in der ich einsam bin.«

Christian löste die Umarmung. Wie ein alter Mann erhob er sich und ging an die Stelle, wo Sophies Tunika lag, und hob sie auf. »Zieh das an! Wenn du dich mir noch mal derartig anbietest, kann ich für nichts garantieren. Du darfst hierbleiben, aber lass diesen Unsinn, wenn du nicht willst, dass es dir wie deiner Mutter ergeht. Vergiss nicht, du wurdest zur Nonne geweiht, und ich bin nur ein einfacher Mann.«

Sophie fing das Kleid auf und stieg flugs hinein. Dann kuschelte sie sich in die Decke, die so herrlich nach ihm duftete. »Meine Schönheit, die treuherzigen Augen? So hast du bei unserer ersten Begegnung gesagt. War das dein Ernst?«

Der Reiterknecht nahm einen Teppich zur Hand und machte es sich auf dem Fußboden mit einem Schaffell bequem. »Schlaf jetzt«, mahnte er. »Morgen wird ein langer Tag sein! Und Sophie –?«

»Was?«, hauchte sie, während sie bereits in den Schlummer sank.

»Ich lüge nie! Gute Nacht!«

KAPITEL 17

In Erwartung des Angriffs hatten die Städter die Brücken hochgezogen und sämtliche Tore verrammelt. Ohne einen Passierschein kam aus Villingen keiner heraus und ohne ein Losungswort auch nicht hinein. Erst gestern hatten sie den inneren Grabenring geflutet und damit ein weiteres Hindernis geschaffen. Angesichts der Kriegsunruhen in nah und fern war an normalen Handel und Verkehr nicht zu denken. Die Pässe waren vollständig gesperrt, Breisach und Freiburg durch Gustav Horn blockiert und vom Reich abgeschnitten. Die Villinger teilten das Schicksal vieler Nachbarn und konnten in das Klagelied, das die anderen sangen, mit einstimmen. In den zurückliegenden Wochen hatte man auch ihnen heftig gedroht *wie einer fetten Henne.* Und jetzt wurde es wahr gemacht: Oberst Rau setzte seine ganze Armee aus der Herrschaft Hohenberg in Marsch. Mit 10.000 Soldaten wollte er zunächst den Rottweilern und daraufhin den Villingern zu Leibe rücken.

Vorsicht war geboten.

Es wehte ein ungemütlicher Wind. Inzwischen hatte der Herbst sein Werk begonnen und entlaubte Bäume und Sträucher. In den frühen Morgenstunden wurde der Türmer auf eine kleine Gruppe aufmerksam, die auf dem gegenüberliegenden Brigachufer durch den Nebel schlich. Man konnte die Schemen durch die unbelaubten Büsche gut erkennen. Näher identifizieren konnte man sie jedoch nicht, das verhinderte die aufgehende Sonne, denn der Türmer musste geblendet die Augen zukneifen. Vor der Brücke teilte sich die Bande. Ein bärtiger, groß gewachsener Mann trat aus dem Dunst und näherte sich dem Tor, während die anderen hinter der Bickenkapelle verschwanden.

Niklas blieb am Zaun stehen und lauschte dem Dialog, den Schwab mit dem Wachmann am Bickentor führte. Der Ökonom hatte sich in den Kopf gesetzt, in die Stadt zu gehen. Ob sie ihn wirklich einließen?

Indes betraten die beiden Benediktiner, der Mönch und die Novizin, das Gebetshaus. Jakobus wollte partout nicht an einen Erfolg glauben und winkte Niklas ruppig hinter sich her. Noch konnte der Junge sich nicht losreißen, und erst als das Wortgefecht die vorhergesagte Wendung nahm und sich die beiden Streithähne am Tor wüst beschimpften, wandte sich Niklas ab und schloss sich Jakobus an. Unter dem Türsturz blieb er stehen und hustete. Die kühle Witterung und der tagelange Regen hatten seiner Gesundheit zugesetzt. Jakobea und der Mönch knieten vor dem Heiligtum der Villinger. Doch im Angesicht des Gekreuzigten senkte auch Niklas demutsvoll das Haupt.

»Das Nägelinkreuz!«, flüsterte Jakobea, die durch Niklas' Husten aufmerksam geworden war. Sie hatte das weltliche Kleid inzwischen abgelegt und wieder die Nonnentracht übergestreift. In der Stimme schwang eine kindlich-religiöse Begeisterung. Um den Mönch in der Andacht nicht zu stören, stellte sie sich neben Niklas und hakte sich bei ihm ein. Gemeinsam bewunderten sie das Kunstwerk des gekreuzigten Heilands. »Es heißt, ein Bauer habe es einst hergebracht. Er fand es wundersamerweise mitten auf der Straße und nahm es an sich. Doch er wurde sterbenskrank, hörte Stimmen – einen Boten Gottes – und dieser versprach ihm, dass er genesen würde, sobald er das Kruzifix nach Villingen brächte. Es würde die Stadt vor sämtlichen Übeln beschützen. Und so geschah es: Der Bauer wurde gesund. Seither steht das Kreuz hier in dieser Kapelle, welche die Bürger extra zu seiner Anbetung errichtet haben. Es behütet die Stadt gegen jeden Feind!«

Jakobus stöhnte wie ein Maultier, während er sich von den Knien in die Senkrechte erhob. Wie ein Krabbelkäfer, der auf dem Rücken lag und sich auf die Füße stellen wollte, sah das aus. Die andächtige Stille, in deren Unergründlichkeit sich die Macht des Kreuzes offenbarte, zerplatzte jäh. Doch die Novizin ließ sich nicht beirren und sah Niklas aufmunternd an. »Na los, berühre es. Vielleicht wird es dein Lungenleiden lindern, so wie der Bauer von seiner Krankheit befreit wurde.«

Der Junge nickte beherzt. Gemeinsam traten sie vor das Eisengitter und Niklas streckte seine Hand zwischen den Stäben hindurch.

»Fühlst du seine Kraft?«, fragte Jakobea aufgeregt.

Doch sie wurden von Jakobus' schlechter Laune unterbrochen, der auf einmal ganz verärgert wirkte:

»Es war eine saudumme Idee, nach Sulz zu reisen«, maulte der Bruder, nachdem er seinen Habit geordnet hatte. Niklas zog die Hand zurück und drehte sich verdutzt nach ihm um. »Wir hätten gleich herkommen sollen, dann wäre der Zugang zur Stadt noch frei gewesen.« Couragiert packte er Jakobeas Hand und ließ sie auch nicht mehr los. Die Novizin wusste gar nicht, wie ihr geschah, denn der Mönch zerrte sie gegen ihren Willen einfach fort. Was er wohl im Schilde führte? Niklas blickte den beiden Benediktinern hinterher. Als Jakobus sogar noch Niklas' Bündel vom Boden aufhob und damit frech davonspazierte, reichte es ihm.

Der Junge folgte ihm misstrauisch ins Freie. »He da, Jakobus, was tust du?« Doch es war längst zu spät. Noch ehe er eingreifen konnte, legte der mit Jakobea im Schlepptau einen halsbrecherischen Spurt über die Steinbrücke hin. Auch der Schwabenhans, der erfolglos vom Bickentor zurückkehrte, wurde völlig überrumpelt und ließ den Mönch passieren.

Im Nu hatten die alten Villinger Freunde für Bruder Jakobus die Zugbrücke herabgelassen und die Pforte geöffnet.

»Was für ein Halunke!«, schimpfte Niklas und schüttelte ungläubig den Kopf. »Der hat mir glatt meine Steine und die Freundin gleich mit dazu geklaut!« Er schaute traurig zum Tor hinüber, das sich nun langsam wieder schloss. »Jakobea?«, raunte er noch, aber da befand sich das Mädchen mit dem Entführer längst im Inneren der Stadt.

Mit einem Kerzenleuchter stieg Johanna die Kellertreppe hinab. Sie sollte schauen, woher die Feuchtigkeit, die die Wände hochstieg, plötzlich kam. Unweigerlich tauchte sie dabei in die Abgründe ihrer Vergangenheit …

… Die beiden Fremden, die an diesem schrecklichen Herbsttag anno 1617 in Wittichen auftauchten, waren keine Pilger gewesen – aber das hatte sie erst am nächsten Morgen auf grausame Weise herausgefunden, als Barbara und Johanna die Schlafstube im Hospital betraten. Dort fanden sie die Kinder nämlich erstickt in ihren Bettchen liegen. Nein, sie konnte sich an die Mörder nicht erinnern, schließlich achtete niemand auf alle Pilger, die im Gästehaus der Abtei übernachteten. Zum Glück hatten sie das Mädchen an diesem Abend wieder in den Keller gebracht, dorthin, wo sie auch gedachte, das zweite Kind zur Welt zu bringen.

Sie glaubte im Jetzt das imaginäre Geschrei, das sie bei Sophies Niederkunft selbst ausstieß, zu hören. Was für schreckliche Laute, die da in ihren Ohren gellten. Schaudernd blieb Johanna auf der untersten Stufe stehen. Wie finster und kalt es hier unten doch war! Sie fror. Nein, heute würde sie nicht einmal mehr ein Tier in einen solch gottverlassenen Ort sperren. Was hatte sie dem Kind nur angetan? Von Schuldgefühlen übermannt, sank Johanna auf den Treppenabsatz und weinte.

Sie hatte sich das Schlaflied, mit dem sie Sophie immer in den Schlummer gesungen hatte, selbst ausgedacht. Die weiteren Strophen dichtete Sophie später hinzu, wohl aus Ironie und weil sie tief in ihrem Herzen etwas spürte. Johanna begann zu singen:

»Horch, mein Kind, so halte dich fern,
vor dem Bösen in des Berges Kern.
Lockt Gold, Silber, anderes G'schmeid
Doch wer's nehmen mag, ist nur ein Heid«*

Pater Johannes, damals noch ein junger Laienbruder, dachte sich diese glorreiche Geschichte aus, Sophie und Niklas als die verstorbenen Grafenkinder auszugeben. Die Leichen ließ er still und heimlich in die Mine schaffen, trotz des Schmerzes über den Tod seines eigenen Sohnes. Diese Entscheidung war besonders für das Mädchen ein Segen, da es seither nie mehr in die Katakomben musste. Johanna hörte ein glucksendes Geräusch. Ihre Schuhe waren schon feucht geworden und das Leder aufgeweicht. Bald hatte der entstandene Bach ihre Füße umspült, der in Windeseile bis zu den Knöcheln anstieg. Das einbrechende Wasser hatte sich rasch bis zur Kellertreppe vorgearbeitet. Johanna zog erschrocken die Beine hoch. Doch sie musste wissen, woher das Wasser kam. Also watete sie durch den Gang bis zum Krugkeller. Dort stand sie schon bis zu den Hüften in den Fluten. Die neue Wand, wohinter die Wertsachen eingemauert worden waren, konnte sie gut erkennen.

* Vollständiges Wiegenlied siehe Anhang

Genau dort strömte durch eine Mauerritze die eklig stinkende Brühe herein und überschwemmte das Gewölbe. Johanna beschloss umzukehren, denn der Wasserspiegel stieg bedrohlich rasch an. Mit ganzer Kraft kämpfte sie gegen den Sog, der ihr den Boden unter den Füßen wegzureißen drohte. Doch sie stolperte und versank …

Es war ein bitterkalter Morgen, als sich die Prozession am Andreastag* über die Brigachbrücke bewegte. Der Atem der Gläubigen gefror schier. Ludwig Amusis betete die Litanei, und alle anderen sangen ihm nach. Er, der Hirte, führte die Gemeinde an, die das Nägelinkreuz aus der Kapelle barg. Natürlich wusste er, dass es eines besonderen Ritus bedurfte, um die verzagten Herzen wieder aufzurichten, jetzt da die Feinde schweres Geschütz in Stellung brachten. Im Münster würde das heilige Symbol den Menschen Mut spenden und sie glauben machen, dass es dort seine Kraft entfalten und die Stadt behüten würde.

Gestern hatte der Guardian das Dreikönigswasser geweiht. Ganze Zuber und Waschtröge waren nötig, um die Häuser und Gemächer zu besprenkeln. Jetzt wurde die Segen spendende Flüssigkeit auf Handwagen hinter dem feierlichen Zug hergekarrt. Kloster Sankt Klara erhielt als Erstes die Weihe. Amusis tunkte den Wedel in den Bottich, sprach den Segen und besprengte Fenster und Türen, Wände und Zäune damit. Der Konvent

* 30. November 1632

hatte sich auf dem Hof versammelt, um gemeinsam mit dem ehrwürdigen Vater zu singen und zu beten.

Selbst Johanna weilte unter ihnen.

Sie hatten den Schrecken überwunden.

Glücklich drückte Juliane ihre Hand, um dem Umstand, wie froh sie darüber war, dass sie noch unter ihnen weilte, Ausdruck zu verleihen. »Es wird das Feuer abhalten und den Bomben trotzen«, erklärte Juliane und lächelte voller Zuversicht.

Während Johanna sich allerbester Gesundheit erfreute, lag eine andere Mitschwester – Katharina Günther – auf dem Sterbebett. Im Alter von 71 Jahren neigte sich deren Leben dem Ende zu. Indirekt hatte es Johanna genau ihr zu verdanken, nicht ertrunken zu sein. Die alte Frau wollte noch einmal das Heilige Abendmahl und den Leib Christi in Gestalt von Brot und Wein zum Gedächtnis an den Herrn einnehmen. Um den Kelch zu füllen, hatte die Äbtissin die Schwestern in den Krugkeller geschickt. Vielleicht hätte Johanna den Tod eher verdient gehabt als die gottesfürchtige Nonne, die im Sterben lag, nach alledem, was sie an Unrecht getan hatte. Doch offenbar wollte das Schicksal, dass sie weiterlebte! Mit vereinten Kräften gelang es den Schwestern schließlich, sie aus den Fluten zu zerren. Bis zur Treppe hatte es Johanna alleine geschafft. Dann war sie gestürzt und versunken. So trieb an Johannas Glaubensbaum ein neuer Zweig aus. Denn nur Gott allein konnte seine helfenden Heerscharen in Person der Nonnen zu ihrer Errettung gesandt haben. Doch woher war das Wasser so plötzlich eingesickert? Schnell wurde bekannt, dass auch andere Keller entlang der Stadtmauer betroffen waren.

Die gefüllten Gräben hatten das Grundwasserniveau angehoben, und so liefen sämtliche Gewölbe voll.

Heute spürte Johanna das Wohlwollen des gesamten Konvents. Es wäre auch bestimmt weiter aufwärts mit ihr gegangen, hätte sie in der Menge nicht Jakobus erblickt, der ihr aufgeregt winkte. Doch nicht nur der bekannte Benediktiner erregte an diesem so verhängnisvollen Tag ihre Aufmerksamkeit. Wilhelm Ingold und der Einäugige folgten der Prozession. Hätte man ihre Redlichkeit allein daran gemessen, wie fromm sie dreinschauten, dann hätten sie noch heute einen Freibrief für das ewige Leben erhalten müssen. Die Begegnungen wühlten Johanna auf und es wurde ihr auf einmal klar, dass das, was das Leben mit ihr noch vorhatte, mit dem Diesseits nicht vereinbar war. Sie musste handeln.

Das Licht Gottes, das Johanna durchdrang und das so hell strahlte, wie seit ewigen Zeiten nicht mehr, klarte auch die trüben Gemüter der Villinger Bürger auf. Die Rufe, wonach der Kommandant durch seine verlustreichen Streifzüge sich auf ihre Kosten profilieren wolle und die jungen Männer geradewegs zur Schlachtbank führe, verstummten mit einem Mal. Der Sinneswandlung im Volk, der nicht zu erwarten gewesen war, war ausschließlich dem unermüdlichen Guardian zu verdanken, der alleine mit dem Wort Gottes den Zusammenhalt in der Bürgerschaft bestärkte.

Und so war es einem einzelnen beherzten Mann gelungen, eine ganze Gemeinde beherzt und stark zu machen.

Der Ort ihrer Zusammenkunft, das Krenkinger Schloss, erhob sich auf einem Bergsporn an der Südspitze der Stadt Engen. Der stolze Hohenhewen hielt darüber Wacht, obwohl dort seit Kurzem blaugelbe Fahnen flatterten. Die Schweden hatten sich der Stadt und der Burg bemächtigt. Hoher Besuch kündigte sich an: Gustav Horn gab der Stadt die Ehre. Der Schwedengeneral hatte die Fürstenberger herbestellt, um zu verhandeln, wie mit dem niedergeworfenen Land weiter zu verfahren sei. Es war schon bizarr, dass ausgerechnet die Schweden die verfehdeten Grafen an einen gemeinsamen Tisch brachten. Selbstverständlich waren sämtliche Amtleute dem Ruf ihrer Herrschaften gefolgt. Im Gefolge Helene Eleonores, Gräfin von Fürstenberg, weilten heute kein Geringerer als Wilhelm von Ingold und sein Reiterknecht. Während die Herren und Damen Verhandlungen führten, vertrieb sich das Gesinde im Erdgeschoss des Schlosses die Zeit. Auch Christian und Sophie ließen es sich dort gutgehen.

»Ich würde gerne Mäuschen spielen und in die dummen Gesichter der Kinzigtaler Vettern schauen«, ließ der Koch wissen, als er die Essensreste der Herrschaften hereinbrachte. »Was Wratislaus II. und Friedrich Rudolf wohl dazu sagen, wenn sie nach all den Jahren dem Grafen Egon gegenübersitzen, dessen Bruder Wilhelm ihren Vater einst erstach?« Vor lauter Hohn lachte er sich halb tot.

»Ich schätze, sie duellieren sich gerade und zeigen dem Schweden, wie man hier Blutsverwandtschaft pflegt«, erwiderte Christian scherzhaft und spießte mit seinem

Messer die liegengebliebene Keule eines Auerhahns auf, die er umgehend verspeiste. »Dann haben sie gleich einen Vorgeschmack, wie sie es mit ihren Feinden halten werden … haha …«

Keiner nahm Notiz von Sophie, die ganz melancholisch geworden war und seit einer Weile in Schweigen versunken. Wie ein Häuflein Elend hockte sie neben Christian auf der Bank und barg den Kopf in den aufgestützten Händen. »Ich glaube, Helene Eleonore kratzt ihrer Jugendliebe, der noch dazu der Erzeuger ihrer Kinder ist, gerade die Augen aus«, spottete Sophie nach einiger Zeit. Ihre Zunge war durch den Wein träge geworden, was man ihrer Stimme deutlich anhörte. »Das ist dann die späte Vergeltung dafür, dass er die Falsche geheiratet hat und nicht sie, die schönste und begehrenswerteste Frau zwischen Donau und Rhein.« Gerade wollte Sophie ihren Weinkelch austrinken, aber damit war die Küchenmagd gar nicht einverstanden, und sie nahm ihr den Becher kurzerhand weg. »Mädchen, was redest du da für einen Blödsinn«, schalt sie Sophie mit einem verständnislosen Kopfschütteln. »Ich denke, du hast jetzt genug gehabt!«

In der Tat: Sophie hatte gehörig über den Durst getrunken. Sie umfasste Christians Oberarm mit beiden Händen und drückte so fest wie sie konnte. »Ja, lasst mich nur verdursten. Trocknet mich aus, zerdrückt mich einfach!« Die Kraftanstrengung zog ein Schwindelgefühl nach sich. Sie schwankte und kam schließlich an seiner Schulter zur Ruhe. »Kennst du das? Du fühlst dich innerlich tot, doch man zwingt dich zu leben! Dabei wär es dir eigentlich völlig egal, wenn du mausetot wärst.«

Der Reiterknecht umfasste Sophies Taille, weil er merkte, dass sie dabei war, von der Bank zu kippen. »Ganz ruhig bleiben, kleine Sophie. Morgen wird die Welt sicher ganz anders aussehen, und die Sonne wird wieder scheinen, auch für dich!«

Er redete wie mit einem kleinen Kind und das machte Sophie noch trauriger. Sie schluchzte: »Etwas wirklich Nettes kannst du auch nie sagen, oder? Und ob die Sonne wieder aufgeht, da bin ich mir nicht so sicher.« Eigentlich hätte sie ihn dafür erwürgen wollen, doch sie fühlte sich zu schwach, suchte sie doch seine Nähe, seinen Zuspruch mehr denn je! Ihre Hände schienen plötzlich überall zu sein und berührten Stellen an seinem Körper, an die Sophie nüchtern nicht einmal im Traum dachte. Doch dann stieß sie ihn fort. »Dir wäre es doch auch gleich, wenn mich der Blitz treffen würde«, jammerte sie, um ihn prompt wieder zu umarmen. Hin- und hergerissen zwischen Ausgeliefertsein und Selbstschutz, haderte und flehte Sophie: »Liebe mich, Christian! Oder bin ich nicht mal ein Viertel so begehrenswert wie diese – hicks! – Grafentante, die sie alle haben kann?«

Christian hatte alle Hände voll zu tun, das Mädchen, das jetzt Bärenkräfte entwickelte, zu bändigen. Kaum hatte sie ausgeredet, schlang sie die Arme wieder um seinen Hals. Im Nu saß sie auf seinem Schoß, nahm seinen Kopf zwischen die Hände, schürzte die Lippen und versuchte, ihn auf den Mund zu küssen. »Schau mich an, Soldat!«, knurrte sie und packte ziemlich grob zu. »Was ist los, gefalle ich dir auf einmal nicht mehr? Magst du nicht mehr in meine treuherzigen Augen blicken?

Oder findest du meine Strohhaare genauso abscheulich wie ich selbst?«

Irgendwie gelang es Christian auszuweichen. »Sophie, so lass doch den Unsinn«, schimpfte er, »du bist betrunken! Wir reden morgen, sobald du wieder nüchtern bist.«

»Keinen Deut bin ich betrunken!« Mit den Fäusten hämmerte sie auf seinen Oberkörper ein, doch die Anstrengung raubte ihr alle Kräfte und sie sank erschöpft an seine Brust und heulte. »Halt mich fest, du starker, großer, schöner Mann. Mein Gott, ich bin ja so vernarrt in dich.« Die Tränen ergossen sich über sein Wams. »Oh weh. Auf einmal ist mir so schwindlig – hups! Christian, alles dreht sich um mich. Ich glaube, ich muss … ich muss mich …« Und da war es schon zu spät. Sophie würgte und übergab sich auf den Fußboden.

Christian streichelte beruhigend über ihren Hinterkopf und kämmte das verschwitzte Haar, das jetzt noch weniger Fülle besaß als ohnehin schon, mit den Fingern. Er wiegte sie wie ein kleines Kind im Arm. Allmählich beruhigte sich Sophie, das Schluchzen wurde leiser und sie schlief leise schnarchend an seiner Schulter ein.

Plötzlich ging die Tür auf.

Ingold trat herein.

Der Lärm, den er entfachte, holte sogar Sophie aus ihrem Alkoholdusel zurück. Wankend hielt sie sich an Christian, der ganz Ohr geworden war, fest und sah ihn verliebt an. Erneut versuchte sie, ihn zu küssen. Diesmal fehlte nur ein klitzekleines Stück, und ihre fordernden Lippen hätten sich mit seinen vereint. Doch im Angesicht seines Herrn nahm Christian sofort Haltung an. Er schob Sophie zur Seite und lauschte dem, was der Amtmann zu berichten wusste.

»Die Kontributionen, die uns der Schwede abverlangt, sind eine Frechheit. Horn will aber über die Höhe nachdenken, sobald die Fürstenberger mithelfen, Villingen zu schwächen. Auf Geheiß der Gräfin sollen alle Mühlen der Stadt in Flammen aufgehen. Alleine Helene Eleonore ist willens, die Schweden nach Kräften zu unterstützen. Schon morgen werden wir losreiten und einige Bauern für die geplante Aktion anheuern.«

Am Sankt Barbaratag brach der Winter herein. Zu Maria Empfängnis fielen erste Flocken, und der Schnee blieb liegen. Die sonnenreichen letzten Herbsttage, die die bedrückten Gemüter gestärkt hatten, gehörten der Vergangenheit an. Vor allem für die Belagerer wurde es ungemütlich, nicht zuletzt deshalb, weil Raus gesamte Armada langsam eintrudelte und den anwesenden Soldaten die ohnehin schon knappen Lebensmittelvorräte streitig machte. Sehr motiviert sahen die einberufenen Bauern der Landesauswahl angesichts des scharfen Villinger Winters und der Entbehrungen nicht aus. Die Männer, zumeist aus den milden Gefilden des Zabergäus stammend, waren das Klima auf der Baar nicht gewohnt. Niklas hatte schon seit Tagen nichts Rechtes mehr gegessen und hungerte selbst. Kürzlich hatten ihnen Äschers Leute das Großvieh weggetrieben. Nun hoffte er, in den Lagern von Peterzell oder Mönchweiler etwas Essbares aufzutreiben, und folgte dem Lauf der Brigach. Doch die befreundeten Einheiten in den dortigen Dörfern jagten ihn wie einen räudigen Hund davon.

Der Donauzufluss, an dieser Stelle noch ein schmaler Bachlauf, teilte Germanswald und Langenmoos. Hier brachte der Hunger Niklas auf die glorreiche Idee, die Wintervorräte eines Eichhörnchens auszugraben, das gerade seinen Weg kreuzte und ins Unterholz huschte. Doch Niklas war nur mäßiger Erfolg beschienen. Der Boden war hart und machte das Graben mit bloßen Händen unmöglich. Er entdeckte nur den Abfallhaufen aus Nussschalen und Tannenzapfen. Eine Handvoll Haselnüsse konnte er zusammenklauben. Aber das war besser, als gar nichts zu essen, und während er genüsslich darauf kaute, dachte er über die sonderbaren Gerüchte nach. Kaum zu glauben, dass seine Mutter einen derartigen Befehl ausgab. Bis ins protestantische Lager war das Gerücht gedrungen, wonach Helene Eleonore persönlich dafür Sorge tragen wolle, die Villinger Mühlen in Rauch aufgehen zu lassen. Dabei waren die Fürstenberger als gute Katholiken dem Kaiser treu ergeben, und nun sollten ausgerechnet sie mit den Schweden kooperieren?

Nach dem öden Marsch durch den verschneiten Winterwald, der nicht hatte enden mögen, erreichte Niklas die Lichtung beim Gerberkanal. Die stolzen Mauern Villingens und das »Lieb Frauen Münster« zeigten sich in der Ferne. Dort hörte er wie zum Trotz ein Mühlrad klappern, das über eine oben liegende Wasserrinne angetrieben wurde. Sicher würde er hier etwas Essbares finden, also schlich er sich an. Doch irgendwie hatte Niklas den Eindruck, dass hier die Kollaborateure der Gräfin gerade Hand anlegen wollten. Ein Karren, voll beladen mit Zunder und Reisig, und Fässer mit Erdpech und Pulver standen bereit. Leider kam er nicht mehr dazu, das Mühlengebäude zu betreten und etwas Getreide einzusammeln. Er fühlte die Nähe eines Menschen im Rücken und spürte schließlich den kalten Stahl eines Degens, der ihm auf die rechte Schulter tippte. Jemand wollte, dass er sich umdrehte, was Niklas auch tat. Jeden Tag rechnete der Junge damit, dass er ihn finden würde, aber dass dieser Moment ausgerechnet jetzt eintreten musste, wo er so hungrig war?

»Ich wusste, dass es Euch umtreibt, Hochwohlgeboren, wenn Ihr von den Absichten Eurer Mutter erfahrt«, zischte der Einäugige und setzte die Spitze des schwedischen Schwerts an Niklas' Brustbein. »Aber dass ich Euch so schnell aufstöbern könnte, hätte ich nicht geglaubt. Doch selbst lange Pechsträhnen haben irgendwann einmal ein Ende, und das Glück wird einem hold. Ist es nicht so?«

Niklas wusste keine Antwort und blickte dem Mann mit der Augenklappe starr ins Gesicht. Zum ersten Mal überhaupt hatte er dessen Stimme gehört und fühlte den immensen Hass, der darin schwang. Immerzu behielt Niklas die gravierte Klinge im Auge, die immer fester gegen seine Brust drückte. Um dem entgegenzuwirken, wich er nach hinten aus. Bange Sekunden verrannen, in denen Niklas mit dem sicheren Ende rechnete. Die Tatsache, dass neben dem Einäugigen nun eine zweite

Person aus der Mühle trat, entspannte die Situation. Es war Wilhelm Ingold. Fast schüchtern, als würde ihn das schlechte Gewissen plagen, kam er näher und hob Niklas' Kinn an.

»Ich weiß nicht, ob du es wirklich bist. Eigentlich war ich mir sicher, den Auftrag vor vielen Jahren bereits erfüllt zu haben. Doch so kann man sich täuschen. Du musst aber verstehen, dass es nun sein muss. Was glaubst du, Lindau? Schau ihn dir an. Hat er wirklich Ähnlichkeit mit seinem leiblichen Vater?«

»Ach, was soll's. Wir sollten uns keine Gedanken machen. Was juckt in diesen gottlosen Zeiten schon ein Leben mehr oder weniger? So bleibt für die Übrigen mehr zu fressen übrig …«

»Was … was wollt Ihr von mir?«, stammelte Niklas. »Ich habe Euch nichts getan …« Zu mehr war er nicht fähig, denn es ereilte ihn ein böser Hustenanfall.

»Es geht um Gerechtigkeit«, mühte sich Ingold, die Taten zu rechtfertigen. »Leider kannst du ja nichts dafür, das stimmt schon. Aber ich kann nicht zulassen, dass Helene Eleonore meinem Herrn selbst nach seinem Tod noch das Kuckuckskind unterschiebt. Aber wie ich Lindau kenne, wird dein Ende schnell und schmerzlos werden.«

Der Einäugige nickte. »Nur ein einziger Schlag, Erlaucht, und Euer Kopf ist vom Rumpf getrennt. Ihr werdet kaum etwas spüren!«

»Hier … hier liegt eine Verwechslung vor«, klagte Niklas und fühlte Todesangst. »Ich … ich bin doch kein Graf, sondern nur ein armes Findelkind! Verschont mich doch bitte!« Er fing hicksend an zu weinen und sank auf die Knie. Plötzlich wurde er von lauten Rufen unterbrochen.

Ein Reiter preschte heran und schwang sich sogleich aus dem Sattel. »Ingold, lasst den Jungen gehen«, schrie der Mann. »Er ist nicht der, den Ihr glaubt, vor Euch zu haben!« Hinter dem Reitersmann stieg noch eine weitere Niklas' bekannte Person vom Pferd und rannte kreischend vor Sorge ihrem einstigen Gefährten entgegen. Seit Monaten hatte er Sophie nicht gesehen, und nun stand sie mit angstvoll geweiteten Augen plötzlich vor ihm.

»Nicht der, von dem wir annehmen?«, fragte Ingold und kniff verwirrt die Augen zusammen. »Christian, welchen Beweis willst du mir für diese Theorie erbringen?«

Forsch trat der Reiterknecht vor und schob den Einäugigen rüde zur Seite. Dieser wollte sich wehren, doch wurde er von Ingolds Blick zur Räson gebracht. Christian wusste, dass es nur diese einzige Möglichkeit gab, um Niklas zu retten. In den letzten Tagen war es ihm immer klarer geworden, wer dieser Junge wirklich war. Der Aufenthalt auf Hohenstoffeln hatte die letzten Zweifel beseitigt. »Junge, zieh dein Hemd aus!«, rief Christian Niklas zu, doch dieser blickte konsterniert zu ihm hoch.

»Bist du denn verrückt geworden«, schrie Sophie und funkelte Christian erbost an. Dieselben Zweifel wie damals nach ihrer zweiten Begegnung, wo sie von Christian so ruppig angefasst worden war, meldeten sich plötzlich. »Siehst du denn nicht, wie furchtbar er zittert und hustet? Willst du ihn umbringen?«

Das rang dem Einäugigen ein müdes Lächeln ab. Denn er machte Anstalten, sein Werk zu vollenden, und holte mit dem Schwert aus. Jetzt durfte Christian keine Zeit mehr verlieren. Der Druck, der auf ihm lastete, war unermesslich und der Geduldsfaden hart strapaziert. Er durfte keine Rücksicht nehmen, also fasste er sich ein Herz und zerriss Niklas kurzerhand das Hemd. Alles blickte auf den schlotternden Jungen am Boden. Auch Sophie konnte kaum glauben, was sich da offenbarte. Niklas Rücken schmückte dasselbe Muttermal wie ihren. Damit war der Beweis erbracht, und in Christians Innerstem breitete sich tiefe Erleichterung aus. »Seht, er trägt den Löwen derer von Stoffeln.« Er packte Sophies Arm und bat sie, den Mantel auszuziehen, damit auch Ingold endlich begreifen würde, dass dieser Junge eben nicht das gesuchte Grafenkind war, sondern jemand ganz anderer.

Es kostete sie einige Überwindung, doch um Niklas zu retten, würde sie das Opfer bringen und sich vor den Männern notfalls entblößen. Sie hatte keine andere Wahl. Doch dem Einäugigen ging das alles viel zu langsam. Nachdem Sophie sich endlich überwunden und den Umhang abgelegt hatte, riss er ihr die Tunika auf. Beschämt, wie eine billige Dirne behandelt zu werden, sank sie neben Niklas auf die Knie und versuchte, ihre Blöße zu bedecken.

»Die beiden sind Geschwister, und das Muttermal ist der Beweis«, erklärte Christian. »Dieser Junge hat rein gar nichts mit der Gräfin zu tun. Die Kinder, die ihr sucht, sind längst tot!«

Niklas und Sophie sahen einander verblüfft an. »Dann bist du mein Bruder?« Ihre zitternde Hand tastete nach der Seinen. Doch da Niklas nicht reagierte, umarmte sie ihn einfach und küsste seine verschrammte Wange. Sie weinte vor Glück.

»Gratulation, Ingold, die Morde an den Kindern vor 15 Jahren sind Euch allesamt geglückt. Ich habe schon lange Zweifel gehegt, dass der Junge wirklich Helene Eleonores Sohn ist, nachdem die Gerüchte immer lauter wurden, dass er den Anschlag angeblich überlebt haben soll. Es gab halt im Kloster noch eine andere Frau neben der Gräfin, die das Gelübde der Keuschheit nicht ganz so eng sah: Johanna von Hornstein, die Tochter der Herrin von Stoffeln. Sie ist die Mutter der beiden.«

Ingold wirkte erleichtert. Für ihn war die Sache damit erledigt, und er ließ von Niklas ab. Christian legte den Geschwistern ihre Mäntel über und half Sophie vom Boden auf. »Verzeih mir, meine Liebe, aber es musste sein.« Sie nickte und blickte voller Sorge auf Niklas, der immer noch Schleim aushustete.

Im Gegensatz zu dem Amtmann, der von dannen schlich, hatte der Einäugige nicht genug. Der Umstand, dass er von Niklas all die Monate getäuscht wurde, nagte an seinem Ehrgefühl. Inzwischen war aus dem Auftragsmord durch Maximilian von Schwendi eine persönliche Angelegenheit erwachsen. Er gab seinen Helfershelfern einen Wink, die daraufhin den Wagen mit allen Fässern in die Scheuer der Mühle rollten und eine Pulverspur streuten. »Dann wird er sich eben der Brandstiftung verantworten müssen«, sagte er hasserfüllt und setzte wieder die Klinge auf Niklas an.

Persönlich entzündete er das Pulver mit der Fackel, die man ihm reichte. Christian konnte rechtzeitig Sophies Hand ergreifen und mit ihr, was das Zeug hielt, davonrennen. Während eine Explosion die andere jagte und die Mühle in Flammen aufging, schleppte der Einäugige Niklas fort.

Hilflos mussten sie das mit ansehen.

Etwas später, nachdem alles vorbei war, lief ihnen Wilhelm Ingold über den Weg. Christian spuckte seinem Herrn verächtlich vor die Füße. »Wie viel hat Euch Maximilian von Schwendi gezahlt?«

Ingold breitete unwissend die Hände aus. »Ich kenne diesen Kerl nicht«, erklärte er kleinlaut. »Ich bin ihm nur zufällig begegnet, damals nach dem Überfall. Der Bastard ist tot, so wie es Graf Jakob Ludwig einst wollte. Dem wollte ich nachgehen. Damit ist unsere Mission erfüllt!« Er deutete mit ausgestrecktem Zeigefinger auf Christian und legte damit klar, dass er ihm gefälligst zu gehorchen habe. »Ich erwarte dich!« Mit diesen Worten stapfte er davon.

Doch Christian dachte nicht im Traum daran und hob Sophie, die vor Erschöpfung kaum mehr gehen konnte, hoch und setzte sie auf den Sattel seines Pferdes. »Wir werden deinen Bruder retten, versprochen!«

Sie nickte und hielt sich verloren an dem samtigen Hals des Tieres fest. Doch ein fragender Blick blieb. »Woher wusstet du, dass wir Geschwister sind?«

»Ich wusste es nicht. Ich habe es gehofft!« Er setzte seinen Stiefel auf den Steigbügel und schwang sich hinter ihr in den Sattel. Das Pferd ging im Schritt. »Von Anfang an quälten mich Zweifel, und ich hinterfragte das Gerücht, dass der Grafensohn angeblich noch lebte. Das Kind der Schwendi wurde im Oktober 1617 kurz vor Niklas' Geburt ermordet. Ein Monat fehlt in der Chronik der Ereignisse, und diese offensichtliche Tatsache hat mich misstrauisch werden lassen. Sophie, es tut mir unendlich leid. Lange habe ich ein doppeltes Spiel getrieben. Ich wollte von Anfang an den Jungen ausfindig machen, bevor Ingold ihn findet. Aber er war leider schneller. Ich wollte den Jungen die ganze Zeit retten, das schwöre ich vor Gott!« Zum Zeichen, dass er es ernst meinte, umarmte er Sophie, küsste ihre blasse Wange, und das Mädchen fühlte sich in diesem Augenblick das erste Mal im Leben wirklich aufgehoben – und vielleicht sogar ein bisschen geliebt.

KAPITEL 18

Das Grollen hallte in Johannas Ohren noch immer nach. Es war schrecklich, mit ansehen zu müssen, wie die Bickenkapelle vor den Toren nach der Explosion in Flammen aufging. Nur noch ein Schutthaufen war von dem geliebten Gebetshaus übrig geblieben. Nach einem kurzen heftigen Knall war alles vorbei. Schon alleine das hatte den Konvent in furchtbare Aufregung versetzt. Doch das, was sie heute erlebten, sollte eine ganz andere Dimension haben …

So war es also soweit! Die Wochen des langen Wartens und Bangens vorüber. Rau ließ die Artillerie sprechen!

Das ohrenbetäubende Inferno aus Bomben und Granaten, das auf sie herab regnete und Gott sei Dank noch am schützenden Wall abprallte, wollte nicht aufhören. Doch auch die eigenen Batterien erwiderten das Feuer. Manchmal wusste man nicht so genau, ob gerade die Villinger Geschütze rumorten oder Raus Kanonen vom Bickenberg Antwort gaben. Wie es hieß, trafen die eigenen Mörser, die auf der Hafnergasse aufgestellt waren, die württembergischen Stellungen so zielsicher, dass sich der Feind sogar in seinem Hauptquartier hinter dem Bickenberg, in acht nehmen musste.

Bald war die ganze Stadt in Pulvernebel gehüllt. Staubwolken der zerberstenden Mauern und die Rauchschwaden der aufflackernden Brände erschwerten die Sicht. Und so vernahm man nur das Schießen und die Schreie auf dem Feld vor den Toren. Ganz in der Nähe loderten Flammen, und keiner zweifelte daran, dass dies die Spitalmühle war, die bis auf die Fundamente niederbrannte. Es war ein solches Feuerwerk, dass die Klosterinnenräume rot schienen. Ans Zubettgehen war nicht zu denken. Alle Schwestern versammelten sich im Kapitelsaal, die einen ruhten, die anderen sprachen Gebete. Die Pforten blieben während der ganzen Nacht geöffnet, damit die Feuerwehren schnell zum Löschen herbeieilen konnten, sollte das Kloster getroffen werden.

So verrannen die Stunden.

Inzwischen war es stockfinster geworden. Johanna hatte sich neben Juliane auf den Boden gelegt und versuchte, etwas zur Ruhe zu kommen. Doch das gelang bei dem Kampfeslärm kaum. Sie vernahmen ein solches Geschrei, dass sie vom Schlimmsten ausgehen mussten. Und wie das aussehen konnte, das hatten sie gestern mit eigenen Augen mit ansehen müssen. Da war die Sicht noch gut gewesen ohne all den entsetzlichen Lärm und Nebel. Vom Rondell aus hatten sie mit den hiesigen Soldaten mitgefiebert. Die schöne Bickenkapelle war noch gestanden. Aber Äscher war sie ein Dorn im Auge gewesen, weil die Angreifer dort immer in Deckung gingen. Nach kurzem und erbittertem Kampf war es dem Kommandanten gelungen, die Kapelle wieder zu erobern. Daraufhin attackierte er die Schanzen und Laufgräben auf freiem Feld. Doch die Sturmtrupps gerieten in wilde Flucht, als die fremden Mannschaften aus den Gräben stürmten und in den Nahkampf gingen. Unzählige Villinger Soldaten wurden niedergemetzelt. Erst als ihre Kameraden aus Angst vor der drohenden Niederlage zu Hilfe eilten und sich wütend auf den Gegner warfen, wendete sich das Blatt. Besonders der Tod des tapferen Schweden vor dem Bickentor hatte zahlreiche Schaulustige anlockt. In blinder Wut war der Reiter vorangeprescht und hatte unter den Augen der Zuseher im Alleingang 15 Kämpfer ins Jenseits befördert. Johanna konnte den Schwerthieb, der den furiosen Schweden letztlich am Kopf traf, nicht vergessen. Das Blut war bis an den äußeren Wall gespritzt. Doch das hatte den Kavalleristen nicht zu Fall gebracht. Erst die fürchterlichen Wunden, die ihm andere beibrachten, ließen ihn aus dem Sattel kippen. Da lag er nun in seinem Blut, betelnd um sein Leben. Mit aller Gewalt stemmte er sich gegen das Ende, umfasste die Lanze, die seine Eingeweide durchbohrte, und drückte dagegen.

Schließlich gab er seinen Geist auf.

Die Begehung des Schlachtfelds, die Bergung der Leichen und der entstellten Verwundeten rief bei allen großes Entsetzen hervor. Wenigstens hatte man die Schanzen gewonnen und den Feind zurückgetrieben. Die heilige Kapelle durfte den Angreifern nie wieder Schutz bieten, und die Villinger brannten sie inklusive aller Mobiliare und Votivbilder ab. Was wohl aus dem Schwur werden würde, das Gotteshaus nach überstandener Belagerung noch prächtiger aufzubauen und zu gestalten?

Johanna bezweifelte immer mehr, dieser Hölle alleine durch Gebete, Nichtstun und Gottvertrauen entrinnen zu können. Diesmal half der Herr im Himmel nicht. Vielleicht hielt er es jetzt mit den Protestanten? Sie hatte sich inzwischen aufgesetzt und stimmte voller Inbrunst in die Mitternachtsmette ein, welche Äbtissin Ursula anstimmte. Selbst das änderte nichts an dem Beschuss, der unvermindert weiter ging und sogar noch verstärkt wurde. Um zwei Uhr morgens war bereits ein großes Loch in die Stadtmauer geschossen und die Feinde bedrohlich nahe an das Kloster herangerückt.

Gegen fünf Uhr erbebten die Grundfesten Sankt Klaras. Mehrere Geschosse schlugen pfeifend und dröhnend kurz hintereinander ein. Die Frauen schreckten auf und liefen wie Hühner durcheinander. Es war aber ein solcher Rauch und Staub aufgewirbelt, dass sie glaubten, die Kirche würde brennen. Davon hatte Johanna genug. Sie wollte nicht länger warten, bis sie unter dem Schutt des Klosters lebendig begraben würde. Sie beschloss, das Angebot von Jakobus anzunehmen, und rannte los. Doch bevor sie ging, wollte sie noch ihre Habseligkeiten zusammenraffen und hastete durch den Kreuzgang. Kaum hatte sie die Tür in den Schwesterntrakt aufgesperrt, zerpflügte ein Schuss die dortige Mauer. Steine und Holzsplitter flogen umher. Johanna ging in Deckung und hielt schützend die Hände über den Kopf. Dem Himmel sei Dank, blieb sie, bis auf wenige Kratzer in dem leichenblassen Gesicht, unversehrt. Wäre sie früher losgegangen, hätte sie das Geschoss, das neben ihrer Zelle einschlug, mit absoluter Sicherheit zerfetzt.

Das war zu viel. Nichts hielt sie mehr an diesem Ort. Johanna erhob sich aus dem Schutt, klopfte den Staub ab und hustete die Lungen aus. Dann eilte sie quer über den Hof durch die Pforte auf die Straße. Obwohl bereits die Sonne aufging, war außer dem Nebel und den Soldaten, die immer noch ihren gefährlichen Dienst für das Vaterland verrichteten, nichts zu sehen. Keiner nahm Kenntnis von der einsamen Nonne, die das Inferno, das sich über die ganze Stadt auszuweiten drohte, hinter sich ließ. Johanna entsagte endgültig diesem Leben und floh in die eigene Vergangenheit zurück. Ihre müden Beine trugen sie trotz des Bombenhagels unaufhaltsam der rettenden Benediktinerprälatur entgegen. Dort, wo kein einziges Geschoss explodierte, hoffte sie auf die Wendung ihres Schicksals.

Der starke Schneefall der letzten Tage war in Regen übergegangen. Die Temperaturen stiegen an, und die Schneeschmelze verwandelte das Gelände in eine Sumpflandschaft. Heute Morgen hatten die Württemberger den Beschuss plötzlich eingestellt. Was sie wohl vorhatten? Drohte ein neuer Generalsturm? Jedenfalls verschaffte es den Villingern eine willkommene Verschnaufpause, die angesichts der allgemeinen Erschöpfung unbedingt nötig war. Jetzt konnten die Dinge des öffentlichen Lebens geordnet werden, die bislang aufgeschoben werden mussten. Dazu gehörte auch die Verurteilung eines 15-jährigen Brandstifters, den man beschuldigte, die Mühle am Gerberkanal angezündet zu haben.

Das eilig einberufene Standgericht im Rathaus sollte darüber urteilen.

Niklas wirkte abgemagert, hilflos und schwach. Mit hängendem Kopf, die Hände und Füße in Ketten gelegt, stand er als reuiger Sünder vor den hohen Herren. Bis zuletzt hatte er seine Unschuld beteuert. Doch sie hatten ihn gebrochen. Es war kein Wunder, dass er einknickte, wenn man mit Daumenschrauben und anderem Foltergerät drohte. Die Strafe würde schon nicht so hart werden, glaubte er, vielleicht einige Tage Gefängnis, und die würde er leicht absitzen.

Der Zwölferrat war sich schnell einig. In diesen schweren Zeiten durfte man keine Gnade walten lassen. Schultheiß Thomas Schuch sprach das Urteil. Niklas wiederholte entgeistert das Gehörte und wurde sodann kreidebleich. »Tod durch Verbrennen?« Mit flehenden Blicken ersuchte er um Gnade bei den Räten, die selbst alle Väter von minderjährigen Kindern waren. Doch sie blieben eisern.

Die Antwort Schuchs war knapp: »Abführen, den Bengel! Das Urteil wird Donnerstag, um elf Uhr, vor dem Franziskanertor* vollstreckt!« Dann brach er den Stab.

Wie ein Kleinkind bettelte Niklas nach seiner Mutter. »Mutter, hole mich, rette mich!«

Ob sie ihm jetzt noch helfen konnte? Das hatte Johanna in Niklas' ersten Lebensjahren kaum geschafft. Wie sollte sie das in einer aussichtslosen Lage wie dieser noch schaffen?

---

* Das Riettor. Von Abt Georg auch Franziskanertor genannt.

Nein, der Gerichtsdiener empfand kein Mitleid. Rüde schleifte er den Verurteilten, der in Ohnmacht und Ausgeliefertsein das Bewusstsein verlor, mit einem zweiten Büttel aus dem Gerichtssaal.

Heute hatte Christian bessere Neuigkeiten im Gepäck als gestern, als er Sophie die schreckliche Nachricht überbrachte. So betrat er guten Mutes die Herberge »Zum Bären«, wo Sophie ungeduldig auf ihn wartete. Sofort sprang sie vom Stuhl und rannte ihm entgegen. »Und hast du etwas in Erfahrung bringen können?«, fragte sie aufgeregt.

Christian schüttelte in aller Ruhe seinen Federhut aus und legte den triefend nassen Umhang am Kachelofen ab. »Man hat ihn bei den Franziskanern aus und ein gehen sehen. Ich werde ihn dort abpassen …«

»Ich werde mitkommen«, rief Sophie dazwischen. »Du wirst Hilfe brauchen!«

»Na ich weiß nicht«, entgegnete Christian grübelnd. »Für eine Frau ist das zu gefährlich! Allein durch freundliche Worte wird er sich nämlich nicht überzeugen lassen.«

Ein bisschen schmeichelte es Sophie, wenn er sie nicht als Mädchen, sondern als Frau bezeichnete. Hier, in der Villinger Herberge, nur eine Querstraße vom Kloster Sankt Klara entfernt, musste sie sich für seine kleine Schwester ausgeben, um überhaupt mit ihm eine gemeinsame Kammer bewohnen zu dürfen. Das fiel ihr reichlich schwer, denn obwohl sie sich über die Entgleisung, die in Engen vorgefallen war, heimlich schämte, sehnte sie doch intensivere Zärtlichkeiten und Berührungen herbei.

Wie mutig er doch ist, dachte Sophie. Für ihren Niklas setzte er sein Leben aufs Spiel. Er kannte sogar die Losung, mit der er die Wache am Oberen Tor überzeugen konnte, ihnen Einlass in die Stadt zu gewähren. Bevor er sich aufmachte, prüfte Christian noch einmal den Sitz seines Degens, ging zum Tisch, stürzte den Becher in einem Zug hinunter, lud seine Pistole, verpfropfte den Lauf und schob sie Sophie über den Tisch. »Hier, die wirst du noch gebrauchen können! Vergiss nicht, er hat auch dich gesehen, und wenn er dich findet, wird er nicht zögern, dich zu töten.« Er wirkte ernst, tief in sich gekehrt. Er wusste, wie schwer die Aufgabe werden würde.

In Sophies zierlichen Händen wirkte die Waffe wie ein Fremdkörper. Doch dann ließ sie das Schießeisen ohne weitere Umstände unter der Schürze verschwinden. Der Moment des Abschieds nahte. Das konnte sie in Christians Mimik erkennen, der sie innig ansah. Er zog sie an seine Brust, umarmte sie – na ja, mehr wie ein Bruder. Aber was hätte er anderes tun können? Der Wirt nahm sie schon seit einer Weile skeptisch in Augenschein, und auf neuen Ärger konnte sie wahrlich verzichten.

»Pass derweil gut auf dich auf, Mädchen. Verlass die Herberge nicht. Hier bist du am sichersten. Ich werde am Abend wieder hier sein, so Gott will!« Dann schob er sie von sich und trat in den Regen hinaus, der nun merklich nachließ.

Die Nacht wollte nicht enden. Christian war nicht zurückgekehrt. Lange hatte Sophie mit sich gerungen und kurz vor Morgengrauen stand ihr Entschluss fest. Sie würde jetzt selbst nach dem Einäugigen suchen. Bald darauf irrte sie schon durch die finsteren Gassen. Dort, hinter dem Riettor, hatten sie schon den Scheiterhaufen für Niklas aufgeschichtet. Ob das nasse Holz morgen überhaupt brennen würde? Jedenfalls hatte der Regen zur Stunde aufgehört und war in Nieseln übergegangen. Sophie hoffte, dass sie gar nicht vor die Wahl gestellt werden würden, ob Wind und Wetter, Regen oder Sonnenschein dem Feuerholz schaden würde oder nicht. Irgendwie beschlich sie eine unerklärliche Hoffnung, Niklas retten zu können. Woher diese Zuversicht kam, wusste sie nicht. Sie hatte keinen Plan, und genauso ziellos streifte sie umher. Es war, als ob Gott selbst sie führen würde, der in seiner Herrlichkeit ja nicht zulassen konnte, dass ein unschuldiges Kind, das noch dazu ihr Bruder war, den grausamen Tod auf dem Scheiterhaufen starb. Plötzlich hörte sie ein Klingeln und Klappern, was so klang wie Fechthiebe – dazu Stöhnen und Ächzen. Sie folgte den Geräuschen und fand sich plötzlich in einem finsteren Innenhof wieder. Dort schlugen zwei dunkle Gestalten aufeinander ein. Der eine geriet dabei ziemlich in die Defensive, verlor seinen Degen, sank darnieder und blieb liegen, die Beine weit von sich gestreckt. Der Mann mit dem langen Mantel holte mit dem Schwert aus. Sie erkannte Christian auf dem Pflaster liegen und den Gnadenstoß erwarten. Offensichtlich bemerkte er Sophie, die zitternd die Pistole unter der Schürze hervorzog.

Christian schluckte und behielt Sophie im Auge. »Na los, Lindau, worauf wartest du?« Erschöpft bettete er den Kopf gegen die Mauer wie in ein bequemes Kissen und biss die Zähne zusammen. Die Schmerzen der Wunden schienen ihn schwer zu peinigen.

»Eigentlich sollte ich dich in diesem Loch einfach verrecken lassen und mich morgen an dem Feuer wärmen, das den Jungen braten wird. Aber ich habe mit einem ernst zu nehmenden Gegner gerechnet und nicht mit einem Schwächling. Hier, nimm deine Waffe wieder auf und versuche wenigstens, wie ein Mann zu sterben!« Der Einäugige senkte sein Schwert und kickte mit dem Stiefel die herumliegende Klinge heran, damit sie Christian greifen konnte.

Sophie ertrug es nicht, wie dieser Kerl von ihrem Bruder sprach. »Halt gefälligst dein Maul, oder ich bringe dich zum Schweigen!«, schäumte sie und spuckte Gift und Galle.

Lindau wandte sich lässig um und lächelte breit übers ganze Gesicht. »Wen haben wir denn da? Die gute Sophie, Tochter des Hans Schwab?« Er redete mit ihr, als hätte er es mit einem kleinen Mädchen zu tun. »Komm, leg das Ding weg. Du wirst dir womöglich noch wehtun.« Rasch ging er ihr entgegen und schleifte dabei die Klinge seines Schwedenschwerts lässig über den Boden.

Sophie richtete den Lauf auf ihn. »Stehen bleiben, oder ich drücke ab!« Sie biss die Lippen zusammen, spannte den Hahn und nahm ihn ins Visier. Da er nicht stehen blieb, feuerte Sophie einfach! Sie hatte keine andere Wahl gehabt, denn er war ihr bedrohlich nahe gekommen. Der Zündfunke erhellte die Nacht. Der Schuss traf Lindau in die Schulter. Sein Oberkörper wurde herumgerissen, und er taumelte einige Schritte rückwärts. Damit hatte Sophie sprichwörtlich ihr Pulver verschossen. Sie hatte Lindau zwar verletzen, aber nicht ausschalten können. Der Schmerz, der durch seine Schulter tobte, steigerte seine Wut noch. Wild schwang er das Schwert durch die Luft, und Sophie spürte den Luftzug. Doch sie wollte ihrem Mörder aufrecht entgegentreten. Er sollte bloß nicht denken, dass er sie gebrochen hätte. Stolz, die Arme weit von sich gestreckt, trat sie ihm entgegen und schloss die Augen. Das konnte Christian nicht zulassen. Er bündelte seine letzten Kräfte, raffte sich hoch, wankte auf Lindau zu und schlug mit aller Wucht dem Einäugigen die Führhand ab. Das Schwert, das der Mann gegen Sophie erhoben hatte, fiel klirrend zu Boden. Sophie blinzelte verwirrt und sah, wie Lindau brüllend vor Schmerzen vor ihren Füßen auf die Knie sank.

Niklas konnte nicht mehr weinen. Die ganze Nacht hatte er durchgeheult. So war es nicht verwunderlich, dass er an diesem Morgen, da er vom Henkersknecht aus dem Keffit* geholt wurde, recht gefasst wirkte. Dennoch ängstigte ihn das Gejohle der Zuschauer auf dem Richtplatz. Noch einmal rauschten die letzten Stunden seines Leben vor seinem geistigen Auge vorbei, er dachte

* Arrestzelle. Hier jene, die im 1. Obergeschoss des Riettors gelegen war.

an die Henkersmahlzeit zurück. Pater Rudolf hatte ihm die Beichte abgenommen. Seltsam, früher hatte er sich immer dagegen gesträubt. Doch heute verschaffte ihm das Sakrament den nötigen Frieden. Wie die Zeiten sich doch änderten! Auch die Absolution wurde ihm erteilt, was ganz besonders wichtig war, da ihm diese erst den Einlass durch das Himmelstor ermöglichte. Der Benediktiner bedauerte, dass er nicht mehr für ihn hatte tun können. Das Glück, dass Niklas seine wirkliche Mutter gefunden hatte, war zugleich sein Untergang gewesen. Aber wie man die Sache auch betrachtete, als Grafensohn wäre er schon bei der Mühle einen Kopf kürzer gemacht worden. Niklas versuchte, alle Sinne zu unterdrücken, um auch die Schmerzempfindlichkeit zu reduzieren. Denn Angst hatte er schon, besonders vor den entsetzlichen Qualen. Wie in Trance schritt er durch die Menge der Gaffer. Man machte ihm eine Gasse frei, keifte und grölte. Manch böser Mensch warf ihm einen missbilligenden Blick zu oder schnitt höhnische Grimassen. Andere beschimpften ihn und wünschten ihm das Höllenfeuer noch dazu. Als was er noch alles verunglimpft wurde, konnte Niklas nicht mehr verstehen. Mehr und mehr versuchte er, sich auf das Kommende einzustellen, das ihn in ein besseres, ewiges Leben führte. So betrachtet hatte der Scheiterhaufen etwas Heiliges. Es war der Ort, wo er sogleich seinen letzten Atemzug tun würde. Voller Ehrfurcht trat er darauf zu und ließ sich ohne Gegenwehr auf das Bett aus Reisig binden. Ludwig Amusis sprach ein letztes Gebet, und da Niklas stumm blieb, ermahnte er ihn, die Worte nachzusprechen.

Das Holz wollte einfach nicht brennen. Niklas sah schweigend dabei zu, wie der Scharfrichter nervös versuchte, das Feuer zu entfachen. Doch die Scheite waren einfach zu nass. Als die unteren Bündel an seinen Füßen endlich zündeten, fragte der Henkersknecht schadenfroh: »Na, ist dein eigenes Brandgeschäft auch so glücklich vonstattengegangen?«

Niklas, der ganz tapfer wirkte, konnte sich eine zynische Bemerkung nicht verkneifen: »Nein, mein Zunder ist mit Harz, Pulver und Erdpech viel besser zugerichtet gewesen.« Aber es kam nicht aus seinem Innersten. Die Lebensgeister, die ihm das Hören und Sprechen noch ermöglichten, hatten sich diesen Unsinn ausgedacht. Seine Seele machte sich längst in höhere Sphäre auf, dorthin, wo sie sich mit dem Göttlichen zu vereinen suchte. So betete er, wie es ihm Mutter gelehrt hatte: »Vater unser im Himmel ...«

Doch sein Geist schwankte noch zwischen den Welten. So wirkte er auf einmal hilflos, als er die Wärme an seinen Beinen spürte, die langsam höher kroch. Da blickte er plötzlich suchend umher, nach tröstenden Worten oder Gesten Ausschau haltend. Und er fand ein solches, das sein Antlitz erleuchtete: Schön, dass Sophie gekommen war! Sie wirkte aufgeregt und sah sich hektisch um. Aber sie musste sich doch nicht fürchten! Da drüben fing Niklas Jakobeas Blick ein, deren Herzlichkeit ihm Mut machte und die Seele bestärkte, die jetzt wieder ganz und gar bereit war, zu gehen. Das liebliche Gesicht mit den rosigen Lippen war das schönste, das er in seinem Leben je gesehen hatte. Dann sah er sie! Mutter! Sie weinte bittere Tränen und wurde vom Schwabenhans ständig ermahnt, ihrem Sohn Trost spendend beizustehen. Schließlich öffnete der Herr im Himmel seine Pforten – ein Platzregen!

Was musste sie sich da noch grämen?

Ihrer beider Blicke verschmolzen. Es war, als würden sich die Kräfte des Universums formieren. Er spürte keine Schmerzen, nein, da war ein eiskalter, nasser Schwall, der sich über seinen Körper ergoss. Sophie spurtete los, hängte sich bei dem Reiterknecht ein und zog ihn heran. Auch das Gericht ließ sich blicken. Der Stadtschultheiß fuchtelte aufgeregt mit den Händen, als wollte er Niklas' Reise ins Jenseits, die so schön begonnen hatte, beenden. Auch den Einäugigen konnte er sehen. Sie schleiften ihn wie eine Puppe über den Richtplatz. Er blutete, aber lebte noch. Niklas erkannte plötzlich alte Freunde. Mit nassen Laken schlugen sie auf die Flammen ein, bis sie endlich erstickten. Schließlich lösten Jakobus und Rudolf die Fesseln. Nun war er frei, konnte sich bewegen. Ob er schon tot war? Denn nichts war schöner, als in die väterlichen Augen zu blicken. Sie vermittelten die Liebe, die ihn all die Jahre getrieben und bis hierhergeführt hatten. So gesehen hatte sich der Weg gelohnt. Eine geheimnisvolle Macht verband sie. Der Mann half Niklas vorsichtig von seinem Reisigbett hoch. Das Doppelbild an seinem Hals kehrte sich gemächlich um. Noch nie hatte Niklas die Rückseite betrachten können. Wie hypnotisiert verfolgte er die Kreiselbewegung und erkannte die Frau in weltlichen Kleidern, dieselbe übrigens, die nun wahrhaftig neben seinem Vater vor ihm stand und beruhigend seine Hand streichelte. Sie weinte immer noch, doch diesmal vor Glück und Erleichterung.

»Mein Niklas, ich dachte, ich hätte dich verloren.« Die Worte seiner Mutter waren die letzten, die Niklas bewusst vernahm. Er hustete noch einmal, dann schlief er im Arm seines Vaters erschöpft ein.

Christian trat neben Sophie. Sie war leichenblass, doch die Erlösung war unbeschreiblich groß. In allerletzter Sekunde war es Christian gelungen, Niklas' Leben zu retten. Durch das Geständnis des Einäugigen, der so dem qualvollen Feuertod entging, hatte er Fürbitte einlegen und das Gericht von Niklas' Unschuld überzeugen können. So ereilte den Kindermörder das gerechte Urteil. Der Spuk war endgültig vorbei, als das Richtschwert das Werk vollbrachte. Niklas war in guten Händen, und die schauerliche Verbrennung des Leichnams wollte Sophie nicht mit ansehen, denn der Henkersknecht warf Lindaus sterbliche Überreste achtlos ins wieder entfachte Feuer.

Christians Verwundungen würden heilen. Weniger schnell dagegen Sophies Kränkungen. Sie benötigte Zeit. Die Dämonen waren noch längst nicht alle verscheucht. Johannas flehende Versuche aus der Ferne, mit ihrer Tochter Kontakt aufzunehmen, ließ sie ausnahmslos abprallen. Für eine Versöhnung war das Mädchen nicht bereit.

»Was nun?«, fragte Sophie.

»Ich dachte, du hättest Lust, mit mir zu gehen?«, fragte Christian unsicher.

Sie lächelte vorsichtig und deutete abwechselnd von sich auf ihn. »Du meinst, du mit mir?«

»Was denn sonst? Wir beide passen perfekt zusammen, es wäre ein Jammer, wenn wir uns trennen würden.«

»Christian, wenn das jetzt ein Antrag wird, dann muss ich sagen, dass du schon mal etwas galanter warst. Und vergiss nicht: Ich bin eine Frau, nicht deine Schwester. Du müsstest mich schon ein wenig begehrenswert finden.«

»Du meinst, deine Schönheit bewundern, sie streicheln und liebkosen? In den Tiefen deiner treuherzigen Augen versinken und …?«

Sie unterbrach ihn: »Ja, das wäre der Himmel auf Erden. Aber es gibt da noch mehr, das wartet, von dir geliebt zu werden!«

»Ich weiß«, entgegnete er mit rauer Stimme und fügte ein wenig beleidigt hinzu: »Schließlich bin ich nicht blind!«

Sie gingen ein Stück weiter, da der bestialische Gestank von verbranntem Fleisch und zudem die geifernde Menge nicht zu ertragen waren. Sophie spielte mit den Fingern und beobachtete ihn aufmerksam, während er weiterredete. »Sophie, was ist denn? Willst du nicht Ja sagen. Du musst dich in Zukunft nicht mehr betrinken, um mich zu küssen. Du könntest es einfach tun, wenn dir danach ist?«

»Einfach tun?« Das war ein Wort! Doch sie ließ ihn zappeln und blickte noch einmal zu ihren Eltern zurück, die Niklas durch das Riettor trugen, wo sie ihn wohl zu Doktor Häußler ins Heilig-Geist-Spital bringen würden. »Ich glaube, Niklas braucht Vater und Mutter mehr als ich. Ich muss erst verzeihen lernen. Und was das andere anbelangt …«

»Was?«, drängte Christian darauf, die Antwort zu erfahren.

Als Reaktion schmiegte sich Sophie einfach an ihn. Am liebsten hätte sie vor Begeisterung die Arme um seinen Leib geschlungen, um ihn festzuhalten. Doch das musste sie wegen der Wunden, die er im Kampf mit Lindau davongetragen hatte, noch eine Weile unterlassen. Sophie schaute zum Bickenberg hinüber. Sie traute ihren Augen kaum. »Siehe, Christian, am Horizont!«

Er drehte sich um, und mit ihm viele Duzende, die längst nicht mehr zusahen, wie die Flammen Lindaus Körper verschlangen. Unglaublich! Die Württemberger hoben die Belagerung in dieser Stunde auf. Geschlagen zogen sie ab unter Hohn und Spott. Noch einmal zollte Rau den Villingern seinen Respekt, indem er seine ganze Armee auf dem Bickenberg bis hin zur Wanne aufmarschieren ließ. Im Volk brandete unsagbarer Jubel auf. Diesen Hintergrund hätte man besser nicht wählen können für einen ersten zarten Kuss, sah man von dem jämmerlichen Ende des Einäugigen ab. Sophies Blicke versanken in Christians Augen, und sie taumelte in einen Rausch hinein, der nicht mehr aufhören wollte und von dem sie nicht genug bekam.

In derselben Sekunde schloss die Klarisse Katharina Günther für immer die Augen. Ihre Gebete waren erhört worden! Sie hatten Liebende vereint und das Leben eines Jungen gerettet.

Doch wer nun dachte, der Friede kehre damit ein, der sah sich getäuscht. Kaum hatte der Feind seinen Fuß von Villinger Boden genommen, vergingen die Orte Schwenningen und Mönchweiler in den Flammen. Oberst Äscher hatte den Brand in die württembergischen Dörfer als Vergeltung für die Verwüstungen während der Belagerung legen lassen. Damit hatte er den abflauenden Wind endgültig in einen Sturm verwandelt.

EPILOG

Einige Jahre später betraten zwei Fremde das Kontor der Calwer Zeughandelscompanie. Das Dienstmädchen führte den älteren bärtigen Herrn, der in Begleitung eines jüngeren war, in die Dienststube und bot ihnen vor dem wuchtigen Schreibtisch zwei Stühle an. »Der Herr Direktor wird gleich bei Ihnen sein«, sagte sie schnell und starrte dem jungen Mann dabei ins Gesicht. »Verzeihen Sie, aber so etwas habe ich noch nie gesehen.« Entsetzt schlug sie die Hand vor den offenen Mund, knickste eifrig, um Wiedergutmachung bemüht, und verschwand.

Die beiden Besucher sahen einander an und zuckten verständnislos die Schultern. Sie warteten – endlos – und nichts geschah. Zur Linken waren drei hohe Fenster eingelassen, und der helle Sonnenschein flutete ins Zimmer. Wenigstens das tröstete über die lange Wartezeit hinweg. Ob man sie vergessen hatte? Hans Schwab wurde langsam nervös, noch viel mehr sein Sohn, der, obwohl groß und kräftig gewachsen, irgendwie noch immer wie ein Spitzbub wirkte mit seinem wirbligen Blondschopf und den auffälligen Vorderzähnen. Er schlug immerzu die Knie gegeneinander. Das Ticktack der Standuhr machte sie fast wahnsinnig. Es wirkte gleichsam einschläfernd, nervtötend. Dann hörten sie endlich Schritte.

Der Schwabenhans räusperte sich. »Ich werde reden!«, gab er die Marschroute vor, und schon hörten sie die Tür gehen.

Niklas nickte.

Der Direktor der Handelsgesellschaft durchmaß das Zimmer mit ausladenden Schritten. Er war eine überaus eindrucksvolle Persönlichkeit. Die Besucher erhoben sich höflich und senkten grüßend die Köpfe. Mose Doertenbach*, ein angesehener Calwer Kaufmann und steinreich, stützte sich mit ausgebreiteten Armen auf der gegenüberliegenden Tischseite ab. Er stöhnte missgelaunt. »Nun, meine Herren, wie kann ich helfen?« Er stockte, denn auch ihm fielen die Brandmale auf der linken Gesichtshälfte des Jungen auf. Vater und Sohn reagierten nicht darauf. Sie waren solche Blicke gewohnt. Aber es hätte alles weit schlimmer kommen können, damals, als das Feuer des Scheiterhaufens Niklas' ganzen Körper zu verzehren drohte. So hatte er zum Glück nur auf der linken Körperseite einige Verbrennungen erlitten, die auch an Händen und Beinen zu sehen waren.

Hans Schwab hob zu sprechen an. Doch er hatte gerade den Mund aufgemacht, da fuhr ihm Doertenbach schon dazwischen: »Vielleicht sollte ich gleich erwähnen, dass ich eigentlich keine Zeit entbehren kann, also erklären Sie mir rasch, worum es geht. Ich kann Ihnen jedoch gleich sagen, meine Herren, Ihre Belange müssten schon von äußerster Wichtigkeit sein. Ansonsten schlage ich vor, dass wir das Gespräch an dieser Stelle sofort beenden.« Er sah seine Besucher fragend an: »Nun?«

---

* Mose Doertenbach I. (1609–1659), Handelsmann.

»Also …«, begann Niklas und kramte einen Beutel hervor, »wir dachten, dass eventuell das hier für Sie interessant sein könnte. Wir benötigen einen Geldgeber für ein lukratives Geschäft.« Aufreizend langsam leerte Niklas den Inhalt des Säckleins auf den Tisch.

»Silber?« Der Handelsmann kräuselte die Nase und neigte den Kopf. Man vernahm die Spur eines Vorwurfs im Ton. Sorgsam klaubte er die kleinen Silberplättchen mit den Fingernägeln auf und hielt sie in das Sonnenlicht.

»Es gibt noch mehr davon!«, erklärte Niklas voller Begeisterung.

Doertenbach ließ ernüchtert die Schulter sinken. »Ich wäre kein guter Geschäftsmann, würde ich nicht über die schlechten bergmännischen Hoffnungen im Lande Bescheid wissen. Glaubt Ihr denn wirklich, ich würde Geld in ein von vornherein zum Scheitern verurteiltes Projekt stecken? Der Silberabbau lohnt seit Jahrzehnten nicht mehr. Die heimischen Minen sind im Vergleich zu den billigen Einfuhren aus Übersee nicht ergiebig genug.«

»Nicht am Gallenbach und auch nicht im Wittichener Tal«, versuchte Hans Schwab, das anfängliche Interesse wieder zu erlangen und zog aufgeregt das Dokument aus der Manteltasche, das die geologischen Untersuchungen des Sachsenschneiders belegte.

Schweigend nahm Doertenbach das Papier an sich, und während er las, lehnte er sich bequem in seinem Stuhl zurück. »Nun, wenn das so ist, einen Versuch wäre es eventuell wert …«, sagte er grübelnd. »Kann man dem Unterzeichnenden …«, um die Buchstaben der Unterschrift entziffern zu können, hielt er das Papier mit ausgestrecktem Arm auf Entfernung, »… Tobias Schneider aus dem Erzgebirge überhaupt trauen?«

»Sicher! Er ist ein Meister seines Faches!«, beteuerte Niklas.

Während Doertenbach mit dem Fingerknöchel im rechten Auge rieb, ließ Niklas einen zweiten Beutel auf den Tisch fallen, sodass blauer feiner Staub um das Säckchen auf den Tisch rieselte. Mit einem Male war die Aufmerksamkeit des Krämers geweckt. Wohl ahnte er schon, was sich darin befand, und sein Blick bekam einen gierigen Glanz. Hastig nahm er das Säckchen an sich, knüpfte es auf und roch daran. »Das blaue Wunder!«, kommentierte er verblüfft und schüttete einen kleinen Teil in seine Hand. »Es so wertvoll, dass man es in Gold aufwiegt! Woher habt Ihr es?«

Schwab überkreuzte stolz die Arme vor der Brust und lehnte sich an die Stuhllehne zurück. Er überließ es seinem Sohn zu antworten: »Ein Mönch hat es aus meinen Kobaltsteinen gemacht. Schwarzer Erdkobold befindet sich ebenso in meiner Mine wie Schwerspat, Bleiglanz und seltener Glanzkobold«, erklärte Niklas. »Ich könnte Euch die Adern zeigen und ich verspreche Euch, die Ergiebigkeit sprengt Eure Vorstellungskraft.«

Doertenbach kratzte sich an der Schläfe. Er sah den Jungen und seinen Vater finster an. Konnte er den beiden wirklich trauen? »Wie viel wollt Ihr dafür haben?«

»Für das Säcklein? Oder für die Lagekarte?« Niklas ließ sich das zweite Papier des Bergmeisters vom Vater geben und hob es hoch, sodass Mose Doertenbach einen kurzen Blick darauf werfen konnte. »Hierauf sind alle

Fundorte verzeichnet. Es handelt sich um unerschlossene Stollen mit schönen Kobaltstufen.«

»Sagen wir 100?«

»100 was?«

»Silbergulden!«

Niklas überließ dem Kaufmann zum Schein die Karte, zog sie aber unter dessen Fingern sogleich wieder weg. Der Umstand, dass die gebotene Summe dem Gegenüber nicht genügte, machte Doertenbach indes nachdenklich. Es musste etwas an der Sache dran sein, und er tippte die Fingerspitzen beider Hände gegeneinander, während er überlegte. Jetzt kam Bewegung in die Verhandlung. Er bückte sich und verschwand hinter dem Pult, wo er den Unterschrank aufschloss: Ein, zwei, drei klingelnde Säcke legte er nacheinander auf den Tisch.

»300«, ließ er mit fester Stimme verlauten.

Schwab runzelte die Stirn und sah seinen Sohn an. Er wollte schon einwilligen, aber der Handelsmann warnte mit erhobenem Zeigefinger: »Nicht in Gulden, oh nein! Doppeldukaten!« Seine Augen blinzelten beschwörend. »Den Rest bezahle ich in Anteilen je nachdem, wie lohnend die Ausbringung sein wird.« Während er ununterbrochen weiterredete, nahm er Papier und Feder zur Hand, tunkte den Gänsekiel in das Tintenfass und stellte hektisch kritzelnd ein Schriftstück aus. »Diese Urkunde, mit Brief und Siegel, garantiert es!« Daraufhin sah er triumphierend auf und hielt Niklas den fertigen Vertrag unter die Nase. »Na, ist das ein Angebot?«

Niklas nahm Blickkontakt mit dem Vater auf, der erstaunt die Brauen hochriss. Doch der Sohn ließ sich die Sache in Ruhe durch den Kopf gehen. Doppeldukaten? Diese Münzen waren aus reinem Gold geprägt und besaßen einen Münzfuß von 204 Kreuzern, was mehr als dem Dreifachen eines Guldens entsprach. Der Alte leckte begierig die Lippen. Dann schnellte Niklas von seinem Stuhl hoch, grinste breit und schüttelte Doertenbachs ausgestreckte Hand. »Einverstanden!«, meinte er knapp.

Nachdem sie das Handelshaus verlassen hatten, schlug Hans seinem Sohn anerkennend auf die Schulter. Er konnte sein Glück kaum fassen und nun wollte er dem Sohn seine Anerkennung zollen. »Mensch, 1.000 Gulden, du bist jetzt ein reicher Mann! Was wirst du mit dem ganzen Geld anstellen?«

Niklas teilte die Freude nicht und wurde plötzlich sentimental. »Ich werde mein Pferd satteln und losreiten. Hier nimm!« Er überreichte seinem Vater die Münzen und den Anteilsbrief. »Die Mutter soll damit ihrem Neffen unter die Arme greifen, der zum Bettler geworden ist. Es ist wichtig, ein richtiges Zuhause zu haben, und genau so eines suche ich.«

Mit großem Eifer sattelten sie die Pferde. Der Weg führte sie zum Hohenstoffeln, der völlig zerstörten Burg der Hornsteins, an dessen Fuß das Grab eines alten Freundes lag. Rochus hätte seinen Anteil redlich verdient! Von hier aus wollte der Schwabenhans nach Riedlingen weiterreiten, wo Ferdinand Freiherr von Hornstein seine ganze Kraft dafür aufwendete, das zerstörte Schloss Grüningen aus den Trümmern aufzurichten. Auch Burg Weiterdingen sollte in Zukunft in neuem Glanz erstrahlen.

»Wo wird dein Weg hinführen?«, fragte Schwab. Niklas schaute versonnen in die Ferne. Es brauchte keine großen Worte, denn der Vater wusste längst, wonach dem Jungen der Sinn stand. Ohne es zu wissen, war er soeben in die Fußstapfen des Vaters getreten und strebte nichts ahnend die Parallele von dessen eigenen Leben an. »Omnia vincit amor, mein Junge. Die Liebe besiegt alles!« Schwab lächelte wissend und warf Niklas einen Goldbeutel zu. »Hier, den wirst du dafür gebrauchen können!« Damit ritt er davon.

Niklas kramte die verblassenden Erinnerungen seiner Kindheit heraus. Das hübsche Angesicht der Novizin Jakobea von Tannenberg erschien vor seinem geistigen Auge und vertrieb all die düsteren Gedanken im Nu. Hoffnung machte sich breit. Er gab dem Pferd die Sporen und wandte sich Richtung Amtenhausen. Voller Vorfreude sann er darüber nach, wie es wohl sei, die schönen und samtigen Lippen zu küssen, die er als Bub immer so sehr bewundert hatte?

ENDE

ANMERKUNGEN

Niklas »Schwab« hatte Doertenbach etwas zu viel Geld abgeknöpft. Das Handelshaus *Mose Doertenbach & Compagnie* verzeichnete erst im Jahre 1724 einen Gewinn von 5461 Gulden, als 118 Fässer Kobaltfarbe nach Amsterdam geliefert wurden. Doch damit begann die über 100-jährige Blüte des Wittichener Blaufarbenwerks. Die Gesellschaft richtete sogar in London, Venedig und Mailand Kontore ein.

Nach den Ereignissen von Villingen wurde Johanna von Hornstein von den Benediktinern aus der Stadt geschafft. Sie verschwand aus den Aufzeichnungen von Abt Georg. Genauso verliert sich die Spur von Bruder Rudolf. Nachdem er die 70-jährige Mutter eines Dorfpfarrers »notzüchtigen« wollte, kam er vollends in Verruf. Zu Weihnachten 1632 erreichte den Abt noch ein Schreiben von Pater Rudolf aus Bachheim, *»worin er einer Urlaubsbewilligung und um Empfehlung an den Herrn Burkard von Schellenberg erbat. Letzteres wurde ihm erfüllt – Ersteres aber versagt«.*

Schwester Renate kam wieder in Haft. Nach ihrer Entlassung aus dem Gefängnis in Wittichen kehrte sie 1656 zu Verwandten in ihre Heimat München zurück.

Freiherr Ferdinand von Hornstein ist der direkte Vorfahre der noch existierenden gleichnamigen Adelsfamilie, in deren Besitz sich bis heute das Schloss Weiterdingen und Grüningen befinden. Hohenstoffeln wurde nie wieder aufgebaut, und heute existieren von der einstigen Anlage nur noch wenige Mauerreste.

Mit Franz Karl starb die Fürstenberger Linie von Baar-Wartenberg aus. Das Erbe von Jakob Ludwig fiel an den Heiligenberger Hauptzweig zurück. Die Schwendi-Besitzungen im Elsass gingen an einen Sohn Helene Eleonores, den sie bald darauf mit dem Obristen Philipp von Leyen zeugte, ehe König Ludwig XIV. durch seine Réunion weite Teile davon Frankreich einverleibte.

PERSONENVERZEICHNIS

Sophie (März 1615)* Waise. Sie fürchtet Enge und Dunkelheit.

Niklas (November 1617)* »Niki«, Findelkind.

Rochus (um 1616)* Sohn des Rossberghof-Bauern.

Amtleute der Fürstenberger, Gefolge:

Martin Weber In der Chronik von Abt Gaisser 1630 als Klosterverwalter (Schaffner) aufgeführt. Er wurde spätestens 1634 durch Caspar Heffele, den *»Husaren«*, ersetzt.

Konrad (um 1618)* Sohn des Schaffners Weber.

Elias Finckh (1590, † 1659)* Amtmann von Graf Wratislaus I. in Wolfach.

Hans Schwab (ca. 1589)* »Schwabenhans«. Ökonom, württembergischer Kellerverwalter von Alpirsbach. Der Mann mit dem Amulett.

Tobias Schneider »Sachsenschneider«. Bergmann aus dem Erzgebirge.

Lindau Nach der Restitution österreichischer Hauptmann in Alpirsbach, ein niederträchtiger Söldner, der Mann mit der Augenklappe.

Wilhelm Ingold Amtmann des Grafen Jakob Ludwig von Fürstenberg in Donaueschingen (Residenz der Helene Eleonore von Schwendi).

Christian Reiterknecht des Amtmanns.

Kapitän Martin Butzer Kommandant von Donaueschingen.

Johann Werner Äscher von Binningen (1582, † 1653)* Obrist eines Reiterregiments unter Erzherzogin Claudia. Er zog mit einer Schutztruppe von 520 Mann in Villingen ein und wurde dortiger Kommandant.

Philipp Nikolaus Freiherr von Leyen († 1656) Obrist eines Reiterregiments im Heer von Ernesto Montecuccoli. Im Jahre 1633 wird er zweiter Ehemann der Helene Eleonore von Schwendi.

Onophrius Singer Vogt von Tengen. Katholischer Bauernführer, der, wie Gaisser notiert, *»einen bunt zusammengewürfelten Haufen Volkes zu den Waffen rief, mit dessen Hilfe er die Schweden-Schweizer aus dem*

Hegau hinauswarf und Hohenhewen zurückeroberte und Hohenstoffeln entsetzte«.

Dr. Jakob Häußler Physikus aus Villingen.

In der Ordensgemeinschaft des heiligen Franziskus:

Dr. Ludwig Amusis (1598, † 1662)* Franziskaner-Guardian (Pater Superior). Ab 1. Oktober 1628 bis 1631 Ordensprovinzial der Franziskaner-Konventualen (Minoriten). Ab 1631 Guardian in Speyer, kommt nach Vertreibung dort 1632 wieder nach Villingen.

Pater Johannes Alt Minorit. Pfarrer der Gemeinde Kaltbrunn und Beichtvater im Kloster. Eine zwielichtige Gestalt.

Sr. Barbara von Frundsberg (ca. 1578, † Ende 1628)* Alte Äbtissin von Wittichen und Nachfolgerin der Äbtissin Maria. Kam auf testamentarische Verfügung ihrer Mutter Barbara von Montfort am Weihnachtstag 1592 nach Wittichen, wo sie schließlich zur Nonne wurde.

Sr. Klara Klausmann »Mutter Oberin«. Die Priorin von Wittichen.

Sr. Johanna von Hornstein (ca. 1590)* Klarisse in Wittichen. Sekretärin der klostereigenen Flößerei.

Sr. Renate Klarisse in Wittichen. Aufseherin des Hospitals. In München gebürtig, nahm sie im Jahr 1614 den Schleier.

Sr. Katharina Günther (1562, † 11. Januar 1633)* Klarisse im Bickenkloster von Villingen.

Sr. Maria Cleophea Tucherin (1573, † 1. Januar 1631)* Klarisse im Bickenkloster. Sie wird am 4. April 1629 zur Äbtissin von Wittichen gewählt.

Sr. Juliane Ernstin von Villingen (1588, † 1665)* Klarisse. Villinger Bürgertochter, seit 1603 im Bickenkloster. Spätere Chronikschreiberin, Priorin und Äbtissin von Sankt Klara.

Im Orden des heiligen Benedikt von Nursia:

Georg Michael Gaisser II. (1595, † 1655)* Benediktinerabt von Sankt Georgen, Prior des Kloster Amtenhausen. Verfasser der Tagebücher mit historischem Wert.

Joachim Der Bursche. Knecht des Abts.

Johann Kammerdiener des Abts.

Bruder Jakobus Stark Benediktiner. Wegen seines Starrsinns erhält er vom Abt den Beinamen »Tribun der Tribunen« oder kurz »Tribun«.

Bruder Rudolf Bomgärtner Benediktiner von Sankt Georgen. Vorsteher der Küchen und Verwalter des Kornspeichers. Wegen schlimmer Eskapaden nennt ihn der Abt »König der Ruten« oder »der Rutene«.

Catharina Meysin von Fürstenberg Alte Meisterin von Amtenhausen, amtiert bis 15. Dezember 1628. Ihr Amt übernimmt Anna Heubler.

Sr. Apolonia von Muggenthal Nonne in Amtenhausen. Laienunterweiserin, Novizenmeisterin. Leibliche Schwester der Benigna von Muggenthal (Schwägerin Johannas von Hornstein).

Sr. Kunigunde Nonne in Amtenhausen. Kornspeicherverwalterin. Im Mai 1634 wird sie schwanger und flieht in die Schweiz.

Jakobea Freiin von Tannenberg (ca. 1617)* Novizin im Kloster Amtenhausen.

Magdalena Freiin von Freyberg (ca. 1622)* Die stumme Novizin.

Haus Hornstein:

Balthasar Freiherr von Hornstein (1540, † 1620)* Johannas Vater. Pfleger der Güter des Fürstbistums Augsburg in Füssen.

Maria Cleophea Freifrau von Stoffeln († 1611) Johannas Mutter.

Jakob Freiherr von Stoffeln. Gevatter Jakob. Ein Onkel Johannas.

Eberhard Freiherr von Hornstein (1582, † 1625)* Johannas Bruder. Truchsess des Herzog Maximilian von Bayern. Seit 1612 verheiratet mit Benigna von Muggenthal (sie stirbt 1634 an der Pest).

Ferdinand Freiherr von Hornstein (1614, † 1685)* Sohn Eberhards. Johannas Neffe. Verteidiger des Hohenstoffeln. Er verliert die Burg, nachdem die Belagerer im Juli 1633 schwere Geschütze auffahren. Seine Güter werden daraufhin an Konrad Widerholt verpfändet. Bettelarm irrt er im Land umher und befindet sich zeitweise unter französischem Schutz.

Haus Fürstenberg-Kinzigtal:

Graf Christoph I. von Fürstenberg (1534, † 1559)* Großvater Wratislaus I.

Gräfin Barbara von Montfort (1536, † 1592)* Seine Ehefrau. 1564–1586 verheiratet mit Georg von Frundsberg, 1586–1588 oberste Kämmerin Elisabeths von Österreich, der Gemahlin des französischen Königs Karl. Begraben in Wittichen.

Graf Wratislaus I. von Fürstenberg (1584, † 1631)* Ihr Enkel. Kaiserlicher Offizier, Diplomat und Hofratspräsident. Nach dem Tod seines Vaters *Albrecht I. († 1599)* Herrscher des »Oberen Quartiers« im Kinzigtal, das die Stadt Wolfach, die Gotteshäuser Wittichen und Rippoldsau sowie die Vogtei Möhringen in der Baar umfasst.

Graf Albrecht II. von Fürstenberg (1619, † 8. Oktober 1640)* Sein Sohn und Nachfolger. Fällt als kaiserlicher Oberstleutnant während der Belagerung von Hohentwiel. Die Linie Fürstenberg-Möhringen stirbt mit ihm aus.

Graf Christoph II. von Fürstenberg (1580, † 1614)* Bruder Wratislaus I., Verwalter des »Unteren Quartiers« mit den Städten Haslach, Hausach und der Herrschaft Blumberg in der Baar. Nach seiner Ermordung 1614 werden seine Ländereien zwischen den Söhnen Wratislaus und Friedrich Rudolf aufgeteilt.

Graf Wratislaus II. von Fürstenberg (1600, † 1642)* Sohn Christophs. Begründer der Seitenlinie Meßkirch.

Graf Friedrich Rudolf von Fürstenberg (1602, † 1655)* Zweiter Sohn Christophs. Ab 1631 verheiratet mit Maria Maximiliane von Pappenheim, Landgräfin von Stühlingen. Begründer der Linie Stühlingen. Pflegte ein »enges Verhältnis« zu Helene Eleonore. Sein Onkel Wratislaus I. nahm ihn deshalb in »strenge Zucht«. Als Generalfeldwachtmeister in kaiserlichen Diensten.

Häuser Fürstenberg-Heiligenberg und Schwendi:

Graf Joachim von Fürstenberg (1538, † 1598)* Bruder von Christoph I. Nach dessen Tod wird er zum Begründer der Nebenlinie Heiligenberg.

Graf Wilhelm II. von Fürstenberg (1586, † 1618)* Enkel Joachims. 1617 Erbe von Fürstenberg-Heiligenberg. »Mörder« von Christoph II.

Graf Egon VIII. von Fürstenberg (1588, † 1635)* Sein Bruder. 1618 Erbe von Fürstenberg-Heiligenberg. Feldherr, er setzt im »Kirschenkrieg« von 1631 gegen Württemberg das Restitutionsedikt gewaltsam durch. Ein Sohn wird 1664 in den Fürstenstand erhoben.

Graf Jakob Ludwig von Fürstenberg (1592, † 1627)* Sein Bruder. Begründet 1617 die Heiligenberger Seitenlinie Baar-Wartenberg (Donaueschingen). Er gilt als Kriegsheld und fällt in Ausübung seiner Pflichten als Generalfeldzeugmeister der Ligatruppen.

Helene Eleonore von Schwendi (1599, † 1667)* Freifrau von Hohenlandsberg. Im Alter von nur 13 Jahren mit Jakob Ludwig vermählt, unterhält sie lange Jahre eine Liebschaft mit Graf Friedrich Rudolf von Fürstenberg.

Franz Karl (25.03.1626, † 1698)* Das »geistig etwas unterentwickelte« Grafenkind. Wohl der außerehelichen Liaison mit Friedrich Rudolf entsprungen. Nach dem Tod »seines Vaters« steht er unter Vormundschaft der Grafen Wratislaus I. und Egon VIII., die gemeinsam mit Helene Eleonore die Geschicke von Fürstenberg-Donaueschingen lenken.

Maximilian von Schwendi (* 1587, † 1659) Großcousin der Helene Eleonore. Entstammt dem oberschwäbischen Zweig derer von Schwendi. Da seine Ländereien verwüstet werden, möchte er die elsässischen Besitzungen der Schwendi an sich reißen.

Haus Baden-Baden:

Eduard Fortunat von Baden (1565, † 1600)* Markgraf von Baden-Baden und Baden-Rodemachern. Wächst in London auf, wo ihn Elisabeth I. aus der Taufe hob. Sie gibt ihm den Namen »Eduard der Glückselige« (Eduard Fortunatus).

Anna Maria Lucrezia (1592, † 1654)* eine unehelich geborene Tochter.

Wilhelm von Baden (1593, † 1677)* Markgraf von Baden-Baden. Sein Sohn und Erbe. Während der Kriegswirren hält er sich abwechselnd in Innsbruck, Breisach und Kastellaun auf.

Hermann Fortunat von Baden (1595, † 1665)* Markgraf von Baden-Rodemachern. Sohn von Eduard Fortunat. Als Obrist in kaiserlichen Diensten. Sein »Badisches Regiment aus Arkebusierreitern« ist in Breisach stationiert.

Cäcilia Wasa (1540, † 1627)* Schwedische Prinzessin. Konvertiert 1575 zum Katholizismus. Eduard Fortunats Mutter.

Sr. Caritas Wasa (1579, † 1629)* Ihre unehelich geborene Tochter. Hält sich ab 1589 in verschiedenen Klöstern auf. Sie wird von Sophie irrtümlich für Eduard Fortunats Tochter gehalten.

ANHANG

Wiegenlied

Text und Melodie
Stefan Walz